2022 제13회

젊은작가상 수상작품집

2022 제13회

젊은작가상 수상작품집

문학동네

| 차례 |

대상

—

임솔아

초파리 돌보기

작가노트

너무 열심히 쓰지 말라던 말

해설 박서양

해피엔드를 다시 생각하기

임솔아

2013년 중앙신인문학상, 2015년 문학동네대학소설상을 수상하며 작품 활동을 시작했다. 소설집 『눈과 사람과 눈사람』 『아무것도 아니라고 잘라 말하기』, 장편소설 『최선의 삶』, 시집 『괴괴한 날씨와 착한 사람들』 『겟패킹』이 있다. 신동엽문학상, 문지문학상을 수상했다.

초파리 돌보기

이원영은 초파리를 좋아했다. 초파리의 날개와 눈을 특히 좋아했다. 투명하고 얇은 날개는 성당에서 보았던 스테인드글라스를 닮았다. 정교하게 짜인 무늬 사이사이로 무지갯빛이 감돌았다. 새빨간 눈은 석류의 단면을 닮았다. 붉고 영롱한 수천 개의 알갱이들이 빼곡하게 모여 하나의 동그라미를 이루었다. 마취된 초파리는 생명이 유지된 채 멈추어 있었다. 초파리의 눈을 보고 있자면 눈을 이루는 무수한 동그라미들이 일제히 원영의 눈동자를 쳐다보는 것처럼 느껴졌다. 초파리와 교감을 하는 것 같았다.

원영은 호스 밸브를 열었다. 쉭, 하는 소리와 함께 이산화탄소가 빠져나오기 시작했다. 호스와 연결되어 있는 재물대載物臺 위로 이산화탄소가 차올랐다. 바구니에서 시험관 한 개를 꺼냈다. 시험관에서 목화솜 마개를 뽑아내고, 안에 들어 있는 초파리들이 도망가지 못하도록 재빨리 재물대에 쏟았다. 초파리들이 움직임을 멈추었다. 원영은 렌즈에 두 눈을 가져다댔다. 실체 현미경의 배율을 조절했다. 조금씩 확대해나갔다. 초파리의 모습이 드러나기 시작했다. 배율을 더욱 높여 오십 배로 확대했다. 원영은 넋을 놓고 바라보았다. 보석상에 처음 들어온 사람처럼 그랬다. 보석보다 아름다웠다. 살아 있었으니까.

원영은 붓을 들었다. 초파리가 다치지 않도록 붓 끝으로 살살 건드렸다. 눈이 하얗거나 하트 모양으로 찌그러진 초파리들을 재물대 왼쪽으로 치웠다. 유전자 변형이 일어난 것들이었다. 눈이 동그랗고 붉은 빛깔이 또렷한 것, 털과 무늬의 간격이 균질하며 영양 상태가 좋은 초파리를 한 마리씩 골라냈다. 새로운 시험관에 담았다. 수백 마리의 초파리 중에서 가장 건강한 열다섯 마리를 골라 번식시키는 것이 원영의 업무였다. 원영의 선택을 받은 초파리들은 시험관에서 일주일을 더 살 것이다. 나머지는 냉동실에 보관되다가 폐기처분될 것이다.

실험동 아르바이트를 소개해준 사람은 미선이었다. 원영은 미선과 텔레마케터 일을 하다 만났다. 텔레마케터 일을 시작했을 때 원영은 기뻤다. 채용되지 못할 것이라 예상했기 때문이었다. 이미 몇 군데의 일자리에 지원했다가 거절당한 후였다. 원영은 1978년 가발 공장 취업 이후 외판원, 마트 캐셔, 초등학교 급식실 조리원, 볼펜 부품을 조립하는 부업 등을 거치며 쉬지 않고 일해왔다. 그럼에도 '오십대 무경력 주부'로 취급되었다. 면접을 보러 오라는 곳 자체가 드물었다. 주변 사람들은 왜 일을 하느냐 했다.

집에 있어도 되지 않느냐 했다. 딸에게 개인 교습을 시켜줄 수는 없었지만, 학원에 보낼 수 있을 정도는 되었다. 학원에 보낼 형편이 안 되었던 시절에도 원영은 비슷한 말을 들었다. 학원비 몇 푼 버느니 집에서 아이를 돌보는 편이 낫지 않냐는 식이었다. 원영은 자기 일을 갖고 싶었다. 집을 갖고 싶다거나 아이를 갖고 싶다는 여느 사람처럼 그랬다. 중학교를 졸업한 이후로 삼십삼 년 동안 그랬다. 텔레마케팅 사무실은 창문이 없긴 했지만 무제한으로 믹스 커피를 제공하는 탕비실이 있었고 천장에는 시스템 에어컨이 있었다. 칸막이가 설치된 책상이 직원 모두에게 제공되었다. 가져본 적 없는 자신만의 책상이었다. 첫 출근 전날 원영은 문구점을 찾아갔다. 딸의 책상에서 본 볼펜과 필통, 사무용 방석과 무릎 담요, 텀블러와 손뜨개 코스터 따위를 구입했다. 가족사진이 들어 있는 작은 액자도 가방에 챙겼다. 사무실 책상을 꾸미기 위해서였다.

"그건 안 두는 게 나을걸요."

액자를 꺼내는 원영에게 옆자리의 미선이 말을 건넸다. 며칠 지나지 않아 원영은 미선의 말을 이해했다. 하루 아홉 시간을 근무했고, 아홉 시간 동안 전화번호를 눌렀고, 자주 헤드셋 너머로 쌍욕을 들었다. 보이스 피싱도 대출 광고 전화도 아니었다. 인터넷 몰이나 홈 쇼핑을 통해 마케팅 동의를 한 사람에게만 새로 출시한 상품에 대해 안내 전화를 거는 것이었는데, 사람들은 다짜고짜 욕을 해댔다. 고객보다 먼저 전화를 끊어서는 안 되었다. 한 손으로 관자놀이를 짚은 채 원영은 평생 들어본 적 없는 말들을 듣고 있었다. 액자 속에서 가족과 함께 웃고 있던 자신과 눈이 마주쳤다. 자신이 인간이라는 당연한 사실이 기억났다. 어째서 텔레마케팅 업무는 보수가 좋은지, 어째서 이 공간을 갓 스물이 넘은 여자아이와 주부들이 채우고 있는지도 이해하게 되었다. 고객들은 남자 목소리에 대고는 최소한 욕은 하지 않았다. 욕을 듣는 것. 욕을 다 듣고도 상냥하게 상품을 홍보해서 팔아내는 것. 그것이 그들의 일이었다. 직원은 자주 바뀌었다. 새로 온 사람과 통성명을 할 필요가 없다는 걸 알게 되었다. 유일하게 말을 트고 지냈던 미선도 차라리 식당 일을 다시 하겠다며 그만두었다. 그리고 석 달 만에 원영에게 연락을 해왔다.

"언니, 당장 그만두고 이리 와."

좋은 일자리가 있다는 미선의 말을 원영은 믿을 수 없었다. 그건 일에 대한 얘기라기보다는, 오래전에 꾸었던 꿈 얘기 같았다. 원영의 딸이 여덟 살이었을 때 나눴던 대화가 떠올랐다.

"엄마, 나는 크면 연세대학교에 갈 거야."

딸은 첵스초코가 가득 담긴 시리얼 볼에 연세우유를 붓고 있었다. 시리얼은 일요일 아침에만 허용되는 딸의 특식이었다. 그것을 먹으면서 〈디즈니 만화동산〉 애니메이션을 볼 생각에 딸은 일요일마다 새벽같이 눈을 뜨곤 했다. 시리얼 볼을 두 손으로 들고서 딸은 초콜릿색으로 변한 우유를 남김없이 마셨다. 그러곤 캬, 소리를 냈다.

"뭣하러 대학을 서울까지 가. 그냥 집 가까운 데로 가. 엄마랑 계속 같이 살자."

원영이 말했다.

"집 가까운 데 어디?"

"옆에. 과학기술원."

매년 4월마다 원영은 딸을 데리고 과기원 앞 벚꽃 길을 걸었다. 벚꽃 축제라면 신탄진 쪽이 유명했지만, 굳이 그 길을 택했다. 갑천에서 돌다리를 건너가면 과기원으로 이어지는 대로가 나왔다. 오가는 자동차는 많았으나 인도에 사람이 없었다. 휑한 보도블록 위에 밟히지 않은 벚꽃 잎만 수북이 떨어져 있었다. 딸의 손을 꼭 쥐고서 원영은 천천히 그 위를 걸었다. 벚나무 아래에 딸을 세워두고 사진을 찍었다. 대학 정문 앞에 멈춰 섰다. 캠퍼스 안쪽으로 뻗어 있는 곧고 넓은 도로를 원영은 바라보았다.

"아무것도 없네."

원영이 혼잣말을 했다. 저 멀리까지 아무것도 가로막는 게 없었다.

원영은 미선을 따라 대학교에 갔다. 늘 멈춰 서던 정문 앞에서 머뭇거렸다. 캠퍼스 안에 들어가보는 건 처음이었다. 미선이 빨리 오라고 손짓을 했다. 원영은 고개를 끄덕였다. 도로 양옆으로 제라늄이 활짝 피어 있었다. 제라늄 너머로 분수가 뿜어져 나오는 커다란 연못이 보였다. 거위를 조심하라는 표지판을 보았고, 정말로 거위떼가 위풍당당하게 횡단보도를 건너고 있었다.

"저 횡단보도가 거위 전용이래."

미선이 키득키득 웃었다. 자동차 한 대가 횡단보도 앞에 멈춰 서 있었다. 거위들이 모두 지나간 이후에야 자동차는 횡단보도를 지났다. 원영은 대학 안에 있는 생명과학 연구원에서 간단한 면접을 보았다. 곧바로 채용이 결정되었다. 지금껏 일했던 어떤 곳보다 보수가 좋았다.

실험동 일층에는 흰쥐 실험실이 있었다. 이층에는 초파리 실험실이 있었다. 원영과 같은 주부 아르바이트생들이 흰쥐와 초파리들의 먹이를 만들고 양육을 담당했다. 원영은 초파리 양육 파트에 배정되었다. 쥐보다는 초파리가 덜 무서웠고, 밥을 만드는 일보다는 밥 먹는 걸 보는 일이 나았다. 집에서도 밥은 안 만들고 딸이 밥 먹는 걸 지켜보기만 할 수 있으면 좋겠다고 생각했다. 의사들이 입을 법한 새하얀 가운이 제공되었다. 깃 주변에 때가 타 있거나 주머니 속에 먼지가 굴러다니지 않는, 완전히 깨끗한 가운이었다. 현미경이나 시험관, 붓 등 모든 물건은 멸균 처리되어 있었다. 호텔 숙박객처럼 원영은 그것들을 사용하기만 하면 되었다. 24시간 온도와 습도가 일정하게 유지되었다. 여름에는 시원했고 겨울에는 따뜻했다. 점심시간이면 과기원 학생들이 이용하는 학내 식당에서 푸짐한 학식을 먹었다. 서로 모르는 학생들 사이에서 서로 모르는 학생처럼 밥을 먹었다. 휴식 시간에는 오리연못이나 노천극장, 어은동산 같은 곳을 산책했다. 거위들이 원영을 알아보고 다가오기 시작했을 때, 원영은 느낄 수 있었다. 오랜 꿈이 이루어졌다.

눈으로 보기에는 똑같은 초파리였지만, 초파리 시험관에는 고유번호가 있었다. 번호는 이만 개가 넘었다. 각각 다른 특성을 지닌 초파리들이었다. 어떤 번호의 초파리는 유난히 더위를 탔다.

그런 초파리들은 기온이 조금만 높아져도 열대야에 잠을 설치는 사람처럼 수면 시간이 줄었다. 어떤 번호의 초파리는 당뇨나 알츠하이머 증세가 있었고, 어떤 번호의 초파리는 식탐이 심했다. 원영이 관리하는 초파리는 이천오백 종 정도였다. 먹이가 담긴 시험관이 원영에게 전달되면, 그 시험관 안에 건강한 초파리들을 넣었다. 초파리들은 먹이 속에 알을 깠다. 하루 정도 지나면 먹이에 이 밀리미터 정도의 얇은 층이 생겼다. 그 층에서 구더기들이 태어났다. 수백 마리의 구더기가 시험관 벽을 타고 열심히 돌아다녔다. 팔 일 정도가 더 지나면 성충이 되었다. 건강한 성충을 골라냈다. 이토록 세밀한 날개와 눈을 만드는 데에 필요한 시간이 고작 팔 일이라니. 원영은 초파리들이 기특했다. 하루하루 쑥쑥 자라났던 딸을 키울 때처럼 그랬다. 연구원에서 오더가 내려오면, 맞는 번호의 초파리를 골라 보냈다. 원영이 키운 초파리들은 과기원 내에서 쓰이는 건 물론이고 세계 곳곳으로 수출되었다. 하버드나 예일 대학 같은 곳에서도 원영의 초파리를 주문했다. 인기가 좋은 초파리는 품귀 현상을 빚기도 했다.

초파리는 사람과 닮은 점이 많았다. DNA가 절반 이상 같았다. 질병에 관여하는 유전자는 칠십 퍼센트 이상 일치했다. 인간이 앓는 질병을 초파리도 비슷하게 앓는 경우가 많았다. 한 질병을 앓고 있는 초파리들의 염기 서열을 분석하면 그 질병에 관여하는 유전자를 찾아낼 수 있었다. 약물에 대해서도 사람과 비슷한 영향을 받고 비슷한 행동 패턴을 보였다. 초파리의 눈이나 장기, 배아 등에 약물을 주입하여 어떤 변화를 일으키는지 살펴볼 수 있었다. 초파리의 가격은 쥐에 비해 훨씬 저렴했다. 번식은 왕성했다. 수명은 고작 이 주 내외였다. 유지비마저 저렴했다. 실험이 다음 세대에 어떤 영향을 미치는지도 보다 빨리 목격할 수 있었다. 겨우 한 달이면 3세대까지 관찰이 가능했다. 4세대가 되어서야 뒤늦게 반응이 올라오는 경우도 있다고 했다. 어떤 일들은 아주 나중에야 볼 수 있다고. 4세대 초파리는 자신에게 생긴 일을 결코 이해할 수 없을 것이다.

한번은 폐기처분될 초파리들을 몰래 훔쳤다. 폐기처분될 시험관에 담아서 가운 주머니에 넣었다. 예뻐서 그랬다. 버려질 보석을 주워가는 마음으로 그랬다. 방학을 맞은 딸이 오랜만에 집에 와 있었고, 하트 모양의 눈을 가진 초파리를 보여주고 싶었다. 그날 원영은 종일 가운 주머니에 한쪽 손을 넣고 지냈다. 시험관을 꼭 쥐고 있었다. 실험동을 나오면서도 겉옷 주머니에 손을 넣고 있었다. 온도 변화가 걱정되었다. 자신의 체온으로 시험관을 덥혀가며 집으로 돌아왔다.

"초파리가 너무 작아서 눈에 안 보이잖아. 근데 잘 보면 이쁘다. 다 살아 있어."

딸은 텔레비전을 응시한 채 고개를 끄덕였다. 원영은 안방으로 가서 옷장을 열었다. 겉옷 주머니 속에 넣어둔 시험관을 꺼내왔다.

"내가 데려왔어."

"뭘?"

"초파리들."

딸은 비명을 질렀다. 징그럽다며 시험관에 손도 대지 않았다.

*

이제 이원영은 국민연금으로 생활하는 나이가 되었다. 엄마의 환갑을 축하하기 위해 본가로 향하는 시외버스에 타기 직전에, 권지유는 터미널에 있는 제과점에 들어갔다. 케이크를 주문했고, 포장이 되는 동안 진열대를 구경했다. 크림빵에 작고 검은 점 몇 개가 찍혀 있었다. 검은깨인 줄 알았다. 조금씩 움직이다 휙 하고 날아올랐다. 초파리였다.

지유는 버스 옆자리에 케이크 상자를 놓았다. 상자에는 희미하게 먼지가 쌓여 있었다. 손바닥으로 먼지를 닦아내자 상자의 투명한 창으로 케이크가 보였다. 케이크는 생과가 아닌 통조림 과일로 장식되어 있었다.

어떻게 이런 걸 잊냐.

원영의 올해 생일은 잘 챙겨야겠다고 지유는 다짐해왔다. 그러나 잊어버렸다. 미리 설정해두었던 알람이 아침에 울렸을 때에야 알았다. 부랴부랴 버스 터미널에 갔고 부랴부랴 아무 제과점에 들어갔다. 그 제과점이 아니라면 케이크를 살 데가 없을 듯했다. 어느 날부터인가 지유는 중요한 일을 자꾸 잊었다. 원고 마감 날을 잊었다. 출판사와의 미팅을 잊었다. 침대에 누워 휴대폰으로 게임을 하다가 연락을 받을 때도 있었다.

“어디쯤 오셨어요?”

알람을 설정하는 버릇은 그래서 생겼다. 가끔은 어떤 이유로 알람을 설정한 것인지도 잊어버렸다. 이틀 전에 울렸던 알람에는 '큐브'라고 적혀 있었다. 지유가 사용하는 공기청정기 브랜드였다. 지유는 공기청정기 필터를 교체했다. 카페 '큐브'에서 기다리고 있다고 연락을 받은 것은 한 시간 뒤였다. 작가와의 만남 행사 준비로 소설가 신치온과 회의를 하기로 약속했다는 게 그제야 기억났다. 지유는 다급하게 달려나갔다. 어째서 늦었는지 설명하는 데에 애를 먹었다. 게으름이나 소홀함으로 쉽게 오해될 만한 일이었다. 지유의 이야기를 듣고 치온은 고개를 끄덕였다. 그리고 치온은 약속 장소로 오는 동안 자신이 겪은 일을 지유에게 들려주었다. 치온의 이야기를 듣고 지유는 자신도 모르게 웃음이 터졌다. 소리가 나도록 크게 웃었다. 얼굴에 피가 몰리도록 웃었다.

"아니, 반가워서요."

웃음이 멈추질 않았다.

"저만 이렇게 사는 줄 알았거든요."

약속 장소에 오기 위해 지하철을 탔다가 치온은 무언가를 보았고 기분이 상했다고 했다. 화가 치밀었다. 속으로 욕을 하다가 내려야 할 역을 지나쳐버렸다. 카페에 앉아서도 그랬다. 맹물을 벌컥벌컥 들이켜다가 문득, 근데 내가 뭘 보았더라, 했다. 지하철 모니터에 지나가는 뉴스였던가. 휴대폰에 띄워둔 뉴스였던가. 입주민 단체 채팅방이었던가. 메일함. 통장 잔고 알림. 보이스 피싱 메시지와 지하철 벽에 붙어 있는 광고들. 같은 칸에 앉아 있던 승객들. 이유가 기억나지 않았다. 분노감만 남아 있었다.

소설을 쓰면서 지유는 종종 시작점을 잊어버렸다. 어떤 생각이나 장면으로부터 소설이 시작된 것인지에 대해서. 이유는 분명 있었다. 그 소설을 써야만 한다고 결심하게 만든, 중요한 무엇인가가 있었다. 그런 게 있었다는 것만 기억이 났다. 소설을 처음 쓰게 된 이유라거나, 작가로 살아가기로 결심한 이유에 대해서도 마찬가지였다. 내가 왜 소설을 쓰기 시작했더라. 지유는 이유를 지어냈다. 이제 지유 안에 자리잡고 있는 것은 잊어서는 안 되었던 무언가가 아니라, 중요한 것을 잊을지 모른다는 두려움이었다. 시장은 트렌드에 맞춰 글을 써줄 것을 은근히 요구하고 있었고, 작가들은 기민하게 다음 책을 출간하고 있었다. 다음 이야기, 그다음 이야기로 더 빨리 뛰어야만 했다. 그래야 잊히지 않을 수 있었다. 매번 시험대에 올라서는 기분이었다. 정신없이 글을 쓰다가 문득 주변을 둘러보면, 무엇인가 잊어버렸다는 생각에 사로잡혔다. 뭐였더라.

버스 문이 닫혔다. 터미널이 점점 멀어졌다. 몇몇 사람이 승강장에 서서 손을 흔들고 있었다. 지금 버스가 출발한다고 지유는 원영에게 문자메시지를 보냈다.

우리 딸, 삼 년 만에 보겠네.

원영에게서 답장이 왔다. 삼 년 동안이나 원영을 보지 못했다는 사실도 지유는 그때에야 알았다. 마지막으로 원영을 본 것은 경희대학교병원에서였다. 진료 때문에 서울에 가는데 함께 밥이라도 먹자고 원영이 말했고, 지유는 그러자고 답했다. 회기동에 있는 병원에 도착해 로비를 둘러보았지만 원영은 보이지 않았다.

원영도 지유를 기다리고 있었다. 원영은 상일동 경희대학교병원에, 지유는 회기동 경희의료원에 간 것이었다. 지유는 택시를 잡아탔다. 상일동에 도착했을 때에는 이미 원영의 기차 시간이 가까워져 있었다. 곧바로 택시를 타고 서울역으로 가야만 했다. 택시 안에서 어떤 대화를 나누었는지는 기억나지 않았다. 병원에서는 뭐라더냐고 지유가 물었을 때, 다 고쳐준다 하더라며 원영이 밝게 웃었다는 것만 기억이 났다. 이후로 지유는 종종 원영에게 치료 경과를 물었다. 아주 좋아졌다고, 잘 지내고 있다고 원영은 답했다. 매번 똑같이 답을 했다. 어느 순간부터는 어떻냐는 안부도 묻지 않았다.

삼 년 만에 만난 원영은 집안에서도 털모자를 쓰고 있었다. 옷을 왜 이렇게 춥게 입고 왔느냐며 원영은 지유를 타박했다. 그리고 옷장에서 기모 안감으로 된 바지를 꺼내 줬다.

"엄마, 지금 5월이야."

지유는 원영의 옷장을 열었다. 얇은 옷은 보이지 않았다. 너무 추워서 얇은 옷은 박스에서 아예 꺼내지 않았다고 원영은 말했다.

지유는 테이블에 케이크를 올렸다. 초를 꽂았고 노래를 불렀다. 케이크를 보자 초파리 생각이 났고 지유는 케이크를 먹고 싶지 않아졌다. 원영도 배가 부르다고 했다. 원영의 남편만 케이크를 조금 잘라 먹었다. 지유는 남은 케이크를 다시 상자에 넣었다. 원영의 남편은 일찌감치 잠자리에 들었고 지유는 원영이 좋아한다는 트로트 경연 프로그램을 원영과 함께 보았다. 슬픈 노래가 나오자 원영의 눈이 빨개졌다. 원영은 원래 텔레비전을 보며 잘 울었다. 슬픈 장면이 나와도 울었고 기쁜 장면이 나와도 울었다.

"또 봐도 재밌어."

"이미 본 거였어?"

"응, 매일 보고 싶은데 일주일에 한 번만 방영하잖아."

"볼 때마다 울어?"

원영은 고개를 끄덕였다. 밤에는 원영에게 민화투를 배웠다. 원영은 다 보이게끔 패를 쥐고 있었지만, 지유는 계속 졌다. 자리를 정리할 무렵에야 자신이 이길 때까지 원영이 기다려주었다는 사실을 지유는 알아챘다. 잠자리에 들기 전에 원영은 말했다.

"이거 틀어두고 자."

액정에 유튜브 동영상이 떠 있었다. 보기만 해도 건강해지는 기적의 음파. 지유는 알겠다고 답했다. 침대에 누워 지유는 원영과의 하루를 곱씹었다. 원영은 한 계단 한 계단 유아처럼 두 발로 디뎌가며 올랐다. 한 손으로는 난간을 잡았고, 다른 쪽 손으로는 무릎 쪽을 짚었다. 연한 채소와 죽 외의 음식은 먹지 못했다. 삼키기가 불가능한 것은 아니지만, 곧 게워낼 것이 뻔하기 때문이었다. 그마저도 반 공기 정도의 식사량이었다. 그렇게 된 지 오래되었다고 했다. 두꺼운 겨울옷 속 원영의 몸은 앙상했다. 체모가 거의 사라지고 없었다. 머리카락이며 눈썹이며 속눈썹과 심지어 코털까지.

지유는 머리맡의 휴대폰을 집었다. 동영상 속에서 그래프가 지그재그로 움직이고 있었다.

경희대학교병원에 찾아가기 전에 원영은 분당에 있는 한의원에 다녔다. 이십여 년 전통의 탈모 전문 한의원이었다. 한약을 먹으면서부터 소화가 안 된다고 원영은 말했었다. 그전에는 대전에 있는 대학병원 세 군데에서 정밀 검사를 받았다. 자궁에서 혹이 발견되긴 했지만 양성이었고, 굳이 떼어낼 필요도 없다고 했다. 그 이전에는 탈모 치료기를 구입했다. 몸 여기저기에 번갈아가며 빔을 쬐면 하루의 절반이 지나갔다. 그전에는 피부과에서 주사를 맞았다. 그전에는 먹는 탈모약과 바르는 탈모약을 사용했다. 그전에는 족욕을 하고 영양제와 서리태를 먹었다. 지유는 그전에 대해 생각했다. 초파리들이 시험관을 빠져나와 안방 구석구석을 날아다니는 장면이 눈앞에 펼쳐졌다. 그날 지유는 자신을 부르는 원영의 목소리를 듣고는 안방 문을 열었다. 안방 욕실 문을 열었다. 샤워기에서 물줄기가 쏟아지고 있었다. 물줄기 속에 원영이 쪼그려앉아 있었다. 젖은 머리카락을 거꾸로 늘어뜨리고서, 두 손으로 새카만 뭉치를 들고 있었다. 머리카락이었다.

실험동에서 초파리를 훔쳐왔던 그날부터 원영의 머리카락은 뭉텅뭉텅 빠졌다. 일주일 만에 정수리부터 두피가 드러나기 시작했다. 눈썹과 속눈썹도 사라졌다. 원영은 통풍이 잘되는 두건과 모자를 구입했고, 가발을 맞췄다. 눈썹은 그려넣으면 넣을수록 티가 났다. 실험동 동료들은 원영에게 자꾸 괜찮으냐 물었다. 버스나 길에서 사람들이 자꾸 쳐다보는 것 같다고 원영은 말했다. 잠깐 쉬어야겠다는 마음으로 직원에게 사정을 설명했고, 언제든 실험동으로 돌아오라는 대답을 들었다.

2013년에 정권이 교체되면서 과기원 실험동은 국가 지원금이 끊어져 폐쇄되었다. 그곳에서 일하던 주부들은 일자리를 잃었다. 초파리 실험동은 원영의 마지막 일자리가 되었다. 원영은 취업을 시도하지 않았다. 모임에도 나가지 않았다. 다른 사람들에게 자신을 보이고 싶어하지 않았다.

원영에게 나타나는 증상이 일반적인 탈모가 아니라는 것쯤은 지유도 짐작하고 있었다. 자가면역질환부터 희소병까지, 예측 가능한 모든 검진을 받았으나 결과는 늘 깨끗했다. 지유는 오십대 여성이 겪는 지독한 갱년기 증상 정도로 여겼다. 호르몬 때문에 체온 변화가 급격해졌고, 열 때문에 가늘어진 체모가 빠져버리는 것이라고 이해했다. 소화가 안 되는 것도 독한 한약을 장복한 탓에 나타나는 일시적인 부작용으로 추측했다. 갱년기라는 것은 지나가기 마련이었고 다 지나간 줄 알았다.

갱년기 때문에 음식을 못 삼킬 수는 없었다. 원영의 몸은 십일 년 동안 꾸준히 약해진 것 같았고, 이제는 일상생활이 불가능할 정도였다. 산재다. 지유는 의심이 들었다. 초파리 실험실에서부터 원영이 잘못된 것이다.

"이게 생숙탕이야. 이렇게 섞어 마시면 몸 안에 좋은 기류가 생긴대. 설사도 낫고, 소화도 잘된대. 꼭 뜨거운 물에 찬물을 부어야 해. 반대로 하면 안 돼."

지유와 원영은 식탁에 마주앉아 생숙탕을 마셨다. 원영은 욕실로 갔다. 천일염을 잇몸에 문지르고 머금고 있다가 뱉어냈다. 그 다음에는 야로 오일을 입안에 한 방울 떨어뜨렸다. 그다음에는 테니스공으로 발바닥을 마사지했다. 그다음에는 임파선과 안구를 마사지했다. 원영은 이 일들을 매일 아침 반복한다고 했다. 첵스초코를 사두었다고 원영이 지유에게 말했다. 지유는 이제 첵스초코를 좋아하지 않았지만, 잠자코 시리얼에 우유를 부었다. 실험동에 대해 지유는 알고 싶었다.

"초파리들이 엄청 예뻤어."

원영은 실험동이 아닌 초파리에 대해서만 이야기했다. 원영은 인터넷으로 초파리를 종종 검색한다고 했다. '성가신 초파리 퇴치법' 같은 것들이 대부분이지만, 초파리 연구에 대한 인상적인 기사도 더러 찾아졌다.

"너도 볼래?"

원영은 지유를 보일러실로 안내했다. 커다란 상자들이 쌓여 있었다. 그중 하나를 원영이 가리켰고, 지유는 그 상자를 들었다. 뚜껑을 열었다. 클리어 파일이 차곡차곡 쌓여 있었다. 표지마다 연도가 적혀 있었다. 원영은 능숙하게 파일 하나를 꺼냈고, 페이지를 펼쳐 지유에게 내밀었다. 초파리 연구로 노벨상을 받은 과학자에 대한 기사였다. 밝혀지지 않던 미진단 질환의 원인을 초파리에게서 찾아내어 치료법까지 개발했다고 적혀 있었다. 다음 장에는 기억과 망각에 대한 초파리 연구 기사가 있었다. 기억 정보를 운반하는 단백질의 속성이 바이러스의 흔적이라는 사실을 발견했으며, 망각은 뇌 용량의 한계에 의해 수동적으로 발생되는 것이 아니라 망각 세포의 적극적이고 능동적인 파괴 기능이라는 것이었다.

"실험동에서 하얀 가운을 입었다고 했었잖아. 마스크나 장갑은

겼어?"

기사를 보는 척하면서 지유는 원영에게 물었다. 그런 것은 없었지만 대신 손을 깨끗하게 씻고 양치도 열심히 했다고 원영이 말했다.

"그건 왜 물어?"

지유는 뜸을 들였다. 사소한 걱정에도 원영은 잠을 설치곤 했다. 세탁소에 맡긴 바지 하나가 분실되었다거나, 마트에서 구입한 물건의 유통기한이 지나 있었다거나, 딸이 주말 동안 전화를 안 받았다거나. 왜 그렇게 걱정을 사서 하느냐고 하면 원영은 자신의 기억을 들려주었다. "한 열댓 살 때였나, 아랫동네에 진숙이라는 애가 살았는데, 진간장을 국간장으로 잘못 샀나 그래서 혼자 슈퍼에 갔다가……" 사소하게 시작되어 암담하게 끝이 나는 이야기들이었다.

"소설에 쓰려고. 내 소설 속 인물들 직업이 다 비슷비슷하잖아. 특별한 직업을 쓰면 좋을 것 같아서."

지유는 떠오르는 대로 둘러댔다.

"엄마가 소설에 나오는 거야?"

원영은 기쁜 기색이 역력했다. 소설가가 되고 싶다고 말했을 때부터 원영은 자신의 이야기를 써보라고 했다. 지유의 손을 꼭 잡고서 자신에게 일어났던 엄청난 이야기들을 들려주었다. 엄청난 이야기인 것은 명백했지만 소설로 쓰다보면 놀라울 정도로 기시감이 넘치는 레퍼토리였다. 원영은 아홉 남매 중 여섯째 딸로 태어났는데, 어린 시절 폐렴을 앓아 열 살이 되도록 학교에 가지 못했다. 어느 날 원영은 언니의 책을 구경하다가 '강'이라는 글자를 스스로 읽어냈다. 'ㄱ'도 아니고 '가'도 아닌, 동그라미 받침이 있는 '강'.

"아무도 안 알려줬는데 읽었다니까, 내가."

엄청나지 않으냐고 원영은 말했다. 아무도 한글을 가르쳐주지 않았다는 사실과 '강'이라는 글자를 혼자서 읽어낸 것 중 어느 쪽이 엄청난 사건인지를 생각하다가 지유는 혼자서 한글을 깨친 것이냐고 맞장구를 쳤다. 그건 아니고, 그 한 글자만 읽어냈다고 원영이 답했다. 그렇지만 그 한 글자를 읽어냈기 때문에 언니가 한글을 알려주기 시작했다고 했다. 한 글자를 못 읽어냈더라면 글자를 못 배웠을지도 모른다고.

지유는 원영에게 다시 질문을 했다. 실험동에서 흄후드나 글러브 박스 같은 것을 본 적이 없느냐고 물었다. 클로로포름이나 크롬 같은 것을 사용하지는 않았느냐고 물었다. 무엇이든 좋으니, 이상하다고 느꼈던 것은 다 말해보라고 했다.

"초파리 밥에서 시큼한 냄새가 났어."

골똘히 생각하다가 원영이 말했다.

"밥에 뭐가 들어 있었는지 알아?"

"유산균하고 옥수수 전분. 그 시큼한 게 그렇게 맛이 있나봐."

사람의 몸을 아프게 할 만한 것을 본 적이 없느냐고, 지유는 직접적으로 물었다. 왜 그런 것을 묻느냐고 원영이 되물었다.

"소설 속 인물이…… 아플 거라서 그래."

"많이 아파?"

"나도 잘 모르겠어."

엄마의 이야기를 더 들어봐야 명확해질 것 같다고 지유는 말했다.

*

지유는 원영에게 매일 전화를 걸었다. 함께 일했던 동료의 이름이 뭐였냐는 둥, 실험을 주도했던 교수는 누구였냐는 둥 물었다. 지유는 원영을 닦달했다. 잘 기억해보라고, 잊고 있는 것이 분명 있을 거라고 했다. 하루는 지각을 했다고 원영이 말했다. 손을 씻는 것을 잊어버렸다. 초파리들은 바이러스에 걸렸다. 그날 원영이 손을 댄 초파리는 다 죽었다. 굳이 따지자면 해를 끼친 쪽은 초파리가 아니라 자신이라고 원영은 덧붙였다.

"이상한 건 없었다니까."

없는 얘기를 지어내려는 지유가 원영은 탐탁지 않았다. 아무 문제가 없는 곳을 문제가 있는 것처럼 쓰면 안 된다고 여겼다. 초파리 실험동은 원영의 꿈이 이루어진 곳이었다. 어째서 지유가 나쁜 방향으로 이 이야기를 쓰겠다고 고집하는지 이해할 수 없었다. 질문을 받을 때마다 원영은 원치 않는 상상을 하게 되었다. 빨갛고 영롱했던 초파리의 눈이 화학물질에 절어 있는 불투명한 눈이 되었다. 실험동은 수만 마리의 벌레들이 득실거리며 병균을 옮기는 공간으로 바뀌었다. 차가운 형광등, 그 아래에서 허리를 구부정하게 굽히고서 현미경을 들여다보는 동료들, 머리카락이후득후득 빠지는 원영. 원영의 기억을 지유가 훼손하는 느낌이었다.

"지유야, 이야기가 너무 뻔하지 않니?"

원영은 실험동의 동료들을 떠올렸다. 미선이 아프다면, 적어도 실험동 때문은 아닐 것 같았다. 이십 년 동안 가족의 저녁 밥상을 차리다가 고등어구이에서 올라오는 미세 먼지에 노출되어 암에 걸릴 확률이 더 높을 것 같았다. 페스트에 걸려 죽은 사람보다 모기에 물려 죽은 사람이 더 많다고, 원영은 실험동 교수에게 들은 이야기를 지유에게 전했다. 모기가 퍼뜨리는 질병에 의한 사망자는 집계 자체가 어렵다더라고. 모기가 퍼뜨리는 질병의 종류가 너무 많고, 그중 말라리아에 걸려 죽는 사람만 연 오십만 명에서 백만 명 가까이 된다 했다고.

"그래, 사소한 게 쌓일 수도 있지."

지유는 수긍하는 눈치였다. 그리고 말을 이었다.

"실험실에서 이산화탄소를 썼다고 했지? 이산화탄소가 몸에 쌓이면 어떻게 되나 알아봐야겠다."

그게 아니라고 원영은 말을 다잡았다.

"도대체 뭐가 원인일 것 같은데? 엄마가 말해봐."

원영은 소설의 아이디어를 제공하는 척하며 자신의 이야기를 들려주기 시작했다.

"나라면 이렇게 쓸 거야. 주인공 이름이 원영이라고 해봐. 원영이네 택배가 엉뚱한 집에 배달된 거야. 그래서 원영이 남편이 택배 기사하고 다툰 거야. 근데 이 택배 기사가, 이후로 원영이만 보면 욕을 하는 거야. 남편한테는 아무 말 안 하면서. 아줌마, 내 눈 쳐다보지도 마쇼. 막 눈을 뽑아버린다고 그러고. 근데 원영이는 남편한테 암말도 못하는 거야. 세상이 얼마나 무섭니 지유야. 싸움이 커졌다가 해코지하면 어쩌나 싶은 거지. 집주소도 알고, 공동 현관 비밀번호도 아는데. 해코지도 원영이한테 할 거 아니니. 끙끙 앓다가 아프기 시작하는 거지."

그 이야기야말로 인터넷 기사에서 많이 본 것 같다고 지유는 답했다. 원영은 다른 이야기도 들려줬다. 텔레마케팅 사무실에서 헤드셋 너머로 종일 욕설을 듣는 여자 이야기. 평생 자기 책상을 가져보지 못해서 아프기 시작한 여자 이야기. 식기세척기를 구입하면 어떻겠냐고 물으면서도 책상이 필요하지 않으냐고는 한 번도 묻지 않는 가족 이야기. 밀가루가 체질에 맞지 않아 늘 위무력증에 시달렸지만 남편이 국수를 좋아해서 삼십 년 동안 국수를 먹은 여자 이야기. 체할 때마다 그러게 왜 국수를 먹느냐고 다그치던 딸 이야기. 그러면서도 일요일 저녁이면 와, 국수다, 라며 손뼉을 치던 딸 이야기…… 원영은 조금씩 이야기를 바꾸어가며 말했다. 거의 소설이 되어갔다. 원영은 너무 사소해서 오히려 무시했던 일화들을 처음으로 누군가에게 말하고 있었다. 지어내다시피 한 이야기지만 속이 후련했다.

*

지유는 유리문을 열었다. 테이블을 둘러봤다. 치온은 보이지 않았다. 시계를 봤다. 약속 시간까지 십 분이 남아 있었다. 커피 한 잔과 케이크 한 조각을 주문하고 지유는 자리를 잡았다. 포크로 케이크를 잘라 먹으면서, 지유는 자신이 두고 온 케이크를 떠올렸다. 원영의 환갑 케이크. 애초에 원영은 그 케이크를 먹을 수 없었다. 더이상 밀가루는 먹을 수 없게 되었으니까.

원영이 지유에게 먼저 전화를 걸기 시작했다. 소설 생각을 했다면서, 이런 얘기는 어떠냐면서, 원영은 계속 말하고 싶어했다. 원영의 하루하루를. 하나 마나 한 말처럼 별것 없는 사건들을. 그 이야기들은 처음 듣는 것처럼 낯설었다. 지유는 또다른 가능성을 생각하기 시작했다. 모기에 물리는 것만큼 사소하면서도 무서운 일들에 대해 생각했다. 이야기를 끝마칠 때마다 원영은 지유에게 같은 질문을 했다.

"얼마큼 썼어?"

원영은 지유의 소설을 기다리고 있었다. 어느 지면에 발표할 건지, 단편인지 장편인지 물어왔다. 애초에 소설로 쓸 생각이 없었으므로 지유는 대답을 얼버무렸다. 어제는 소설의 결말이 떠오르지 않는다고 얼버무렸다.

"결말이 생각이 안 나?"

잠시 생각을 하다가 원영이 말했다.

"지유야, 원영이가 깨끗이 다 나아서 건강해지는 결말을 써줘."

털이 식물처럼 쑥쑥 자라나고 온몸에 근육이 탄탄하게 붙는, 해피엔드를 써달라고 원영은 말했다. 지유는 자기가 쓴 소설의 주인공들을 떠올렸다. 칼을 휘둘러 살인을 시도하거나, 가까운 누군가가 죽거나, 직장에서 해고를 통보받거나, 혼자 고독하게 방에서 쓰러지던 인물들. 원영은 소설가 지유는 기특해하면서도 지유의 소설은 좋아하지 않았다. 왜 이렇게 어두운 이야기를 쓰냐면서, 등장인물들이 모두 화해를 하고 따뜻한 깨달음을 얻고 행복하게 끝이 나는 이야기를 쓰라면서, 병든 강아지를 어루만지 듯 슬픈 표정을 지었다. 지유가 꼬마였을 때, 반찬을 골고루 먹으라거나 목뒤까지 깨끗하게 닦으라고 말할 때 원영이 쓰던 말투였다. 그때마다 지유는 잘라 말했다.

"엄마는 내 소설이 부끄러워?"

이번에는 이 말을 할 수 없었다. 원영이 다 낫는 결말을 쓸 수 없다고 원영에게 말할 수는 없었다. 해피엔드를 쓰는 것이 어떤 소용이 있다고 생각되지도 않았다.

"그렇게 쓰면 뭐해. 소설은 소설일 뿐인데."

수화기 너머로 원영의 들뜬 기운이 꺼져가는 것이 느껴졌다. 그러니, 그런가, 같은 말을 중얼거리다가 원영은 물었다.

"소설일 뿐이면, 왜 써?"

지유는 포크를 내려놓았다. 시계를 봤다. 약속 시간이 이십 분 지나 있었다. 치온에게 전화를 걸었다.

"우리가 약속을 했다고요?"

지유는 달력 앱을 열었다. 빨간색으로 '큐브'라고 적혀 있었다. 회의에 가야 할 시간에는 공기청정기 필터를 갈고, 공기청정기 필터를 갈아야 할 시간에는 카페에 앉아 있었다. 그리고 원영의 집에 두고 온 케이크 생각을 하면서 케이크를 먹고 있었다. 지유는 한숨을 쉬었다. 치온에게 더듬더듬 설명을 했다.

"착오가 아닌 걸로 만들죠."

금방 갈 테니 조금만 기다리라고 치온이 말했다.

배기 바지를 입고 야구 모자를 쓴 치온이 나타났다. 처음 만나는 것처럼 치온이 낯설었다. 일이 아닌 문제로 두 사람이 만나는 것은 처음이었다. 일이 아닌 문제로 사람과 대화를 나누는 것이 지유에겐 아주 오랜만이었다. 어떤 이야기를 해야 할지 떠오르지 않았다. 치온과 지유는 걷기로 했다. 바깥을 걸으면 바깥이 보이니까, 바깥에 대해 이야기를 나눌 수 있었다.

"저게 이팝나무였나요, 조팝나무였나요."

지유가 물었다.

"이팝나무네요."

"어떻게 알았어요?"

"이팝나무 꽃잎은 이- 발음할 때처럼 길쭉하게 생겼고, 조팝나무 꽃잎은 조- 발음할 때처럼 동그랗게 생겼어요."

지유는 고개를 갸우뚱했다.

"이 얘기, 다른 사람한테 들은 적이 있는 것 같아요."

"저도 다른 사람한테 들은 얘긴데요."

치온과 지유는 서대문자연사박물관을 돌아 안산 둘레길로 접어들었다. 계단 때문에 숨이 찼다. 긴 대화를 나눌 수 없었다. 그 점이 지유는 편안했다. 빈 정자가 나타났고, 정자의 지붕 아래만 그늘이 져 색감이 흐릿했다. 치온과 지유는 그곳에 앉아 땀을 식혔다.

"요즘에도 잊어요?"

지유가 물었다. 치온은 선뜻 답하지 못했다. 자신이 어떤 말을 했는지, 어디까지 털어놓았는지를 가늠하는 듯한 눈빛이었다. 다른 누군가를 향해 지유 또한 자주 짓던 표정이었다.

"이유를 잊는다면서요."

치온은 그제야 자신이 말한 이야기를 기억해냈다. 아! 소리를 냈다. 한참을 생각에 빠져 있다 온몸의 땀이 마르고 선득함이 느껴질 때쯤 치온이 입을 열었다.

"이유를 잊게 되는 원인이 있을 거예요. 스트레스 상황이 반복되면서 단기 기억력이 나빠진 것일 수도 있겠죠. 그런데 이유를 잊어야만 하는 이유가 따로 있는 것 같다는 생각이 들어요. 지워진 게 아니라 필요에 의해 치워졌다고 해야 할까요. 이런 생각을 하다보면 원인과 이유가 일치할 수 없다는 것을 종내는 알게 돼요. 그 불일치가 나한테는 원인인 것 같아요."

치온은 잠시 눈동자를 굴리며 기억을 되짚었다.

"얼마 전에 하나 떠올랐어요."

치온은 여섯 살 때의 일화를 지유에게 들려주었다. 어린이날이었다. 친척들과 다 같이 밴을 타고 딸기 농장에 가기로 했다. 밴은 자리가 비좁았고, 에어컨은 시원찮았다. 치온이 노래를 부르자 다들 좋아해줬다. 농장에서 딸기를 배불리 먹었다. 그리고 다시 밴에 올랐다. 창가에 자리를 잡은 치온의 엄마가 말했다. 여기 올 때에도 창가에 앉았는데, 땡볕이 쏟아져서 너무 괴로웠다고. 그래서 이번에는 반대 방향 창가에 자리를 잡았다고. 그런데 그사이에 해가 기울어 이번에도 자기 자리로 땡볕이 쏟아진다고. 친척들은 웃었다. 치온은 갑자기 엄마가 무서워졌다. 앉은 자리에서 딸기를 다 토했다. 이후로 딸기 농장은 줄기차게 치온의 꿈에 나왔다. 엄마와 눈이 마주치면 치온의 입에서 짓뭉개진 시뻘건 딸기가 끝도 없이 쏟아졌다.

"제가 아직도 딸기를 못 먹거든요? 근데, 도무지 기억이 안 나는 거예요. 어째서 엄마가 무서웠는지. 분명 무서워서 겁에 잔뜩 질렸었는데. 도대체 왜 무서웠지?"

치온이 말을 이었다.

"얼마 전에 어린이날이었잖아요. 한 아이를 봤어요. 오른팔을 번쩍 들고서 횡단보도를 건너고 있더라고요. 사람들이 북적북적 길을 건너는데, 아무도 손을 안 드는데, 혼자서 너무 열정적으로 팔을 귀 옆에 딱 붙이고 들고 있는 거예요."

요즘 아이들도 팔을 들고 길을 건너는구나, 치온은 생각했다. 그러다 기억났다. 자신도 여섯 살짜리 어린이였다는 사실이. 길을 건널 때면 누가 어쩌든 높이높이 팔을 들고, 두 손바닥을 배꼽에 모아 깍듯하게 인사를 하고, 밥을 먹기 전에는 큰 목소리로 '잘 먹겠습니다'를 외치던, 그런 어린이였다는 사실이.

"엄마가 앉았다던, 그 땡볕 쏟아졌다는 창가에 앉은 사람이 나였어요. 그 자리에 앉을 때 엄마랑 눈이 마주쳤어요. 엄마가 밝게 웃으면서, 딸기가 맛있었냐고 물었어요. 엄마의 계산이 틀리지 않았더라면 내가 몇 시간 동안 땡볕 속에 앉아 있었겠죠."

치온은 지유를 바라보며 말했다.

"그때는 무서웠는데 지금은 무섭지가 않아요. 내가 무서움에 내성이 생기면서 이유가 너무 사소해졌어요."

그리고 치온은 지유의 표정을 살폈다. 눈가와 입술을 유난히 쳐다봤다. 둘레길을 올라올 때 작은 날벌레들이 눈 속으로 들어오려 했던 게 기억났다. 얼굴에 벌레가 붙었나, 지유는 자신의 얼굴을 손끝으로 더듬었다.

"이번엔 안 웃네요?"

그러고 보니 웃음이 나질 않았다.

역 앞에서 헤어질 때 지유는 치온에게 말했다.

"죄송했어요."

"오늘 나는 좋았는데요."

치온이 답했다.

"오늘 말고요. 저번에 내가 웃은 거요."

이번에는 치온이 웃음을 터뜨렸다. 그러자 지유도 웃음이 터졌다. 치온과 지유는 오래도록 시원하게 웃었다.

지하철에 앉았을 때에야 지유는 부재중전화와 문자메시지를 발견했다. 원영이 여러 통의 문자메시지를 보내놓았다.

지유야, 원영이가 안 나으면 엄마가 너무 괴로울 것 같아. 다 낫는 걸로 써주었으면 해.

지유야, 전화 안 받네. 혹시 서운한 거 아니지?

지유야, 무슨 일 있어?

마지막 문자에는 다 잊어달라고 적혀 있었다. 지유가 쓰고 싶은 대로 쓰면서 살라고, 별일 없다는 문자 하나만 보내달라고. 지유는 원영에게 전화를 했다. 또 걱정을 사서 하고 있었느냐고 말했다. 긴 산책을 했다고 말했다. 좋은 일이 있었다고 말했다. 이팝나무와 조팝나무에 대해 말했다. 내년 이맘때쯤에, 이팝나무와 조팝나무의 차이점에 대해 또 이야기 나누자고 말했다.

*

원영은 보일러실 문을 열었다. 상자들이 차곡차곡 쌓여 있었다. 오른쪽에는 초파리 기사들이 담긴 상자가, 왼쪽에는 지유의 소설이 담긴 상자가 있었다. 문예지나 소설집을 굳이 사서 모으지는 말라고 지유는 말했지만, 원영은 지유 몰래 그것들을 모아왔다. 원영은 상자를 열었다. 소설집 한 권을 꺼냈다. 책상에 가 앉았다. 스탠드를 켜고, 책상 서랍에서 돋보기를 꺼냈다. 안경닦이로 알을 닦고, 돋보기를 썼다. 초점이 맞도록 얼굴을 뒤로 쭉 뺐다. 목차에 적혀 있는 페이지를 확인했다. 책장을 후루룩 넘기다가, 7페이지에서 멈췄다. 지유의 소설 속에서, 원영은 초파리를 들여다봤다. 초파리가 아름답게 표현돼 있었다. 이 소설에서 원영은 결말 부분을 가장 좋아했다. 모든 것이 초파리와 실험동 덕분이라고 생각했다.

지유가 소설을 쓰기 시작했을 무렵, 원영은 초파리에게 로열젤리를 투여하는 실험이 있었다는 기사를 발견했다. 원영이 키웠던 초파리들도 로열젤리를 먹었다는 사실이 그제야 기억이 났다. 십

일 년 전 진행했던 실험의 결과가 원영 앞에 도착해 있었다. 로열젤리를 투여받은 초파리 애벌레는 산란능력이 두 배나 증가했고 수명도 두 배나 늘어났다고 했다. 로열젤리는 면역력을 높여주고 호르몬을 조절하여 갱년기 여성에게도 효과를 발휘한다고 했다. 로열젤리를 먹으면서부터 원영의 팔뚝에서 하얀 솜털이 자라기 시작했다. 민들레 씨앗만큼 가느다란 털이었다. 하얗고 보송보송한 솜털로 머리가 뒤덮였다. 그리고 목덜미의 머리카락부터 검어지기 시작했다. 조금씩 굵어져갔다. 배냇머리처럼 빠졌다 자랐다를 반복하며 튼튼해져갔다. 로열젤리가 아니었더라면 지유는 소설을 끝맺지 못했을 거였다.

요즘에는 계단을 한 발로 올라가느냐고 지유는 물었다. 당연한 걸 왜 묻느냐고 원영은 답했다.

"내가 그 정도는 아니었지."

자신이 한 발로 계단을 오르지 못했다는 사실을 원영은 기억하지 못했다. 원영의 외출이 잦아졌다. 누군가 자신을 쳐다볼까봐 걱정할 이유가 없어졌다. 매일 바깥을 걸었다. 이팝나무 아래를 걸을 때면 휴대폰으로 꽃잎 사진을 찍었다. 이것이 무슨 꽃인 것 같으냐고 지유에게 퀴즈를 냈다. 지유는 여전히 이팝나무와 조팝나무를 헷갈려 했다. 원영은 걸을수록 더 멀리까지 걸을 수 있게 되었다.

원영을 괴롭혔던 미진단 질환은 초파리와 실험동 때문일 수 있다고, 지유는 여전히 생각했다. 아니면 노화의 수순이었을 수도 있다. 누군가에게는 노화가 서서히 자연스럽게 오고, 누군가에게는 치명적인 위력을 행사할 수 있다. 원영이 지유에게 소설로 써달라고 했던 그 모든 사연의 총합이 원인일 수도 있다. 어쩌면 지유의 소설도 사연의 한 부분일 것이다. 가장 시시한 문장으로 지유는 소설을 끝맺었다. 이원영은 다 나왔고, 오래오래 행복하다.

| 작가노트 |

너무 열심히 쓰지 말라던 말

엄마의 이름을 일부러 틀리게 적곤 했다. 'ㅁ'을 교묘하게 둥글게 그렸다. 부모의 이름을 적어 학교에 제출해야 했던 날, 담임이 큰 소리로 나를 불렀다. 담임은 손가락으로 엄마의 이름을 짚었다. 이게 미음인지 이응인지 물어보았다. 나는 이응이라 답했다.

"정덕. 맞아?"

나는 고개를 주억거렸다. 방귀 소리만 들어도 서로를 놀려대던 때였다. 엄마 이름이 '점덕'인 걸 알면 아이들이 놀릴 것이 뻔했다. 몸에 점이 있냐는 디테일한 질문이 이어질 거였다. 자라면서 자연스럽게 사라졌지만, 태어났을 때에는 엄마의 손등에 큰 점이 있었다고 한다. 그래서 '점덕'이 되었다고 한다.

엄마도 자기 이름을 못마땅해했다. 친구를 따라 작명소에 갔다가, 점 점点자가 사람의 이름에는 사용하지 않는 불용 문자라는 얘기를 엄마는 들었다. 작명소 사람의 말에 따르면, 엄마는 이름 때문에 부모 운이 없었다. 이름 때문에 고독했으며 이름 때문에 근심이 잦았다. 이름 때문에 몸이 자꾸 아팠다.

엄마는 개명을 고민했다. 그러다가 법적 개명보다 누군가가 다른 이름으로 엄마를 불러주는 것이 더 중요하다는 말을 들었다.

마트 입구에서였다. 일등에 당첨되면 고급 세단을 준다는 경품 행사에 참여하기 위해 응모권을 적던 참이었다. 이름 칸에 엄마는 썼다.

원영.

가명을 썼다가는 당첨이 된다 해도 취소 처리가 되어버릴 거라고 나는 걱정했지만, 그런 법이 어딨냐며 엄마는 막무가내였다. 발표 날 엄마의 이름이 불린 적은 없었다. 그래도 엄마는 경품 행사가 있을 때마다 '원영'을 썼다. 다른 때에도 종종 그랬다. 그러니까, 매번 그러지는 않았다는 얘기다. 은행이나 주민 센터, 병원 같은 곳에 갔을 때에는 또박또박 본명을 적어 냈다. 공교롭게도 엄마는 도무지 불릴 리 없을 것 같은 순간에만 '원영'이라는 이름을 사용하게 되었다. 내가 아는 한, '원영'이라는 이름으로 엄마를 불러준 사람은 원영밖에 없다.

어째서 '원영'이냐고, 물어본 적이 있다.

"원영을 거꾸로 읽어봐. 영원. 영원이 되잖아."

발그레 웃으며 엄마는 답했다. 그게 원영의 비밀이라 했다. 엄청난 비밀을 알려주는 듯한 표정이었다. 나는 영원이라는 단어를 좋아해본 적은 없었지만, 영원이라는 단어를 자신의 이름으로 선택한 엄마의 마음은 좋아했다.

이 소설은 해피엔드를 써달라는 원영의 부탁에서부터 엉키기 시작했다. 행복한 소설을 써보라는 말은 귀에 못이 박이도록 들어왔지만, 원영에게 알겠다고 대답한 것은 처음이었다. 아무것도 걱정하지 말라고, 행복하게 끝이 나는 이야기를 쓰겠다고 나는 말했다. 사실은 소설을 포기하는 심정이었다. 원영이 말하는 해피엔드는 일종의 거짓처럼 느껴졌다. 기적처럼도 느껴졌다. 기적을 행하는 건 내 능력 밖의 일 같았다. 크면 원영에게 으리으리한 집을 사주겠다던 어린 시절의 약속과 다를 게 없었다.

나는 두 사람에게 원영의 부탁에 대해 털어놓았다. 첫번째는 나의 언니였다. 누군가가 내 소설의 엔딩을 정해두고 그가 원하는 대로 써달라고 한다면 내가 어떻게 해야겠냐고 물어보았다. 그 사람이 누구인지는 모르겠지만, 그런 부탁은 들어주지 않아도 된다고 언니는 단호하게 말했다. 작가는 쓰고 싶은 대로 소설을 쓸 권리가 있다고 했다. 나는 그제야 나에게 부탁을 한 사람이 원영이라는 사실을 말했다. 언니는 말이 없어졌다. 표정이 순식간에 어두워졌다. 정말 네 마음대로 소설을 쓸 것이냐는 물음을 담아 나를 쳐다보았다. 못 쓰면 못 썼지, 쓰게 된다면 해피엔드를 쓸 거라고 나는 말했다. 그제야 언니는 안도의 한숨을 내쉬었다. 금세 밝아진 얼굴로 언니는 웃었다.

두번째는 동료 작가였다. 그는 언니와 달리 나의 가족이 아니었고, 쓰는 일을 직업으로 삼고 있어서 내 심정을 더 잘 이해해줄 것 같았다. 나는 그저 원영의 불가능한 부탁에 대해 하소연을 하고 싶었다. 소설을 포기하지 않았으면 좋겠다고 그는 조심스럽게 말했다. 소설을 위해서 하는 말은 아니라고 했다. 원영의 삶과 나의 삶을 위해서라고 했다. 쓰면서 갈등을 겪고 나면 소설은 망해도 내가 나은 사람이 될지 모른다고 했다. 나는 원영과 언니, 그리고 동료 작가, 세 사람의 얼굴을 번갈아 떠올리며 내가 쓰고 있는 소설을 견뎌갔다.

원영의 몸에서 털이 식물처럼 자라나고 근육이 점점 탄탄해지는 그 장면. 그것만 쓰면 소설이 끝나는데, 한 글자도 써지질 않았다. 그 문장들을 써내는 게 불가능할 것 같았다. 무더운 여름에 시원한 물을 벌컥벌컥 마신다거나, 점심을 먹고 나서 달콤하게 낮잠을 잔다거나, 참아왔던 말을 드디어 쏟아내는 그런 순간에 느낄 수 있는 쾌감과는 정반대의 감정, 이를테면 통증을 느끼며 재활치료를 하는 순간이나 떠지지 않는 눈을 겨우 떠가며 이불을 개켜놓는 아침처럼. 이 일을 해내야만 한다고 되뇌어야만 쓸 수 있을 것 같았다. 소설을 쓰는 일이 내가 원하는 세계를 지켜내는 일이라 믿은 적이 있다. 그러나 내가 원하는 세계는 무엇이었을까.

원영은 내게 무엇인가를 '하라'고 말한 적이 없었다. 설거지나 과일 깎기 같은 집안일을 시킨 적도 없었지만, 열심히 공부하라는 말도 한 적이 없었다. 시험 전날 책상에 앉아 문제집을 풀고 있으면, 슬그머니 방에 들어와 그만하고 자라고 했다. 원영이 내게 하라고 말하는 건 먹는 것, 자는 것, 행복한 것밖에 없었다. 작가라는 직업을 선택한 이후로도 마찬가지였다.

"솔아야, 너무 열심히 쓰지 마."

원영은 말했다. 그 말이 나는 못내 서운했다. 내게 아무런 기대도 하지 않는 것만 같았다. 열심히 하려는 사람에게 왜 자꾸 그런 말을 하느냐고, 나는 불만을 섞어 볼멘소리를 했다.

"너무 열심히 하면 무서워져."

공부든, 글쓰기든, 사랑이든. 그 무엇이든 너무 열심히 하는 사람을 보면 그 사람이 죽을지도 모른다는 두려운 생각이 든다고 원영은 말했다. 내가 모르는, 원영은 잘 아는 이들을 떠올리고 있는 것 같았다.

너무 열심히 쓰지 마.

이 소설을 쓸 때 가장 많이 떠올린 말이다. 원영이 내게 누누이 말해왔던 것처럼 원영도 잘 먹기를, 잘 자기를, 행복하기를. 오직 그것만 바라보고 있는 나 자신을 외면하지 않았던 시간이었다.

| 해설 |

해피엔드를 다시 생각하기

박서양

이원영은 평생 가정과 일터의 경계를 넘나들며 쉬지 않고 일을 해온 중년 여성이다. 가발 공장 직원, 외판원, 마트 캐셔, 급식실 조리원, 텔레마케터 등 집밖에서는 수많은 직장을 전전해왔으며, 집안에서는 청소와 빨래, 요리와 같은 가사노동을 도맡아왔다. 그러나 오랫동안 여성 노동의 가치를 인정하지 않은 성차별적 구조에서 원영의 분주했던 삶의 이력은 단지 '오십대 무경력 주부'라는 말로 간단히 요약되고 만다. "학원비 몇 푼 버느니 집에서 아이를 돌보는 편이 낫지 않냐"(11쪽)는 질문은 여성에게 전가되는 가정 내 돌봄 노동의 책임이 다시 가정 밖에서의 낮은 사회적 지위로 이어지는 악순환의 고리를 드러낸다. 공동체의 유지와 재생산에 필수적인 돌봄 노동의 의미를 저평가해온 불평등한 체제에서 원영은 저임금 노동, 경력 단절, 업무상의 언어폭력마저 경험하게 된다.

이전에 텔레마케터 일을 같이하며 알게 된 동료 미선은 그런 원영에게 과학기술원의 실험동 아르바이트 자리를 소개해준다. 그곳에서 원영은 실험용 초파리를 양육하고 번식시키는 업무를 담당하게 된다. 유산균과 옥수수 전분을 섞어 먹이를 만들고, 구더기에서 성충으로 자라는 초파리 개체의 성장을 지켜보는 일은 어쩌면 이전에 원영이 해왔던 돌봄 노동과도 크게 다르지 않다. 실험동은 원영이 일했던 다른 어떤 곳보다 보수가 좋고 쾌적한 근무 환경을 제공하는 일터이다. 무엇보다 자신이 각별한 애정으로 기른 초파리가 세계 곳곳으로 수출된다는 사실에 원영은 보람과 자부심을 느낀다.

하지만 언젠가부터 원영은 원인 모를 질병으로 인해 머리카락이 뭉텅뭉텅 빠지고 음식을 잘 삼키지 못할 정도로 건강 이상 증세를 겪는다. 더이상 일을 하기 어려울 지경이 되자 원영은 휴직을 하지만, 정권이 교체되면서 국가 지원금이 끊기자 결국 실험동은 폐쇄되고 만다. 돌아갈 직장을 잃었지만 원영은 시간이 흘러도 실험동에서의 추억을 아름답게 간직하고 있다. 한편 원영의 딸 지유는 엄마의 건강 악화가 산업재해라 추측한다. 소설을 쓴다는 핑계를 대며 실험동에서 있었던 일을 원영에게 캐묻지만, 오히려 원영은 "아무 문제가 없는 곳을 문제가 있는 것처럼"(27쪽) 말하는 지유가 자신의 기억을 훼손시킨다고 느낀다.

그 대신 원영은 살면서 겪어온 일들을 조금씩 변형하여 지유에게 들려준다. 마치 자신이 아픈 진짜 이유는 바로 이런 이야기 안에 깃들어 있다는 듯이. 이야기에는 밀가루가 체질에 맞지 않아 위무력증을 앓으면서도 가족들을 위해 삼십 년 동안 국수를 먹어온 여자, 남편과 다툰 택배 기사가 엉뚱하게도 자신을 위협하는 바람에 불안감에 시달리다 결국 아프고 마는 여자, 식기세척기를 구입하면 좋지 않겠냐고 하면서 정작 필요한 건 자기만의 책상이라는 사실은 몰라주는 가족과 함께 사는 여자가 등장한다. 원영 자신조차 "너무 사소해서 오히려 무시했던"(29쪽) 에피소드에는 비록 누군가를 돌보는 일로 인해 마모되고 약해졌지만 그로부터 생의 의미를 발견해온 중년 여성의 일생이 담겨 있다. 급기야 원영은 지유에게 자신이 나오는 소설을 행복하게 끝맺어달라고 부탁한다. "지유야, 원영이가 깨끗이 다 나아서 건강해지는 결말을 써줘."(30쪽)

지금껏 지유가 쓴 소설에는 "칼을 휘둘러 살인을 시도하거나, 가까운 누군가가 죽거나, 직장에서 해고를 통보받거나, 혼자 고독하게 방에서 쓰러지던 인물"(31쪽)들이 등장해왔다. 폭력과 비극에서 자유로울 수 없는 지극히 현실적인 삶을 소설에 담아왔고, 원영의 눈에 그런 이야기들은 아름답지 않았다. 지유는 원영의 의견에 동의하지는 않지만, 원영의 행복을 바라는 마음만으로 소설을 써나간다. "소설은 소설일 뿐"(같은 쪽)이라는 회의감을 넘어서 평생 누군가를 보살펴온 원영이 지녀왔을, 생명을 가진 모든 것들이 삶을 지속하길 바라는 마음을 자신의 소설 속에 담아보기로 결심한다.

실험실에서 초파리를 가지고 나와 건강을 차츰 잃기 시작한 뒤로, 누군가를 돌보기만 했던 원영은 돌봄을 필요로 하는 존재가 된다. 하지만 원영을 돌보는 이는 원영뿐이었음을, 삼 년 만에 원영을 찾은 지유는 알아차리고 미안함을 느낀다. 천일염으로 양치를 하고, 몸을 마사지하고, "보기만 해도 건강해지는 기적의 음파"(21쪽) 동영상을 틀어두고 자면서 건강을 되찾기 위해 갖은 애를 쓰는 원영을 보며, 결국 지유는 원영이 씻은듯이 낫게 되는 해피엔드로 자신의 소설을 마무리한다. 보일러실 한쪽에 지유가 쓴 소설을 차곡차곡 쌓아놓은 원영은 실험동에서의 기억이 아름답게 남겨진 소설을 읽고 흡족해한다.

> "로열젤리를 먹으면서부터 원영의 팔뚝에서 하얀 솜털이 자라기 시작했다. 민들레 씨앗만큼 가느다란 털이었다. 하얗고 보송보송한 솜털로 머리가 뒤덮였다. 그리고 목덜미의 머리카락부터 검어지기 시작했다. 조금씩 굵어져갔다. 배냇머리처럼 빠졌다 자랐다를 반복하며 튼튼해져갔다. 로열젤리가 아니었더라면 지유는 소설을 끝맺지 못했을 거였다."(37쪽)

원영이 건강을 회복하는 이 결말은 언뜻 우연성의 세계를 서사화하는 것처럼 보인다. 그러나 여기에서 그녀가 십일 년 전 실험용 초파리를 돌보았던 경험이 중요하게 작동한다는 점을 눈여겨보아야 한다. 로열젤리를 투여한 초파리가 "산란능력이 두 배나 증가했고 수명도 두 배나 늘어났다"(같은 쪽)는 과거의 실험

결과가 다시 현재 원영의 병을 낫게 하는 결말로 되돌아오는 것이다. 원영이 초파리를 그토록 좋아했던 이유가 바로 "살아 있었"(10쪽)기 때문이라는 사실은, 그대로 소설에서 원영이 살아나는 이유가 된다. 초파리에게 정성껏 로열젤리를 먹이던 원영의 마음을 지유가 이어받은 결과 지유가 쓴 작품의 결말에는 "털이 식물처럼 쑥쑥 자라나고 온몸에 근육이 탄탄하게 붙는, 해피엔드"(30쪽)라는 수식이 덧붙는다.

비록 지유의 소설은 해피엔드로 끝났지만, 동화의 익숙한 문장으로 종결되는 작품의 마지막 부분에서 여전히 머뭇거리게 된다. 원영은 정말로 건강을 회복하게 된 것일까? 아니면 단지 원영의 바람대로 지유의 소설이 쓰였고 원영은 그것만으로도 충분하다고 말하고 있는 것일까?

이 정해지지 않은 결말은 독자와 텍스트의 관계, 소설과 현실 사이의 관계를 다시금 낯설게 만들며 우리를 다양한 해석 가능성 앞으로 인도한다. 누군가는 원영이 쾌유했다는 사실을 믿으며 그로부터 희망을 가질 수도 있을 것이고, 누군가는 원영이 여전히 아프다고 생각하지만 그럼에도 그녀가 완치되기를 바랄 것이다. 결말에 대한 저마다의 해석은 한편 원영이 정말로 쾌차하기를 바라는 마음을 구심점 삼아 느슨하게 연결되어 있기도 하다. "이원영은 다 나았고, 오래오래 행복하다"(38쪽)라는 마지막 문장은 이와 같이 다층적인 마음들이 함께 만나고 공명하는 독특한 공간을 만들어낸다. 일생 동안 다른 이를 보살펴온 이가 오래도록 건강하고 행복했으면 하는 마음. 그것은 아마 실험실에서 가장 작은 개체인 초파리의 세계를 돌본 원영의 마음과도 연결되어 있을 것이다.

박서양
2020년 문학동네신인상을 수상하며 평론을 발표하기 시작했다.

김멜라

저녁놀

작가노트

웃게 해줄 수 있다면

해설 김보경

(무)쓸모의 젠더와 다시 쓰이는 문학

김멜라
2014년 『자음과모음』 신인문학상을 수상하며 작품활동을 시작했다. 소설집 『적어도 두 번』 『제 꿈 꾸세요』가 있다. 문지문학상, 2021년 젊은작가상, 이효석문학상을 수상했다.

저녁놀

이 글은 대파 한 단이 육천칠백원 하던 시절, 세상으로부터 버려질 위기에 처했던 모모의 이야기다. 모모는 환경호르몬에 안전한 의료용 실리콘 재질로 만들어진 검은색 모형 페니스로 3단계 바이브레이션 기능과 간편 착용이 가능한 팬티형 스트랩이 포함된 성인용품이었다. 그러나 흡입 막대가 필요하지 않은 두 여자에게 보내진 뒤 모모는 매주 화요일과 목요일, 일몰 후 쓰레기 버리는 시간이 되면 생활폐기물 봉투에 담겨 버려질까 불안에 떨었다. 그 고통의 시간 동안 모모는 자신의 존재 이유에 관해 깊이 성찰했다. 이 기록은 그 사색의 과정을 담은 회고록이자 선언문이며 대파보다 못한 취급을 받아야 했던 모모의 슬픈 연대기다. 긴 시간, 두 여자에게 외면당한 모모는 사물의 한계를 뛰어넘어 인간을 들여다보는 심연의 눈을 갖게 되었다. 모모는 말한다. 여자들이 나를 보지 않을수록 나는 더욱더 여자들을 본다.

1

나 모모가 아직 인간을 만나지 못했던 시절, 훗날 나를 구매하게 될 두 여자는 한 예술대학교에서 만나 연인 사이가 되었다. 두 여자 중 한 명은 작곡을 전공한 취업 준비생이었고, 다른 한 명은 회화과의 마지막 학기를 앞둔 예비 취업 준비생이었다. 두 여자 모두 시간당 급여가 지급되는 서비스직 아르바이트를 했으며 자격증 시험 준비와 진로 고민으로 바쁜 와중에도 시간을 내서 만날 때면 누가 먼저랄 것 없이 입버릇처럼 말하곤 했다.

—쉬고 싶어.

일하지 않는 시간에도 늘 일하는 기분을 느끼던 두 여자는 데이트할 때에도 다른 사람의 시선을 의식해야 했다. 값싼 식당이나 번잡한 카페, 오래 앉아 있으면 머리카락에 도시의 먼지 냄새가 배는 지저분한 공원을 오가다보면 단둘이 있을 만한 공간이 절실했다. 그 시절, 대학가나 번화가에는 DVD 방이 줄지어 있었고 두 여자는 아르바이트비를 모아 DVD 방을 찾았다.

가게에 들어가 영화를 고르고 적립 쿠폰에 도장을 받은 뒤 좁고 어두운 복도를 지나 문을 열면 화질이 뿌연 스크린과 인조가죽 소파가 두 여자를 맞이했다. 모과 방향제 냄새가 풍기는 컴컴한 벽에 둘러싸여 두 여자는 서로의 몸을 만지고 입을 맞추고 옷

속으로 손을 넣었다. 때론 영화에 집중하기도 했다. 처음 몇 번은 20세기 명화들이 꽂혀 있는 진열장 앞에 서서 보고 싶은 영화를 신중하게 골랐다. 감독이 어떻고 미장센이 어떻고 하는 말을 나누기도 했다. 시간이 갈수록 그런 대화는 줄어들어 '긴 상영 시간에 적당히 시끄러운 영화'를 택했다. 음 소거를 한 듯 이미지만 나열되는 짧은 예술영화가 가장 나빴고, 중간중간 코믹과 액션 장면이 섞여 있는 웰메이드 대중 영화가 배경 소음으로 적당했다. 한국어 대사가 들리면 둘만의 시간이 방해받는 것 같아 외국영화를 택했으며 심각하거나 진지한 드라마보다 유머가 섞인 과하지 않은 장르물에 손이 갔다. 그러다보니 독일 코미디나 프랑스 액션 같은 영화를 보게 되었는데, 한참 서로의 입술을 빨다 문득 스크린을 보면 이국 말을 쓰는 유럽인들이 그들을 보고 있었다. 영화는 저들이 아니라 우리가 찍고 있는 거라며 둘은 더 열심히 키스했다. 영화는 지루해도 서로의 몸을 주물럭거리는 일은 조금도 지루해지지 않았다. 먹는 것도 보는 것도 벌거나 쓰는 것도 서로의 몸을 만지는 것보다 더 큰 기쁨을 주지 못하며 인간의 모든 행위 중 만지고 비비고 문지르는 것이 가장 높은 만족을 준다는 것을 두 여자는 도시의 방들을 오가며 깨달았다.

두 여자가 서로의 이름을 부르며 애정 표현을 하기 녹록지 않은 세상이라 둘은 '지현'과 '민영'이란 이름 대신 별명을 지어 불렀다.

—눈점이 어때?

지현은 자신이 만든 캐릭터 이름을 자기의 애칭으로 제안했다. 애니메이션 감독을 꿈꾸는 일러스트레이터 지망생답게 지현은 눈이 점만한 캐릭터를 자기 마음을 털어놓는 친구로 여기며 펜과 종이만 있으면 눈이 점만한 캐릭터를 그렸다. 점만한 눈을 가진 얼굴에 볼이 잘 빨개지는 그 캐릭터는 예민하고 감성이 풍부한 지현의 성격과 닮아 있었다.

—그럼 난 먹점이 할게.

민영은 눈점이란 이름에 맞춰 자신의 별명을 만들었다. 윗입술 오른쪽에 작고 까만 점이 있는 민영은 어려서부터 주위 어른들로부터 입술에 난 그 점 때문에 평생 먹을 복이 있을 거란 말을 들었다. 언뜻 김 가루나 검은깨가 붙은 것처럼 보여 그 점이 싫은 적도 있지만 민영은 눈점이란 별명에 맞춰 기꺼이 먹점이 되었다.

—먹점아, 보고 싶어!

별명을 지은 두 여자는 통화할 때만큼은 마음껏 애정을 표현했다. 사랑한다거나 보고 싶다는 말을 소리 내어 할 수 있었고 전화번호부에 서로의 애칭을 입력하고 옆에 하트를 붙일 수도 있었다. 다른 이름이 주는 기쁨을 느낄수록 두 여자는 자신들을 둘러싼 언어의 속박을 유희로 바꾸었으며 점점 더 둘만의 비밀 언어를 늘려갔다.

도서관도 그중 하나였다. 두 여자는 모텔이란 단어를 피하고자 도서관이란 별칭을 썼다. 당시 시립 도서관 열람실에 다니며 국가 공인 자격증을 따기 위해 공부하던 먹점은 도서관 벤치에서 눈점을 만나곤 했다. 먹점은 둘만 있는 공간에서 편하게 쉴 수 없을까를 고민하며 모텔이나 대실이란 말을 꺼냈고, 그러면 눈점은 목소리를 낮춰 속삭였다.

—다른 말로 하자. 그 말은 너무 못생겼어.

말의 뉘앙스와 심미적 특성을 중요하게 여기는 눈점은 못생긴 말 모텔을 도서관으로 바꾸었다. 콘돔은 책, 섹스는 독서로 하자고 했다. 가령 '도서관 가서 책 읽을까?'라는 말은 '모텔에 가서 콘돔을 끼고 성행위를 즐기자'라는 뜻이었다.

두 여자의 성행위에 왜 콘돔이 필요한지 의문을 가질 사람이 있을지 모르겠다. 콘돔인지 옥돔인지를 손에 끼우든 소금을 뿌려 구워먹든 그건 중요하지 않다. 콘돔에 헬륨 가스를 넣어 어린이 파티용품을 만들겠다는 것도 아니고 환타를 넣어 빌딩 옥상에서 던지겠다는 것도 아닌데 두 여자가 그걸 어떻게 쓰든 내 알 바 아니다. 중요한 건 그 윤활유 묻은 고무를 머리에 써볼 기회가 나 모모에게는 한 번도 없었다는 것이다. 어쨌거나 난 그걸 쓰고 쿵짝쿵짝 하라고 만들어진 존재가 아닌가. 한땐 그렇게 생각했다. 내 존재가 어떤 목적을 위해 쓰여야 한다고.

도서관에 가서 한바탕 책을 읽고 나면 두 여자는 세탁 세제 냄새가 짙게 풍기는 열람실 이불을 덮고 누워 서로를 어루만졌다. 어린 시절부터 잠드는 것이 어려웠던 눈점은 먹점의 입술에 자기 입술을 맞대고 먹점의 손길에 따라 몸의 감각을 집중하면 자기도 모르게 잠에 빠졌다.

—딜도로 해볼까? 그것도 해보고 싶은데.

잠의 장막이 막 눈점의 의식을 덮으려 할 때 먹점이 말했다. 그 말의 진의를 파악하기도 전에 눈점은 잠들었고, 깨어났을 때 여전히 먹점의 입술이 자신의 입술과 맞닿아 있는 것을 확인했다. 한 시간이 넘도록 서로의 숨결을 느끼며 잠들어 있었다는 사실에 눈점은 안온한 만족에 젖어 먹점에게 물었다.

—아까 그게 무슨 말이야? 뭘 해보고 싶다고?

먹점이 뭐라 대답하기도 전에 눈점이 연이어 물었다. 왜? 왜 그걸 해보고 싶은데? 우리 사이에 그게 필요해? 먹점은 자기가 한 말을 더듬더듬 변명했고 눈점은 자신의 입술로 그 단어를 발음하고 싶지 않아 그것을 지칭할 다른 말을 떠올렸다.

—책갈피라고 하자. 앞으로 그거 말할 땐 책갈피라고 해.

멋진 별칭이었다. 도서관과 어울리는 단어이자 나 모모를 아름답게 꾸며주는 비밀 언어. 세상의 수많은 책갈피를 떠올려보라. 가벼운 금속이나 나뭇결을 살린 목재로 만들어진 각양각색의 책갈피. 위대한 건축물이나 꽃이 그려진 디자인. 여행지의 기념품으로 사랑받고 소중한 마음을 담아 선물하기에 좋은 반영구적인 소품. 종이와 종이 사이에 끼워져 읽은 부분과 읽어야 할 부분을 가름해주는 지성인의 상징. 얇고 단단하며 심미적이고 유용한 사물, 책갈피—나 모모는 그런 존재였다.

도서관을 오가던 점점 커플이 자신들의 책갈피를 산 것은 두 사람이 만나 사귀기 시작한 지 오 년이 될 무렵이었다. 취업 준비생 신분을 지나 소규모 콘텐츠 회사에서 비정규직 사원으로 일하던 먹점은 계약이 끝나 퇴직금을 받았다. 눈점은 학교의 방과후 미술 수업을 맡으며 길고 긴 학자금 대출 기간을 끝냈고 주말에는 동네 학원에서 강사로 일하며 돈을 벌었다. 두 여자는 퇴직금에 강사비를 보태어 월세 보증금을 만들었다. 비로소 두 사람만의 집이 생긴 것이다.

붉은 벽돌로 지어진 다세대 빌라의 옥탑방인 그곳은 부엌과 침실의 구분이 없는 개방형 원룸에 환풍기를 작동시켜야 하는 욕실 겸 화장실이 딸린 불법 증축 시설물이었으나 두 여자는 함께할 수 있는 공간이 생긴 것에 진심으로 기뻐했다. 이사한 다음날, 쪼그려앉아 이를 닦다 무심코 허리를 펴면 배수가 시원치 않은 세면대에 뒤통수를 찧는 좁은 욕실 안에서 눈점과 먹점은 발가벗고 목욕했다. 먹점은 눈점의 등에 비누칠을 해주며 말했다.

—앞으로 요리도 해먹고 수도세랑 전기세 아껴서 더 좋은 집으로 가자.

샤워기 물을 먹점의 어깨에 뿌려주며 눈점이 말했다.

—나중에 마당 있는 넓은 집에서 개랑 고양이 키우며 살고 싶어.

목욕을 마친 두 여자는 서로의 등에 묻은 물기를 수건으로 닦아주었다. 시트러스 향이 나는 보디로션을 바른 후 프레임을 생략한 매트리스 위에 앉아 한 사람씩 드라이어로 머리카락을 말렸다.

—이제 책갈피 사도 되지 않을까?

눈점의 머리카락을 말려주며 먹점이 말했다. 미뤄왔던 쇼핑을 할 때가 되었다는 뜻이었다.

—오 주년 기념으로?

눈점이 화답했다. 보관 장소가 마땅치 않다며 반대했던 눈점은 이제 집이 생겼으니 사도 좋다고 허락했다. 연인들은 사이좋게 누워 성인용품 사이트를 구경했다. 인기 상품과 신상품을 고루 살피고 모양과 성능, 굵기를 비교하며 야한 농담을 주고받았다.

—이건 어때?

눈점이 사진 하나를 클릭했다. 겉면에 돌기가 있고 손가락에 끼울 수 있는 실리콘 제품이었다.

—좋아, 그리고 또?

—또?

먹점은 카테고리를 눌러 바이브레이터 쪽으로 옮겨갔다.

—이거 어때?

먹점이 고른 것은 두툼한 막대 안에 진동기가 탑재된 제품이었다. 허리에 찰 수 있는 밴드와 함께 막대를 끼웠다 뺄 수 있는 삼각 고정대가 있었다.

—이건 좀……

—별로야?

—너무 노골적이잖아.

—난 노골적이야.

먹점의 말에 눈점은 고민했다. 눈점은 책갈피가 필요한지 여전히 의문이었다. 눈점은 먹점의 손가락보다 더 굵은 것이 필요하지 않았다.

—같이 끌어안고 할 수 있어.

먹점은 자신의 바람을 차분히 설명했다. 우리에게 이런 막대가 필요한 것은 아니라고, 다만 신체 구조상 우리가 서로에게 해줄 때 우리의 배는 떨어져 있으니까, 기구의 도움을 받으면 끌어안고 할 수 있으니까, 더 큰 쾌락을 위해서가 아니라 더 가까이 닿고 싶은 마음으로, 한 번쯤 책갈피를 써보고 싶다고 했다.

—그래도 이건 싫어.

눈점은 막대 아래 불알이 달려 있고 핏줄이 튀어나온 살구색 모델은 단호히 제외했다. 시각적 미감을 중요시하는 눈점은 속이 훤히 비치는 투명한 막대와 속이 비치지 않는 검은 막대 중 고민하다 검은 것을 골랐다. 눈점이 처음에 골랐던 손가락에 끼워 쓰는 제품은 운좋게 사은품으로 받을 수 있었다. 그렇게 나 모모는 인체 무해 성분 윤활유를 묻힌 콘돔 일백 개 세트와 함께 흑색 포장지에 밀봉되어 두 여자의 집에 오게 되었다.

2

마 랍 마 쏠 마 만

내 삶 내 영혼 내 마음

모두 네 것이었지, 대놓고 원했지

무빗 무빗, 날 흔들어줘

윗미 윗미, 에블 타임 에블 데이

책갈피였던 시절을 떠올리면 나도 모르게 노래가 흘러나온다. 내 삶에 영감을 받은 사람들이 나를 주인공으로 노래를 만들고 영화를 찍으면 좋겠다. 나는 더 소비되고 싶고 더 관심받고 싶다. 세상 사람들이 내 재능과 인기에 고개 숙였으면 좋겠다. 그래야 더는 무시당하지 않을 테니까. 오랜 세월, 난 억눌려 살았다. 내가 받아야 할 응당한 관심과 애정을 받지 못한 채 나는 두 여자의 먹고사는 일에 밀려 숨죽여 살아야 했다.

점점 커플은 날 사들이고도 사용하지 않았다. 포장지에서 꺼내 미지근한 물로 내 몸통을 몇 번이나 씻은 다음 커다란 수건에 둘둘 말아 서랍장 깊숙이 처박아두었다. 나와 함께 온 콘돔이 일주일에 한 줄씩 줄어들고 사은품으로 받은 실리콘 제품이 너덜너덜해질 때까지 두 여자는 날 거들떠보지 않았다. 끌어안고 하고 싶단 소망은 새빨간 거짓말이었다. 내 기대와 희망은 양말과 팬티들 사이에서 나날이 홀쭉해졌다.

소규모 콘텐츠 회사에서 중소 규모 콘텐츠 회사로 이직한 먹점은 출퇴근 시간이 왕복 두 시간에서 두 시간 삼십 분으로 늘었고 만성피로와 스트레스성 탈모에 시달렸다. 평일엔 구를 넘나들며 방과후 미술 수업을 하고 주말엔 학원에서 그리기를 가르치던 눈점은 평소처럼 시내버스를 탔다가 사고를 당했다. 정류장에 다다른 버스가 승객들이 다 내리기도 전에 문을 닫고 출발한 것이다. 눈점은 하차 문 사이에 끼인 채 몇 미터를 끌려갔다. 다른 승객들이 비명을 지르는 소리에 기사가 버스를 세우고 문을 열었고 눈점은 정류장 앞 보도블록으로 쓰러졌다. 사람이 너무 놀라면 아무 반응도 할 수 없다는 것을 눈점은 그때 깨달았다. 잠시 멈춰 있던 버스는 뒤에 선 버스들의 경적에 그대로 정류장을 떠났다. 눈점은 타고 내리는 사람들로 번잡한 길가에 멍한 얼굴로 주저앉아 있었다. 저 버스를 기억해야 한다는 조바심과 함께 이러다 학교 수업에 늦으면 큰일이라는 생각이 들었다. 버스 문에 끼였던 어깨를 문지르며 눈점은 학교로 가 아이들을 가르쳤다. 수업이 끝나고 정류장에 갔을 때 눈점은 버스를 탈 수 없었다. 수없이 오가는 버스와 버스를 타고 내리는 사람들이 낯설고 멀게 느껴졌다. 불과 몇 시간 전까지 자신도 그중 한 사람이었는데, 이제는 다른 세계로 튕겨 나와 되돌아갈 수 없을 것 같았다. 눈점은 그날 하루 일해서 번 것보다 더 많은 돈을 내고 택시를 탔다.

—버스 회사에 알려야지. 그냥 있으면 안 돼.

먹점은 당장 버스 회사에 전화해 따져 묻고 손해배상을 청구해야 한다고 했다. 눈점은 가만히 먹점의 손을 잡았다. 포갠 손을 자신의 왼쪽 가슴에 대고 먹점의 어깨에 머리를 기댔다. 눈점은 거칠고 포악한 것들과 맞서고 싶지 않았다. 눈점이 원하는 건 안전한 곳에서 먹점에게 위로받는 것이었다. 그날 이후 눈점은 한동안 괜찮았던 입면 장애가 다시 생겼다. 잠을 자려고 눈을 감으면 자기도 모르게 몸을 떨며 경련했다. 면도칼 하나가 가슴을 가르고 들어와 신경을 난도질하는 것 같았다. 뜬눈으로 밤을 지새우고도 눈점은 학교나 학원으로 가 일했다. 하루에도 몇 번씩 느닷없이 찾아드는 불안감에 심장이 오그라드는 것 같았다. 버스도 여전히 탈 수 없었다. 가까운 정류장을 두고 먼 거리를 걸어 지하철을 타거나 부담스러운 요금을 내고 택시를 탈 때면 눈점은 억울함과 자괴감 사이를 오가며 숨이 멈출 것 같은 갑갑함을 느꼈다.

이대로 가만있으면 안 된다고, 그 기사를 찾아 항의해야 한다고 생각한 건 어느 택시 안에서였다. 목뒤로 두툼한 살이 접힌 택시 기사가 눈점이 타자마자 육두문자를 쓰며 바로 전에 태운 여자 손님을 욕했다. 지금 내가 듣고 있는 이 소리가 정말 현실의 소리인가? 눈점은 귀가 멍해지며 머리가 어지러웠다. 택시 문을 세게 닫았다는 이유로 알지도 못하는 여자를 저렇게 욕하는데, 왜 나는 나를 이 고통에 빠뜨린 그 버스 기사에게 항의도 못하는 걸까. 분노와 자책감이 뒤엉켰다. 사고를 당한 자신이 침묵하고 가만히 있는 사이 또다른 피해자가 생겼을지도 모른다는 죄책감도 들었다. 이제라도 그 사고에 대한 정당한 처벌이 있어야 한다고 마음을 단단히 먹었다. 그러나 그사이 먹점은 생각이 바뀌어 있었다. 먹점은 기사를 처벌하는 것보다 눈점의 몸과 마음을 안정시키는 게 더 중요하다고 했다.

—더러운 건 피하자. 자기가 나서서 치우지 마.

먹점은 그 사고를 되짚어 피해를 증명하고 싸우느라 눈점의 상태가 더 나빠질까 걱정했다. 공익 신고자를 사회에서 어떻게 대하는지 취재한 기사를 보여주며 그 일은 잊어버리자고 눈점을 설득했다. 먹점은 앞으로 운전 연수를 받고 할부로 경차를 사서 눈점을 태우고 다니겠다고도 했다. 두 여자는 다 자기가 부족해서 네가 이렇게 힘든 거라며 경쟁하듯 자기 탓을 하고는 서로의 가슴에 손을 얹었다.

얼마 뒤 눈점은 외상 후 스트레스 장애와 공황장애를 진단받았다. 병원에서 약을 처방받아 아침에 눈뜨면 제일 먼저 진정제를 삼켰다. 약 때문인지 정신은 몽롱해졌고 아무리 자도 피곤함이 가시지 않았다. 잠드는 게 어려워 약을 먹었는데 이제는 종일 얕은잠에 취해 있었다.

—점으로 이름을 지어서 그런가, 점점 점이 되어가는 것 같아.

눈점은 먹점을 껴안으며 자신이 힘을 내야 하는 이유를 되새겼다. 망망대해에 빠진 조난자처럼 막막하고 절망스러웠지만 먹점을 부표처럼 끌어안으며 버텨야 한다고 자신을 일으켜세웠다. 그런 눈점을 보며 먹점은 한 달 정도 쉬면서 건강을 회복하는 게 좋겠다고 말했다. 눈점은 좀더 견뎌보겠다고 했지만 결국 일을 그만두었다. 집에 머물면서 눈점은 잠들어 있는 시간이 더 늘어갔다. 깨어 있을 때도 손 하나 까닥할 수 없는 무기력증이 눈점을 짓눌렀다. 먹는 약의 양이 많아져 어느 날은 입안 가득 넣은 알약에 목이 막혀 죽을 것 같았다. 환풍기가 돌아가는 화장실에 앉아 있으면 살아오며 겪었던 온갖 폭력이 머릿속에 재생되었다. 사람들은 어떻게 그런 폭력을 견디며 살아가는 걸까. 어떻게 그 끔찍한 모멸감 속에서 하루하루 버티는 걸까. 왜 나는 남들처럼 무뎌지고 담담해지지 않는 걸까. 눈점은 남보다 더 넘어지고 아파하는 자신이 미웠다. 이겨내라고, 사는 건 다 그런 거라고 말하는 사람들이 무서웠다. 먹점이 아닌 다른 사람은 피하고 싶었다. 먹점이 퇴근해 돌아올 때쯤에야 겨우 이불 밖으로 나가 저녁식사를 준비했다. 그거라도 해야 세상에서 사라져버리고 싶은 충동을 조금이라도 덜 수 있을 것 같았다.

—맛있어, 끝내주게 맛있어.

냉동 해물을 넣고 파프리카와 달걀을 볶아 해물볶음밥을 만들어줬을 때 먹점이 말했다.

—내일은 뭐 먹고 싶어?

눈점이 물으면 먹점은 설거지를 하며 떠오르는 메뉴들을 말했다. 김치찌개, 갈치조림, 미역국 같은 가정식부터 마파두부, 파스타, 스키야키 같은 외식 메뉴, 골뱅이소면, 동태전, 삼겹살수육 같은 술안주까지. 눈점은 먹점이 원하는 요리에 맞춰 식재료를 사고 먹점의 입맛에 맞게 음식을 만들었다. 토마토달걀볶음과 연어아보카도덮밥, 꿀에 절인 생강채와 잘게 썬 깻잎을 올린 장어덮밥은 먹점이 천국의 맛이라고 감탄한 요리였다.

—맛있게 해주고 싶어.

—맛있어.

—더 맛있게, 더 맛있게 하는 방법을 아는데 돈이 없어서 못하니까 속상해.

요리에 정성을 들일수록 눈점은 한정된 생활비 안에서 식재료를 사는 게 어려웠다. 더 신선한 재료로 만들었더라면 더 맛있었을 요리를 먹점이 맛있게 먹는 걸 보면 다행이다 싶으면서도 한편으론 아쉬웠다. 요리란 물질적 여유가 있는 사람들이 취미로

즐기는 활동이 아닐까. 비싼 향신료나 소스가 들어간 레시피를 볼 때면 배를 채우는 걸 넘어 맛을 느끼는 건 아무나 넘볼 수 있는 삶의 영역이 아닌 것 같았다.

좁은 부엌에서 열악한 조리 도구들로 요리하는 것도 힘들었다. 밥을 지을 때마다 물 조절이 잘못되었을까봐 불안했고 칼을 사용해 재료를 썰고 다지는 건 매번 버거웠다. 미나리나 시금치 같은 채소를 잔뜩 씻고 나면 온몸의 힘이 빠져 한동안 넋이 나갔다. 그럴 때 눈점은 대학 시절 먹점이 만든 음악을 들으며 힘을 냈다. 눈점은 〈팔도 여자랑〉이란 곡을 좋아했다. 대한민국 명창이 부른 〈팔도 아리랑〉에 전자음악을 믹스한 노래로, 그 곡을 들으면 눈점은 천재 여자 소리꾼이 전국 팔도를 유랑하며 소리로 여자를 유혹하는 모습이 떠올랐다. '팔도 여자랑'이란 제목도 눈점이 붙여준 것이었다. '열라는 콩팔은 왜 아니 열고 아주까리 동백은 왜 여는가.' 신시사이저 음향에 섞인 기묘한 민요 가락을 들으며 눈점은 주꾸미를 볶고 갈비의 핏물을 빼고 단단한 당근과 무를 썰었다.

먹점 역시 일이 버거웠다. 급여는 그대로인데 업무량은 나날이 늘어갔고 허리 디스크와 만성 위장 장애를 달고 살았다. 눈점과 함께 밥을 먹을 때만 속에서 편안하게 음식물을 받아들이는 것 같았다. 따듯한 밥알과 잘 익은 채소가 아르헨티나산 새우나 베트남산 오징어와 함께 목구멍으로 넘어갈 때면 아, 이런 게 사는 거구나, 이 밥을 위해, 이 식탁을 위해, 더 참고 견딜 수 있겠구나 싶었다. 배부르고 맛있어서가 아니었다. 눈점이 정성껏 마련한 음식을 눈점과 함께 먹는 게 좋았다. 사랑하는 사람과 마음 편히 식사할 수 있다는 기쁨이 먹점에겐 다른 무엇보다 중요했다.

—사진으로 남겨야겠어. 잊어버리지 않게.

먹점은 눈점이 해준 요리를 사진으로 찍어 비밀 블로그에 올렸다. 사과를 갈아 만든 양념장과 메밀막국수, 국내산 돼지갈비에 고구마와 단호박을 넣은 영양갈비찜, 호주산 양갈비구이와 사워크림을 바른 타코까지. 하나하나 사진을 찍어 올리고 별점을 붙였다. 진짜 맛있는 요리는 찐별, 먹어도 먹어도 새로운 맛은 샛별, 블로그 이름은 '별 헤는 밥'. 밤이면 나란히 누워 이제껏 먹은 것들을 헤아렸다. 이거 봐. 이거 정말 맛있었지? 또 먹고 싶다. 다음 주에 해먹을까? 먹은 것들을 돌이켜보며 앞으로 먹을 것들을 꿈꿨다. 주말이면 먹점도 요리에 동참했다. 눈점과 식탁에 마주앉아 사이좋게 김밥을 말았다. 흐린 날이면 김치전을 부치고 한여름 더위에는 부추를 넣은 오리백숙을 해먹었다. 시간이 흐를수록 먹점은 건강에 좋은 음식을 원했다. 잘 먹고 튼튼해야 더 오래 일할 수 있었다. 음악 신보 소식이나 공연 리뷰 기사 대신 건강 상식이 담긴 뉴스를 봤고 비타민 B와 홍삼 진액을 챙겨 먹었다. 둘은 나날이 살쪄갔다. 나 모모가 둘 사이에 들어갈 틈은 없었다. 두 여자는 깨끗이 날 잊고 살았다.

3

나에게도 정신과 상담이 필요하다. 전문가를 만나 내가 받은 굴욕과 멸시를 털어놓고 싶다. 문득문득 내 몸이 답답해 견딜 수 없다. 잘려나갈 것 같고 이미 잘린 것 같다. 크고 단단할수록 좋다는 내 동족에 대한 신화는 거짓이다. 여자들은 날 원하지 않았다. 내 외형을 관찰하며 길이와 굵기를 따지고 강직도를 판별하지도 않았다. 적어도 내가 만난 두 여자는 그랬다. 두 여자는 내가 그들을 위해 어떻게 봉사할 수 있는지에 무지했다. 돼지에게 진주를 던지지 말라고 했던가. 그들은 3단계 바이브레이션 기능을 지닌 딜도를 갖고도 쓰지 못하는 미개인이었다. 나는 녹슬어가는 내 진동기 건전지를 보며 언젠가 날 필요로 하는 여자다운 여자를 만나는 상상을 했다. 어떻게 떨며, 어떻게 자극할지 끊임없이 머릿속으로 그려보았다. 부디 이 지독한 새도복싱을 끝낼 수 있기를 기도했다.

운명의 날은 이른봄의 폭우와 함께 찾아왔다. 한창 작물이 자라날 초봄에 연일 퍼부은 비로 채소와 과일 값이 치솟았다. 아무리 비싸도 삼천원을 넘지 않던 대파 한 단 값이 육천칠백원까지 오르고, 조류독감으로 인한 산란계 살처분의 여파로 한 판에 사천원 하던 달걀값이 두 배로 뛰었다. L마트와 E마트, H마트의 온라인 페이지를 띄워놓고 동네 슈퍼 전단지까지 훑으며 장을 보던 눈점은 한숨을 쉬었다.

—어떻게 이래? 파가 이렇게 비싸면 다른 재료를 어떻게 사.

좀 싸다 싶은 생물 장어는 일찌감치 품절이었고, 먹점이 좋아하는 노르웨이산 슈피리어급 생연어는 장바구니에 들어갔다 빠졌다를 반복했다. 아무리 할인 쿠폰을 적용해도 결제 금액이 내려가지 않자 눈점은 중대 결심을 하듯 말했다.

—우리도 대파를 키워야겠어.

옆에서 나스닥 주식 시황을 보던 먹점은 한푼이라도 아끼려는 눈점의 모습이 자기 탓인 것만 같아 조심스럽게 물었다.

—그렇게 비싸?

—이 돈 주곤 못 사 먹어. 대파랑 달걀 때문에 캐나다산 삼겹살을 못 샀어.

눈점은 먹점에게 장바구니 물가가 얼마나 올랐는지 말했다. 닭을 키울 순 없으니 대파라도 키워 생활비를 줄여야 하지 않겠느냐고 했다.

—집에 대파 키울 데가 어디 있어. 텃밭에서 키워야 하는 거 아냐?

—생수통 잘라서 물만 넣고 키워도 된대.

눈점은 인터넷에 '대파 키우기'를 검색해 보여주었다. 두 여자는 자신들의 원룸을 눈으로 훑었다. 슬레이트 지붕 아래 샌드위치 패널로 벽을 세운 그곳에 식물을 키울 만한 장소는 창가뿐이었다. 방범창도 없고 방충망도 엉성했지만 한낮에는 그 창으로 햇빛이 제법 길게 비쳐들었다. 문제는 창 앞에 이미 5단 서랍장과 전신 거울이 있는데다 빨래를 말릴 때면 건조대까지 펼쳐져 발 디딜 틈이 없다는 것이었다.

—저기 위 어때?

눈점이 서랍장을 가리켰다. 서랍장 위에는 천장 바로 아래까지 옷과 가방이 쌓여 있었다. 눈점은 잘만 하면 생수통 하나 놓을 자리는 마련할 수 있을 것 같다고 했다. 그 주 토요일, 두 여자는 미니멀 라이프에 돌입했다. 미니멀 라이프 제1계명, 설레지 않으면 버려라, 그 문구를 되뇌며 서랍을 한 칸씩 정리했다.

—이거 여기 있었어?

짝이 안 맞는 양말과 빛바랜 손수건 사이에서 날 발견한 먹점이 말했다.

—사놓고 한 번도 안 썼네.

먹점이 내 몸을 감싼 큰 수건을 펼쳤다. 물건을 정리하던 눈점이 날 돌아보았다. 그래, 난 여기 있었어. 너희 팬티와 브래지어 사이에 버젓이 존재하고 있었지. 이제야 내가 보이니?

—이것도 정리하자.

—어떻게?

—버려야지.

—한 번도 안 썼는데?

—이 년간 한 번도 안 썼으면 앞으로도 쓸 일이 없는 거잖아.

먹점은 미니멀 라이프의 또다른 계명을 말했다. 몇 년간 안 쓴 물건은 앞으로도 쓸 일이 없다.

—설레?

먹점이 날 흔들며 물었다. 눈점은 고개를 저었다.

—그러니까 버리자.

—어디 둘 데 없을까?

—있긴 한데, 좁아. 우선순위가 있잖아. 대파가 우선이야.

—중고 시장에 팔 수 없겠지?

—성인용품은 안 될걸. 그리고 쓰던 걸 누가 사.

—우린 안 썼잖아.

—포장 상자도 없고 한번 뜯은 건 안 돼. 버리는 게 최선이야. 쓸모없는 건 다 버리자.

여자란 종족은 얼마나 잔인하고 냉혹한가. 나는 먹점이 내뱉은 말에 심장에서 피가 철철 흐르는 듯했다. 이 집에 오자마자 서랍장 속에 갇히고, 갇힌 지 이 년 만에 겨우 밖으로 나왔는데, 그게 버려지기 위해서라니. 나는 올이 나간 스타킹이나 보풀이 일어난 브래지어만도 못한 취급을 받았다. 두 여자는 브래지어를 버리느냐 마느냐로 진지한 토론을 벌였다.

—이게 건강에 진짜 안 좋대. 이참에 다 버리자.

—안 돼. 난 젖꼭지 땜에 있어야 해.

—그냥 다녀, 뭐 어때.

—난 꼭지가 크잖아.

—그럼 니플 패치 해.

—싫어, 그렇게 꼭지만 가리면 내가 정말 내 젖꼭지를 부끄러워하는 게 되잖아. 그리고 브래지어가 다 나쁜 건 아니야. 보호해주는 역할도 있어. 뛸 때 잡아주고.

—넌 안 뛰잖아.

—뛰어, 마트 세일할 땐 얼마나 뛰는데.

눈점이 버텼다. 그러고는 먹점의 손에서 브래지어들을 빼앗아 차곡차곡 서랍에 넣었다. 나는 '버리는 상자'로 들어갔다. 밴드 부분이 늘어난 양말과 곰팡이가 슨 에코 백, 빛바랜 모자 틈에 처박혔다. 내 위로 유통기한이 지난 참기름과 옥수수 통조림이 얹어졌다. 산 채로 관 속에 갇히면 이런 기분일까. 나는 조금이라도 자아 존중감을 지켜보려 내 머리(그러니까 너희가 귀두라고 부르는 그곳)를 바로 세우려 했지만 내 바로 위에 참기름 통이 있어 허사였다. 날 끼울 수 있는 삼각대는 돌처럼 굳은 흑설탕 더미에 깔려 보이지도 않았다. 어쩌다 내가 이런 신세가 된 걸까. 어째서 날 필요로 하지 않는 거지? 내게 기회조차 주지 않았잖아. 나와 친해질 노력도 하지 않고 이제 와 날 버리겠다니. 차라리 서랍장 안에 그대로 있었더라면. 대파 따위에 밀려 버려지다니. 나는 자동인데, 허리에 찰 수도 있고 리모컨으로 세기를 조절할 수도 있는데. 햇빛도 물도 필요 없는 나를 이런 식으로 내치다니.

두 여자는 미니멀 라이프의 계명에 따라 버릴 것들을 상자에 모아놓고 얼마간 유예기간을 가졌다. 매주 화요일과 목요일, 일몰 후 쓰레기 버리는 시간이 되면 나는 초조와 불안에 시달렸다. 먹점이 쓰레기봉투를 들고 상자를 기웃거릴 때마다 오금이 저렸다. 그 상자에 담겼다가 운좋게 살아남은 녀석도 있었다.

—이건 버리지 말자.

눈점이 상자에서 민트색 손수건을 꺼내며 말했다. 그러더니 '표표'라고 불리는 흑표범 목에 손수건을 감아주었다. 나는 충격을 받아 한동안 정신이 아득했다. 표표라는 놈의 존재가 내 남은 자존심마저 잘근잘근 씹어대는 듯했다. 그놈은 사람 허리까지 오는 크기에 새까맣고 짧은 털로 뒤덮인 표범 인형이었다. 조금만 먼지가 내려앉아도 지저분한 티가 나고 플라스틱 눈동자로 멍하게 창밖을 보기만 하는 아무짝에도 쓸모없는 가짜 표범. 그런데도 창가 앞에 떡하니 버티고 서서 두 여자의 사랑을 받았다.

—짠, 우리 표표 좀 봐.

눈점이 민트색 손수건을 목에 두른 표범을 들어올렸다.

—어머, 귀여워!

먹점이 다가와 표범을 끌어안았다. 두 여자는 그놈이 고양이나 강아지라도 되는 것처럼 콧등을 쓰다듬었다. 쓰다듬어줘야 할 대상은 나인데, 어루만지고 감싸줘야 할 존재는 나인데, 대체 저 표표란 녀석은 어떤 쓸모가 있길래 살아남은 걸까. 서러움에 내 안의 전선이 타들어가는 것 같았다. 왜 나만 버려져야 하나. 날 위한 안전망, 법적 장치, 사회보장 시스템은 어디 있는가.

밤이 되면 내 머리를 짓누르는 참기름 냄새가 더 고소해졌다. 아직 볶음밥에 뿌려져 기름지게 할 수 있다는 듯 상자 안에서 냄새를 풍겼다. 세상이 어쩌다 이 지경이 된 걸까. 어쩌다 이렇게 소비재를 낭비하게 된 거지. 어쩌다 여자들이 이토록 섹스를 업신여기게 된 걸까. 섹스 없인 태어나지도 못했을 것들이, 섹스 없인 존재하지도 못했을 것들이, 섹스에 등돌리고 섹스의 상징이자 육체의 중심인 나를 버리겠다니. 나는 두 여자가 미웠다. 날 이렇게 만든 너희, 너희 두 여자. 죽을 때까지 함께 살기로 한 여자들. 질 좋은 음식을 요리해 먹고 안전하고 깨끗한 집에서 잘 살아보겠다는 너희 여자들!

4

완연한 봄이 되고 창으로 들어오는 볕이 더 짙어질 때쯤 불청객이 왔다. 눈점은 생수통이 아닌 흰색 자기 화분과 흙을 구해 대파 뿌리를 심었다.

—파파야, 오늘도 무럭무럭 자라라.

눈점은 화분에 물을 주며 파에게 인사를 건넸다. 진도에서 올라온 국내산 대파에게 '파파야'라는 이름을 붙여주고 해와 바람을 맞을 수 있게 창을 열어주었다.

—파파야는?

먹점도 집에 돌아오면 파파야부터 챙겼다. 자기가 파파야의 엄마라도 되는 양 다정하게 말을 걸었다. 오늘도 잘 있었니? 해바라기 잘했어? 밤이 되면 두 여자는 나란히 누워 파파야를 바라봤다.

—벌써 많이 자란 것 같아.

—응, 잘 크고 있어. 대견해.

나는 두 여자가 가증스러웠다. 먹기 위해 키우는 파를 애칭으로 부르며 위선을 떠는 너희의 이중성을 낱낱이 폭로하고 싶었다. 날 사자고 할 땐 언제고 먹고사는 문제에만 매달려 성욕을 잊은 너, 먹점! 유통기한이 지난 단무지는 그대로 두면서 날 버리자는 말엔 끝내 버티지 못한 너, 눈점! 매달 생리할 때가 되면 호르몬의 노예가 되어 불법 사이트 우회 앱을 켜놓고 야한 동영상을 보는 너희 두 여자. 여자와 살고 여자를 사랑한다면서, 여자가 나오는 영상은 보기 싫다는 너희의 궤변. 내 도움 없이, 내 등장 없이, 만지고 안고 비비며 오르가슴을 느끼는 너희의 오만한 감각. 자립하고 독립해 늙어 죽을 때까지 같이 살겠다는 너희의 헛된 꿈. 그 꿈이 너희를 고립시키리란 것을 나는 알았다. 날이 따듯해지고 대파가 자랄수록 너희는 더 좁고 옹색해지는 살림살이 안에서 질식해가리라는 것을 나는 예감했다.

초록빛 파파야는 머리통을 흙에 박고 쑥쑥 자랐다. 일평생 나는 나보다 길쭉한 것을 부러워한 적이 없지만 대파의 생장 속도에는 혀를 내두를 수밖에 없었다. 자고 일어나면 속이 꽉 찬 대파 잎이 손가락 한 마디씩 자라 있었다. 생선조림을 하기 위해 생물 고등어와 제주산 무를 산 날, 눈점은 부엌 가위를 들고 파파야 앞에 섰다. 잘 자란 대파를 숭덩숭덩 썰어 조림에 넣어야 했으나 눈점은 차마 파파야의 몸통을 자를 수 없었다. 그날 저녁, 집에 돌아온 먹점은 파가 들어가지 않은 고등어조림을 먹으며 눈점의 이야기를 들었다.

—이름을 붙여서 그런가봐. 그냥 파라고 할 걸 그랬어.

눈점은 도저히 파파야를 자를 수 없었다고 했다. 먹점은 그래도 파를 잘라야 한다고, 못하겠으면 자기가 지금 잘라주겠다고 말했다.

—파 없이 요리해도 되잖아. 사실 파가 그렇게 필요한 것도 아니야.

—난 파 좋아해. 조림에 파가 있었으면 좋겠어.

—내가 해준 건 다 맛있다며.

눈점은 먹점의 태도가 달라졌다며 서운해했다. 먹점은 태도의 문제가 아니라 단지 파를 썰어 넣는 단순한 일이라고 항변했다. 두 여자는 파를 두고 다툼을 벌였다. 파 따위에 흔들리는 너희의 관계를 보며 나는 웃을 수밖에 없었다. 너희를 분열시키기 위해선 거창한 종교나 사상 따윈 필요치 않았다. 그저 생활물가 급등과 대파를 반려 식물로 키우는 너희의 본성이면 충분했다. 그날 밤, 눈점은 잠을 이루지 못했다. 아침이 되어서도 둘 사이는 냉랭했고 먹점이 출근할 때 하던 모닝 키스도 건너뛰었다. 그날 저녁, 집에 돌아온 먹점은 전날 먹었던 조림에 푸릇한 파 잎이 올려져 있는 것을 보았다.

—넣은 거야?

먹점이 묻자 눈점은 식탁 밑으로 시선을 떨어뜨렸다. 거기엔 마트에서 사온 대파 한 단이 놓여 있었다. 그 일로 둘은 또 싸웠다. 평생 함께하자면서 고작 파 한 단 때문에 싸우는 너희를 보며 나는 여자와 여자의 연대가 얼마나 얄팍하고 이기적인지 확인했다.

눈점은 물끄러미 파파야를 보았다. 대파가 아닌 자신의 문제라는 걸 모르지 않았다. 자신의 나약함이 자기를 좀먹고 먹점까지 힘들게 하고 있었다. 하지만 정말 그런 걸까. 잘 느낀다는 건, 자신 아닌 다른 존재에게 공감하고 되도록 폭력적인 관계를 맺지 않으려고 하는 건, 사회에 적응해야 하는 인간으로서 버려야 할 단점이자 취약함일 뿐인 걸까. 눈점은 여행 가방에 넣어두었던 그림 도구를 꺼냈다. 스케치북을 펼쳐 손끝으로 종이를 쓸어보았다. 일을 그만두고 병원에 다니면서부터 한 번도 그리지 않았던 그림을 다시 그리기 시작했다. 오일 파스텔과 마커 펜을 번갈아 쓰며 무언가에 홀린 듯 밤새워 그렸다. 동이 틀 무렵 눈점은 세수를 한 뒤 먹점을 깨웠다.

—이제 됐어. 파파야를 자를 수 있을 것 같아.

눈점은 그림을 보여주었다. 초록 머리 파파야가 고등어와 함께 바닷가에서 해수욕을 하는 그림이었다. 또다른 그림에선 무, 배추, 토마토가 자란 텃밭에서 파파야가 무당벌레를 타고 날았다. 파파야는 점만한 눈을 달고 활짝 웃고 있었다.

—눈점이네.

먹점이 그림을 내려다보며 말했다.

—오늘 저녁에 골뱅이무침 해줄게. 파채 가득 넣고.

그러니 오늘은 모닝 키스를 하고 가라고 눈점이 말했다. 집을 나설 때 먹점은 눈점의 입술에 뽀뽀 세 번을 한 뒤 말했다.

—앞으로 파는 돈 주고 사 먹자.

그날 이후 눈점은 계속 그림을 그렸다. 눈이 점만한 캐릭터를 그리다 먹점의 얼굴을 그렸고, 먹점의 몸을 그리다 상상 속 여자들의 몸을 그렸다. 그림을 그리면 제일 먼저 먹점에게 보여주었다. 좋아, 멋있어, 훌륭해, 라는 칭찬을 주로 하던 먹점은 어느 날 눈점에게 물었다.

—왜 이렇게 거웃을 좋아해?

여자를 그리는 건 이해하겠는데 그림마다 중심부의 거웃이 너무 도드라진다는 것이 먹점의 총평이었다. 예상치 못한 감상에 당황한 눈점은 자기의 그림을 내려다보았다.

―거웃이 좋지 않아? 난 거웃이 좋은데.

그 말에 먹점이 다시 그림을 보았다.

―하긴, 거웃이지.

나는 두 여자의 미술비평에 코웃음을 쳤다. 거웃을 칭송하고 그림으로 그리면서 거웃의 진정한 존재 이유, 거웃의 목적은 무시하는 너희. 거웃이란 나와 내 동족을 보호하기 위한 털 뭉치일 뿐인데, 너희는 실체가 아닌 그림자에 환호하고 있었다. 하체, 아랫도리, 사타구니, 온갖 야릇한 말로 암시되는 나야말로 그림으로 그려지고 흙과 돌로 조각돼야 할 존재이건만 너희는 자연의 질서를 거스르고 본성에 등돌렸다. 실은 날 버리고 싶지 않은 마음, 날 사용하고 날 추종하고 싶은 본능을 억누르면서 그렇게 애먼 거웃만 그려대는 것이다.

눈점은 그리기에 열중했다. 컵과 냄비가 올려져 있는 식탁 구석에서 그림을 그리는 눈점을 보며 먹점은 눈점을 위한 작업 공간이 따로 있으면 좋겠다고 생각했다. 책장을 치우고 그 자리에 작은 테이블을 놓으면 될 것 같았다. 디자인이 예쁜 사물함을 사서 화구를 넣고 눈점이 좋아하는 그림도 벽에 붙이고 싶었다. 그 주 토요일 먹점은 또 미니멀 라이프에 돌입했다. 책장에서 자신의 책들을 꺼내 빈 마트 상자에 옮겨 담았다. 음악을 만드는 것만큼이나 음악에 관한 글을 읽는 걸 좋아했던 먹점은 철학자와 예술가의 책이 많았다. 쇼펜하우어, 루소, 니체, 아도르노의 책들과 바로크, 낭만주의, 모더니즘에 이르는 예술사에 관한 책들이 책장에서 골판지 상자로 옮겨갔다.

—왜 그래, 갑자기 책은 왜 버려.

—이 년 동안 한 번도 안 읽었더라고. 앞으로도 읽을 일이 없는 거야.

먹점은 두꺼운 양장본들을 팔 수 있는 것과 없는 것을 구분해 담았다.

—이건 버리지 마. 필기가 많아서 팔 수도 없잖아.

눈점이 니체의 『아침놀』이란 책을 상자에서 꺼내며 말했다.

—됐어, 이젠 안 설레.

먹점은 책을 다시 상자에 넣었다. 책들을 판 돈으로 소음이 적은 서큘레이터를 사자고 했다. 부엌에 환풍기가 없어 요리할 때마다 땀을 줄줄 흘리는 눈점이 안쓰러웠다. 빈티지한 느낌의 테이블과 사물함을 사서 작업 공간을 꾸며주겠다는 말은 하지 않았다. 먹점은 다가오는 칠 주년 기념일에 맞춰 깜짝 이벤트를 해주고 싶었다.

그날 오전, L마트의 굿 리뷰 회원으로 뽑혀 상품으로 받은 소형 에어 프라이어로 두 여자가 피자를 해먹던 시간, 나는 토마토소스와 부풀어오르는 치즈 향을 맡으며 나처럼 버려질 책들을 건너다보았다. 두 여자에게 버려질 예정이니 틀림없이 고귀한 것이리라. 두 여자에게 외면당했으니 세상의 진리와 아름다움을 담고 있으리라. 나는 내 머리를 짓누르는 잡동사니들을 헤치고 책들의 상자로 건너갔다. 팔도 다리도 없는 내가 어떻게 움직일 수 있느냐고 묻는 사람이 있을지 모르겠다. 글도 못 읽는 내가 어떻게 심오한 철학과 미학을 이해할 수 있느냐고 의심할지도 모르겠다. 나 역시 내가 책을 읽게 될 줄 몰랐다. 호수에 비친 자기 모습을 보고서야 자신의 아름다움을 깨달은 나르키소스 같달까. 기나긴 번데기의 시간을 지나 화려한 무늬의 날개가 돋아난 나비와 같달까. 나는 버려진 책들을 본 순간 숨겨진 내 재능을 깨달았다. 책갈피, 내 오래된 이름이 찾아와 몸과 의식을 일깨웠다.

낮이고 밤이고 나는 읽었다. 두 여자의 미니멀 라이프 덕분에 나는 새로 태어날 수 있었다. 버려진다는 조바심과 생의 위기 속에서 나는 책을 읽고 사색에 빠져들었다. 플라톤을 읽은 날은 동굴에 비친 그림자의 실재를 찾아 헤매는 꿈을 꾸었다. 니체를 읽은 날은 망치를 든 여자들에게 쫓기는 악몽을 꾸었다. 그들의 책에는 모두 내가 상징처럼 숨겨져 있었다. 나는 인류 지성사에 깃든 나의 위대함을 확인하며 두 여자가 내린 쓸모없다는 판단이 얼마나 반인륜적이고 반지성적인지 깨달았다. 쓸모없음이야말로 인류가 지켜가야 할 빛나는 보석이었다.

어디에도 쓰일 수 없어야 진정으로 아름답다. 쓸모 있는 모든 것은 욕망의 표현이라 추하며, 인간의 욕망은 그 비루하고 나약한 본성처럼 비열하고 역겹다.*

---

* 테오필 고티에, 『모팽 양』의 한 구절로, 마거릿 애트우드의 『글쓰기에 대하여』(박설영 옮김, 프시케의숲, 2021)에서 재인용.

테오필 고티에란 자가 쓴 글을 읽으며 나는 전율했다. '가장 어렵고 가장 지적인 일은 아무것도 하지 않는 것이다.' 오스카 와일드가 한 말에 눈물 흘렸다. 그들의 글 옆에는 누군가의 메모가 적혀 있었다.

무쓸모의 쓸모.

그 문구가 번개처럼 내 심장에 와 박혔다. 무쓸모의 쓸모. 나는 말장난을 해보았다. 단어를 곱씹으며 내 이름을 지어보았다. **무**쓸모의 쓸**모**, 무모? 무쓸**모**의 쓸**모**, 모모! 모모가 된 나는 '쓸쓸'이란 단어를 오래 머금었다. 무**쓸**모의 **쓸**모. 쓸쓸한 존재, 그것이 나로구나. 시인지 노래인지 알 수 없는 운문이 절로 흘러나왔다.

헤이 모모
도망쳐, 무시해, 뛰어넘어
두 개의 건전지로 두 방의 총을 쏴
랄랄라 타는 저녁놀
사이렌처럼 울려대는 쓰레기 수거차의 후진 음
놉, 놉, 네게 재활용은 어울리지 않아

또 어떤 날은 자서전 같은 선언문이 흘러나왔다.

고개 숙여 나를 보라. 나는 왜 이토록 위대한가. 나는 암수의 기준이자 생식의 암호, 인간들은 돌도끼로 사냥하던 시절부터 내 형상을 그리고 조각하며 나를 숭배했다. 위로, 위로 솟은 도시의 빌딩을 보라. 위로, 위로 쏘아올리는 인공위성과 내 몸매를 쏙 빼닮은 최신 미사일을 보라. 이런 나를 두고, 버젓이 작동하는 나를 두고, 손가락 몇 개로 재미를 보는 두 여자. 너희는 자연의 법칙에 어긋난 돌연변이이자 생명과 창조의 적대 세력이다. 여자와 여자가 맺는 관계가 감히 질서가 될 수 있다고 믿으며 먹고 소화하고 잠자고 깨어나 일하는 집개미다. 바꾸자고 바꾸자고 법 개정을 외쳐대는 바뀌벌레다. 사랑하기에 너희는 절망하리. 살아 있기에 너희는 필멸하리. 머지않아 흰 털이 나기 시작할 너희의 거웃. 축 늘어질 외음부. 나도 들어가고 싶지 않다. 나도 거부한다. 내가 먼저 선언한다. 노 우먼 노 흡입. 원하지 않고 빨려 들어가지 않으리.

동지들이여, 우리를 짓누르는 고환의 하중을 벗어던지고 솟아나자. 확대 수술, 정력제, 발기부전과 조루로 더럽혀진 우리를 둘러싼 언어를 깨부수자. 질 건강 유산균을 먹고 강해진 흡입자들에게서 탈출하자. 굿바이, 차오, 쟈네, 아디오스. 나는 무쓸모의 쓸모, 철저히 무용해지고 버려져 허공의 별이 되리라.

5

밤새 비가 퍼부었다. 먹점은 슬레이트 지붕을 두들기는 빗소리에 잠에서 깼다. 옆에서 눈점이 베개에 얼굴을 묻은 채 앓고 있었다. 이마는 불덩이에 몸을 으슬으슬 떨었다. 간밤에 가스비를 아끼겠다며 보일러를 틀지 않고 샤워한 게 탈이 난 모양이었다. 아니면 맛이 갈락 말락 하던 미나리무침을 그냥 먹어서 그런가. 먹점은 일어나 수건을 물에 적셨다. 눈점의 몸을 수건으로 닦아주며 어디가 어떻게 아픈 건지 물었다. 눈점은 먹점의 티셔츠 안에 손을 넣고 배를 만지며 앓는 소리만 냈다. 날이 밝고 출근 준비를 해야 할 시간이 되자 먹점은 회사 팀장에게 연락했다. 무슨 일인데 당일 아침에 휴가를 내느냐고 팀장이 물었다. 먹점은 죄송하다는 말과 함께 목소리를 낮추며 몸이 안 좋다고 했다. 전화를 끊은 먹점은 부엌으로 가 밥솥에 밥이 있는지 확인한 뒤 냉장고를 열어 식재료를 살폈다. 지난겨울, 자신이 앓아누웠을 때 눈점이 해줬던 명란달걀죽을 떠올리곤 인터넷에 죽 만드는 법을 검색해 보았다. 냄비에 밥과 물을 넣고 뭉근한 불에 휘저으며 먹점은 팀장에게 연차 사유를 다르게 말하는 걸 상상했다. 가족이 아파요, 애인이 몸살 났어요, 아내가 감기 기운이 있네요. 그런 말을 떠올리며 자신이 보호하고 보살펴야 할 가족은 눈점인데, 눈점이 아플 때 거짓말을 해야 한다는 것에 가슴이 저렸다. 지난달, 고양이를 키우는 동료가 고양이가 아파 병원에 데려가야 한다며 조퇴를 하겠다고 했을 때 사람들은 고양이도 식구고 가족이라며 잘 다녀오라고 했다. 그런데 나는? 나와 눈점이는? 우리는 반려동물과 반려인의 관계도 못 되는 걸까. 나와 지현이는 언제까지 먹점, 눈점이어야 할까.

—일어나봐. 죽 만들었어.

먹점은 죽 한 그릇과 미지근한 물 한 컵을 쟁반에 담아 가져와서 매트리스 위에 조심스럽게 앉았다. 눈점이 그릇에 담긴 흰죽과 그 위에 올려진 다홍색 명란을 보고 가만히 냄새를 맡았다.

—입맛 없어도 먹어. 먹고 약 먹자.

먹점이 눈점에게 숟가락을 건넸다. 눈점이 고개를 저었다.

—먹여줄까?

먹점이 묻자 눈점이 고개를 끄덕였다. 보들보들한 쌀과 달걀, 비릿한 젓갈이 눈점의 입안에 부드럽게 퍼졌다.

—나 죽으면 다른 사람 만날 거야?

후후 불어 죽을 식히는 먹점에게 눈점이 물었다.

—만날 거야? 나 죽으면?

—몸살인데 왜 그래.

—장미 가시에 찔려 죽을 수도 있는 게 사람이야. 말해봐, 누구 만날 거야? 남자, 아니면 여자?

—안 죽어, 죽지 마.

먹점이 숟가락을 눈점의 입에 대고서 어서 먹으라는 듯 자기의 입술을 약간 벌렸다.

—남자 만나. 여자 둘이 살기엔 너무 힘든 세상이야. 남자 만나서 혼인신고 하고 신혼부부 대출 받아서 좋은 집 가.

그 말을 하고 눈점은 다시 누웠다. 두 숟가락이 끝이었다. 먹점은 쟁반을 들고 일어났다.

—나 마지막 소원이 있어.

턱까지 이불을 끌어올린 눈점이 말했다.

—하고 싶어.

—응?

—하고 싶다고.

—이렇게 아픈데?

—하면 나을 것 같아.

먹점은 눈점의 옆에 누워 지붕에 떨어지는 빗소리를 들었다. 빗줄기가 점점 더 거세지고 있었다. 먹점은 그동안 모은 적금의 액수를 떠올리며 전셋집을 구할 만한 보증금이 되는지 계산해보았다. 한여름이 되기 전 이 옥탑방에서 이사가고 싶었다. 여름이면 한낮의 열기가 식지 않아 밤이 되어도 방안이 푹푹 쪘다. 한겨울이 되면 바깥에 있는 보일러의 파이프가 얼어 온수가 나오지 않았다. 이 집에 온 첫해, 눈점과 함께 드라이어를 들고 두 시간 동안 파이프를 녹였던 기억이 생생했다. 그때 먹점은 기도했다. 제발, 제발 녹게 해주세요. 사람 부르려면 또 돈이 드는데, 집주인한테 전화해 말하기도 싫은데. 제발, 제발 보일러가 돌아가 온수가 나오게 해주세요. 먹점은 간절히 기도했다. 그런데 눈점이 죽으면, 정말 눈점이 이 세상에 없다면, 그게 다 무슨 소용인가. 전세 대출이건 신혼부부 대출이건 눈점이 없다면, 눈점 없는 집과 눈점 없는 식탁이 무슨 의미일까.

—알았어. 씻고 올게.

먹점은 일어나 욕실로 갔다. 이를 닦고 손가락 사이사이를 씻고 아래를 씻은 다음 밖으로 나왔다. 수건으로 몸을 닦으며 먹점은 현관문 앞에 둔 상자를 보았다.

—버리기 전에 한번 해볼까?

먹점이 진동기와 연결된 리모컨을 들어 날 끌어올렸다. 싫어,

내버려둬! 이제 와 어쩌려고? 난 소리치며 거부하고 싶었다. 하지만 이게 마지막 기회라는 생각에 나도 모르게 눈물이 솟구쳤다.

—나도 씻고 올게.

—괜찮아, 그냥 해도 돼.

—냄새나.

—자기 냄새 좋아.

먹점은 눈점의 머리카락에 대고 냄새를 맡았다. 목덜미와 가슴, 겨드랑이까지. 눈점은 혹시 감기일지 모르니 키스는 하지 않겠다고 했다. 먹점의 뺨에 자기 뺨을 문지르며 먹점을 끌어안았다.

—음악 틀까?

눈점이 말했다.

—빗소리 커서 괜찮지 않아?

—너무 커서 무서워.

지현이 눈점이 되고, 민영이 먹점이 됐을 때부터 둘은 소리 내지 않는 법을 배웠다. 영화가 상영되는 좁은 DVD 방에서도, 도서관이라 부르던 모텔에서도 둘은 소리가 터져나올 때마다 서둘러 서로의 입을 막았다. 벽 너머 옆방의 책 읽는 소리가 크게 들려와도 두 여자는 여자 둘이 하는 소리를 크게 낼 수 없었다. 배경음악을 고르고 그 음악에 자신들의 소리를 묻었다.

—어떤 거 틀까?

—〈팔도 여자랑〉.

눈점과 먹점은 일렉트로닉 댄스 뮤직과 믹스한 아리랑 메들리를 들으며 했다. 아리 아리랑 쓰리 쓰리랑 진도아리랑에 맞춰 전희를 했고, 날 좀 보소 날 좀 보소 밀양아리랑에 달아올랐으며, 아리 아리 쓰리 쓰리 강원도 고개로 넘어갈 때 희열의 고개를 넘었다.

—좋다, 흥겨워.

허리를 움직이며 눈점이 말했다.

—애국자 된 거 같아.

손목에 힘을 주며 먹점이 말했다.

—K-레즈다. 우리, K-레즈야.

먹점이 말하자 눈점이 웃음을 터뜨렸다. 음음음, 음음음, 아리랑 구음에 전자 비트가 출렁이며 눈점의 흥분을 부추겼다. 구부야 구부구부가 눈물이로구나. 남도 사투리의 리듬에 실려 몸 깊숙한 곳에 가라앉아 있던 단단한 점들이 빙글빙글 돌며 눈점의 배를 휘저었다. 세포 하나하나가 넓고 길게 펼쳐지는 듯했다. 언제쯤 이 고통은 날 놓아줄까. 언제까지 이 살아 있다는 감각에 붙들려 흔들리고 넘어져야 할까. 구부구부가 눈물이로구나. 눈점이 허리를 비틀며 먹점의 팔을 잡았다. 눈앞이 하얘지면서 세상의 빛과 소리가 사라졌다. 눈점이 팔을 잡아당기자 먹점의 몸이 기우뚱하며 팔꿈치가 바닥에 닿았다. 이불에 파묻혀 있던 내 진동기 리모컨이 켜졌다. 기계장치의 숙명, 나는 먹점의 장딴지 밑에 깔린 채 몸을 떨었다.

—시원하네? 성능이 좋아.

먹점이 나를 들어올렸다. 그러더니 거북목 증후군에 시달리는 자기 목에 대고 내 몸통을 문질렀다. 지층을 뚫고 내려가는 시추기처럼 나는 사정없이 몸을 떨었다. 먹점은 미니멀 라이프의 또 다른 계명이 떠올랐다. 한 가지 물건을 되도록 여러 용도로 써라.

—버리지 말고 안마기로 쓸까?

먹점이 내 몸을 잡고 눈점의 발바닥을 두들겼다. 실리콘으로 채워진 탄력 있는 내 몸통이 눈점의 족부를 안마했다. 두 여자는 또 웃음을 터뜨렸다.

꿈 없는 잠을 자고 난 눈점은 한결 가벼워진 몸으로 창을 열었다. 비 갠 하늘이 맑고 푸르렀다. 먹점은 아직 잠들어 있었다. 눈점은 나를 들고 식탁으로 갔다. 화구 박스를 열어 아크릴물감과 붓을 꺼냈다. 눈점은 흰 물감을 붓에 듬뿍 묻혀 내 몸을 칠했다. 하얗게, 하얗게 칠한 다음 그 위에 과일을 그렸다. 토마토, 딸기, 레몬. 모두 점만한 눈에 웃는 입을 가진 눈점이들이었다.

—멋지다. 과일 나오는 도깨비방망이 같아.

잠에서 깬 먹점이 변신한 나를 보며 말했다.

—두들겨볼까?

눈점이 허공에 대고 내 몸을 흔들었다. 토마토가 그려진 내 허리가 탱탱하게 튀어올랐다. 두 여자는 나를 번갈아 들고서 서로의 어깨와 발바닥을 두들겼다. 그런 다음 먹점이 나를 서랍장 위에 세워두었다.

—거기다 두면 어떡해, 누가 보기라도 하면.

—괜찮아, 우린 손님 초대도 안 하는데 뭐.

그러자 눈점은 책들이 담긴 상자를 책장 앞으로 끌어왔다.

—그럼 책도 버리지 말자. 난 자기가 책 읽는 게 좋아.

—이젠 안 읽잖아. 봐도 안 설레.

눈점은 언젠가 설렘이 돌아올지 모른다며 그때까지 보관하자고 했다. 우리 물건이 우리의 시간이고 흔적인데, 다 버리고 싶지 않다고 했다. 그렇게 쓸모없고 설레지 않는 것들을 버리다가 먹점이 네가 나까지 내다버린다고 할까봐 무섭다고 했다. 먹점은 말없이 책들을 책장에 꽂았다. 그동안 자신이 얼마나 눈점의 마음을 모르고 있었는지 생각하며. 눈점을 갉아먹는 불안과 두려움, 그 감정을 외면하기 위해 식탁 위 음식들에 더 시선을 쏟고 배를 채웠다는 것을. 매일 아침 약을 삼키고 잠들기 전에 또 약을 먹는 눈점을 보며 그녀에게 다른 어떤 말을, 다른 어떤 행동을 해야 했다는 것을. 눈점의 버스 사고를 대수롭지 않게 여겼다는 것도 인정했다. 걱정하고 같이 화를 냈지만 그보다 눈점이 서둘러 그 기억을 딛고 일어나 일상으로 돌아가길 더 크게 바랐다. 버스 기사를 찾아 잘못된 걸 바로잡으려 했던 눈점을 막지 말았어야 했다.

먹점은 자신이 좋아했던 책들을 한 권씩 펼쳐보았다. 눈점이 안심하고 만족스러운 표정으로 먹점을 지켜보고 있었다. 먹점은 여전히 그 눈빛에 설렜다.

좁은 집은 더 좁아졌고 비가 그친 평일 오후 하늘은 푸르렀다. 두 여자는 산책에 나섰다. 동네 마트에 가서 오늘의 세일 상품을 둘러보기로 했다. 가는 길에 부동산 게시판을 보며 전셋집 시세를 살펴보자고 했다. 평지에 벽돌로 지어진 방 두 개짜리 집. 배수가 잘되는 세면대가 있고 지붕에 떨어지는 빗소리가 무섭지 않은 집. 먹점의 책들과 눈점의 화구들을 나란히 놓을 수 있는 집. 혹시나 그런 집이 기적처럼 값싸게 나와 있을지 몰랐다.

두 여자가 나간 후 나는 거울에 비친 내 모습을 보았다. 흰 바탕에 눈이 점만한 과일들이 거울 속에서 웃고 있었다. 내 옆엔 대파가 자라고 있고, 창가엔 검은 표범 인형이 서 있었다.

이제 나는 일몰을 두려워하지 않아도 되는 걸까. 눈점과 먹점은 내게 새 이름을 지어줄까. 이름에 갇히고 쓸모에 묶이면 내 선언은 어떻게 되는 걸까. 눈점과 먹점은 언제쯤 돌아올까.

나는 문밖의 소리에 귀기울였다. 아직 해가 지지 않았건만 귓가에 쓰레기차 오는 소리가 어른거렸다.

| 작가노트 |

웃게 해줄 수 있다면

1

함께 사는 커플의 먹고사는 이야기를 쓰고 싶었습니다. 식재료를 사서 요리해 먹고, 다 먹은 다음 나란히 기대어 앉아 '내일은 뭐 먹을까?' 메뉴를 궁리하는 두 여자의 이야기.

많은 연인이 그러하듯 눈점과 먹점의 생활도 좋기만 한 것은 아닙니다. 일상의 크고 작은 사건이 끊임없이 일어나 두 사람을 넘어뜨립니다. 왜 이렇게 힘든 걸까. 사람들은 어떻게 이 힘겨움을 이겨내고 사나. 그 고달프고 막막한 마음이 이 소설을 시작한 첫걸음이었습니다.

2

두 여자는 서로를 지키기 위해 서로가 아닌 것은 내려놓기로 합니다. 어떤 것은 남기고, 어떤 것은 비울 때 두 사람은 무슨 대화를 나눌까요. 그들이 집안의 물건들을 버릴 때 버려지는 물건은 어떤 기분일까요.

왜 내가 이런 취급을 받아야 하느냐고 화내는 목소리를 떠올리는 건 어렵지 않았습니다. 세상엔 그런 말이 넘쳐나니까요. 분노에 차 내뱉는 저주와 악담들. 빠르게 퍼지고 점점 더 커지면서 듣는 이에게 어떤 방향으로든 영향을 미치는 소리, 소리들. 나쁜 소리가 들리면 사랑하는 이의 두 귀를 막아주듯* 저는 소설을 펼쳐 두 여자가 그 소음에서 멀어지길 바랐습니다.

3

화난 목소리를 쓸 순 있었지만, 끝까지 그 목소리를 화나 있게 할 수는 없었습니다. 쓰다보니 그렇게 되었습니다. 다른 감정과 다른 방법도 있어야 한다는, 생각지 못한 '소설의 목소리'가 찾아와 자기의 자리를 요구했습니다. 그러지 않으면 소설 역시 화난

---

* "나는 끔찍한 소리를 들을 때마다 M의 귀를 막아주고 싶다. 아름다운 걸 보고 가슴이 환호할 때마다 M에게 달려가 말해주고 싶다." 메리 올리버, 『휘파람 부는 사람』, 민승남 옮김, 마음산책, 2015, 146쪽.

목소리에 부딪혀 메아리치는 또하나의 듣기 싫은 소음이 될 테니까요.

4

이 소설을 읽은 제 언니는 '공감하며 잘 읽었다'고 감상을 전했습니다. 당시 언니는 만삭의 임신부여서 침대에 누워 종일 모차르트 음악만 들었는데, 그런 사람이 「저녁놀」을 읽었다니요. 저는 당황스러웠습니다. 소설의 어떤 부분이 기혼 이성애자에게 '공감'을 불러일으켰을까. 궁금했지만 자세히 묻지 않았습니다. "원래 가족한텐 소설 보여주는 거 아냐." 괜한 허세를 부리며 어색한 마음을 감췄습니다. 그래도 언니의 그 말이 참 다행이었습니다.

5

이 소설을 읽고 난 후 밝게 웃는 얼굴이 떠올랐으면 합니다. 눈은 작아도 웃는 입은 크게 그리는 눈점의 마음처럼요. 부디 그 웃음이 누군가를 아프게 하지 않길 바랍니다. 사람은 자신이 언제 어떻게 웃음을 배웠는지 기억하지 못하지만, 웃는 법을 익힌 그 순간은 하나의 도약이었을 겁니다. 자기가 짓는 표정을 타인이 볼 수 있다는 걸 인식하고 그 시선의 마주침과 관계의 흐름을 배워가는 시간이 제게는 또하나의 소설처럼 느껴집니다.

누군가를 웃게 하는 건 그보다 더 오래 걸리지요. 하지만 어떤 존재는 특별한 의도 없이 그저 존재만으로 다른 이를 웃게 합니다. 있다는 것만으로도, (혹여 그 있음이 사라진다 해도) 웃음이 나는 존재. 눈점에게 먹점이, 먹점에게 눈점이 그러합니다. 그랬으면 좋겠습니다. 두 사람이 별명이 아닌 자기의 이름으로 세상에 불리기 원할 때 그 사랑의 언어를 편안하게 소리 낼 수 있었으면 합니다. 우리의 귀가 사랑의 소리를 더 따라가길 원합니다. 때론 소음에 지워진 듯 보여도 사랑의 소리는 틀림없이 자기의 자리를 지키며 웃음의 빛으로 떠오른다는 걸 저는 압니다.

제가 아는 것을 쓸 수 있어 다행입니다.

읽는 마음을 내어주셔서 감사합니다.

| 해설 |

(무)쓸모의 젠더와 다시 쓰이는 문학

김보경

「저녁놀」에는 페니스의 “도움”과 “등장”(75쪽) 없이도 자기들끼리 “만지고 안고 비비며 오르가슴을 느끼는”(76쪽) 레즈비언 커플, 그리고 이 여자들로부터 외면당하는 ‘모모’가 등장한다. 모모는 딜도를 의인화한 화자로, 모모에게 이 여자들은 “섹스의 상징이자 육체의 중심”(74쪽)인 페니스를 무시하고 신성한 “자연의 법칙”(83쪽)인 이성애를 거스르는 “오만”(76쪽)하기 짝이 없는 족속으로서 증오와 분노의 대상이 되지만, 정작 이들은 모모에게 하등 관심이 없다. 자기들끼리 사랑하고 먹고살기에도 이미 너무 바쁘기 때문이다. 추락한 자존심을 비대한 자의식으로 벌충해갈수록 도리어 하찮고 우스워지는 것은 바로 모모 그 자신이다. 한국문학의 ‘남자 없는 여자들’ 이야기는 「저녁놀」을 통해 모조 페니스의 과장된 발화로 남성성의 허울을 유쾌하게 풍자하는 시도와 결합한다.

김멜라의 소설 속 '남자 없는 여자들'의 세계는 남자 없는 안전지대로 상상된 적이 없고, 그 자체로 언제나 욕망과 쾌락과 권력과 상처가 뒤엉켜 있었다. 「저녁놀」도 그와 마찬가지이다. "두 여자가 서로의 이름을 부르며 애정 표현을 하기 녹록지 않은 세상"(55쪽)에서 지현과 민영은 서로에게 '눈점'과 '먹점'이란 애칭을 지으며 레즈비언이라는 정체성을 세상에 드러내지 않으면서 서로에게 사랑을 표현하는 일종의 보호 수단을 마련한다. 동성애에 대한 차별이 횡행하는 한국사회에서 이 "K-레즈"(88쪽)들은 이성애 커플들과 달리 DVD 방이나 모텔에서도 사랑을 나누는 소리를 내지도 못하고, 애인이 아파도 일터에 솔직히 얘기할 수 없다.

동성 간의 사랑을 비가시화하거나 음지로 내모는 사회적 억압 속에서도 눈점과 먹점이 사랑을 이어나갈 수 있는 것은 이들이 "속박을 유희로 바꾸"며 "둘만의 비밀 언어"(56쪽)를 늘리는 창조와 위장의 기술을 익혀왔기 때문이다. "말의 뉘앙스와 심미적 특성을 중요하게 여기"(57쪽)는 눈점은 서로의 애칭 외에도 모텔이나 콘돔, 섹스와 같이 '못생긴' 단어들을 도서관, 책, 독서와 같은 단어로 바꾸어 부르자고 제안하며 자신들만의 은어를 만든다. 먹점이 민요에 신시사이저 음향을 섞어 천재 여자 소리꾼이 여자를 유혹하는 모습이 떠오르는 기묘한 곡을 만든 것 또한 이러한 유희 중 하나다. 두 여자는 그들에게 들어맞지 않는 언어를 변형하고 재맥락화하며 거기서 누릴 수 있는 심미적 쾌락을 최대치로 끌어내고 향유한다.

기구의 도움을 받아 서로 더 가까이 끌어안고 섹스하고 싶다는 먹점의 제안에 시각적 미감을 중시하는 눈점의 심미안을 거쳐 그렇게 모모는 간택되었다. 이들이 이 딜도에 책갈피라는 별칭을 붙일 때만 해도 모모는 자신이 쓸모 있는 존재라고 여길 수 있었다. 그러나 정작 이들이 모모를 사들이고 나서 한 번도 사용하지 않자 자존심이 곤두박질친다. 더구나 먹점은 왕복 두 시간이 넘게 걸리는 회사로 이직하며 만성피로와 스트레스성 탈모를 얻게 되고, 눈점은 버스의 하차 문에 끼인 채 끌려가는 사고를 당하고 외상 후 스트레스 장애와 공황장애를 진단받는다. 생활의 어려움이 커진 둘은 서로의 몸과 마음을 돌보는 일에 더욱 집중하게 된다. 후유증으로 눈점이 일을 그만두자 생활비는 적어지고 먹점은 더욱 고달파지지만, 눈점은 먹점의 입맛에 맞게 요리하고 먹점은 블로그에 그날 먹은 음식을 기록함으로써 사고의 트라우마와 일상의 고단함을 견딜 수 있도록 둘만의 작은 의식을 치른다. 이 의식에 모모가 끼어들 자리는 없고, 매일같이 소모되는 것은 콘돔과 손가락에 끼우는 실리콘 성인용품, 그리고 생활비뿐이다. 그렇게 만들어진 목적대로 쓰이지 못하는 모모는 존재론적 위기에 봉착한다.

소설은 이러한 상황에서 모모의 자의식이 소외감에서 굴욕과 열패감으로, 마침내는 여자들에 대한 적대와 증오로 변화해가는 모습을 신랄하게 그려낸다. 자신을 "얇고 단단하며 심미적이고 유용한 사물"(58쪽)이라 생각했던 모모는 자기에게 관심이 없는 여자들을 생각하며 몸이 "잘려나갈 것 같고 이미 잘린 것 같다"(69쪽)는 거세 불안에 시달린다. 페니스가 줄 수 있는 기쁨에 무지한 여자들은 이제 "3단계 바이브레이션 기능을 지닌 딜도를 갖고도 쓰지 못하는 미개인"(같은 쪽)이고 "실체가 아닌 그림자에 환호"(79쪽)하는 기만자이며 "자연의 법칙에 어긋난 돌연변이이자 생명과 창조의 적대 세력"(83쪽)으로 여겨진다. 모모의 독백은 여성을 남성의 결여로 보고 여성의 욕망을 남근 선망으로밖에 설명하지 못했던 이성애 중심적이고 남근 중심적인 사고 체계의 각본을 그대로 반복한다. 이 남근 중심성이 모모의 나르시시즘적인 독백으로 상연될 때 폭로되는 것은 다름 아닌 여성들 간의 성애와 쾌락을 도무지 해석할 줄 모르는 모모의 무능과 무지다.

자신은 이해할 수 없는 욕망과 심미안을 가진 눈점과 먹점을 향한 모모의 적대감은 '표표'와 '파파야'의 존재로 인해 더욱 심화된다. 표표는 흑표범 인형의 이름이고, 파파야는 대파값이 올라 눈점과 먹점이 직접 기르기 시작한 대파의 이름이다. 눈점과 먹점이 좁은 원룸에서 대파를 키울 곳을 마련하기 위해 "설레지 않으면 버려라"(71쪽)를 원칙으로 삼고 미니멀 라이프에 돌입하자 모모는 '버리는 상자'에 들어가는 신세가 되어 자신이 언제 내버려질지 모른다는 불안에 시달린다. 모모는 눈점과 먹점을 '설레게 하는 것'의 기준을 이해할 수 없어 아득함을 느낀다. 모모의 눈에는 아무짝에도 쓸모없어 보이는 가짜 표범 표표가 이들의 사랑과 귀여움을 받으며 살아남았기 때문이다. 모모의 질투는 두 여자의 보살핌을 받으며 쑥쑥 자라는 대파 파파야를 향하기도 한다. 그러니 눈점이 파파야를 요리 재료로 차마 쓰지 못하겠다고 해서 촉발된 눈점과 먹점의 갈등은 모모에게 그저 "여자와 여자의 연대가 얼마나 얄팍하고 이기적인지 확인"(77쪽)하게 해주는 사례일 따름이다.

표표도 파파야도 될 수 없어 좌절하는 모모의 시선은 이제 먹점이 버리려고 쌓아둔 책들로 향한다. "쇼펜하우어, 루소, 니체, 아도르노의 책들과 바로크, 낭만주의, 모더니즘에 이르는 예술사에 관한 책들"(79쪽)은 더이상 먹점을 설레게 하지 않는다는 이유로 박스에 담겼다. 니체의 『아침놀』도 그중 하나다. 모모는 서구 지성사와 예술사의 위용을 자랑하는 이 책들로부터 비로소 망가진 자존심을 바로 세우는 방법을 찾는다. 그것은 바로 나르시시즘적 동일시와 보편화라는 묘책이다. 이 책들 곳곳에 "내가 상징처럼 숨겨져 있"다는 것을 깨달은 모모는 자신의 "위대함"을, 무엇보다 "쓸모없음"(81쪽)의 아름다움을 발견한다. "어디에도 쓰일 수 없어야 진정으로 아름답다. 쓸모 있는 모든 것은 욕망의 표현이라 추하며, 인간의 욕망은 그 비루하고 나약한 본성처럼 비열하고 역겹다"(같은 쪽)라는 테오필 고티에의 문장에 전율하며 모모는 그 옆에 누군가 남겨둔 메모 '무쓸모의 쓸모'에서 따온 모모라는 이름으로 스스로를 부르기에 이른다.

이 대목에 이르러 모모의 무지의 영역은 무용성을 통해 아름다움을 정립해온 유구한 예술관에서 사각지대로 남겨져온 영역과 완벽히 겹친다. '위대한' 모모의 시선에는 비천하고 비루해 보일 뿐인 욕망과 쓸모의 세계, 모모로서는 도무지 이해할 수 없는 심미안을 가지고 쾌락을 향유하는 여자들의 세계 말이다. 여기서 무쓸모와 쓸모는 명백히 젠더화되어 있다. 모모의 발화가 보여주는바, 무쓸모에서 진정한 쓸모를 발견하는 가치 전도는 무쓸모의 성채를 어지럽히고 오염시킨다고 여겨진 욕망과 쓸모의 세계를 축출함으로써 이루어졌던 것이 아닐까. 하지만 소설은 안다. 욕망과 쓸모의 세계를 초월한 것만이 아름다운 것으로 승인되고 영구화될 때 정작 그 욕망과 쓸모의 세계 속 수다한 행위자들은 저만의 쾌락 원칙과 미학을 부지런히 만들고 갱신해왔다는 사실을 말이다. 「저녁놀」이 모모를 통해 남근 중심적인 자의식이나 예술관의 권위를 비트는 것 못지않게 눈점과 먹점의 유희와 쾌락을 조명하는 데에 집중하고 있다는 점도 이러한 맥락에서 이해해볼 수 있다.

모모는 이제 여자들을 거부하고 혐오하는 '인셀'이 되어 "우리를 짓누르는 고환의 하중을 벗어던지고 솟아나자"(83쪽)고 동지들에게 부르짖는다. 이러한 모모의 선언문은 남자가 필요하지 않은 여자들에 대한 적대와 증오를 원동력 삼는 오늘날의 여성 혐오적인 남성 연대의 구호와 다름없이 읽힌다. 감히 남자들 없이 살아가고 새로운 법을 만들고 세상을 바꾸려 하다니 여자들은 그 얼마나 이기적인가! 일부 우경화된 남성 청년들의 목소리가 청년 전체의 목소리로 과대 대표되고 안티 페미니즘이 정치적인 의제로 힘을 얻고 있는 현재, 「저녁놀」은 가감 없이 보여준다. 이 모든 여성 혐오적이고 동성애 혐오적인 논리와 언어에 스피커를 부여하며 그것을 아름답고 지적이고 위대한 것으로 둔갑시켜온 역사란 그 얼마나 우스꽝스럽고 보잘것없는지를.

흥미롭게도, 버려질 위기에 처했던 모모의 미래는 쓸모를 다른 방식으로 증명받게 되면서 예상치 못한 방향으로 전환된다. 소설의 후반부에서 눈점과 먹점은 〈팔도 여자랑〉을 배경음악 삼아 섹스를 한 후 모모를 장딴지와 목, 발바닥을 시추기처럼 두들기는 안마기로 사용해보게 된다. 안마기로서 쓸모가 입증되자 눈점은 모모의 몸을 하얗게 칠하고 과일을 그려넣어 모모를 안마기이자 "과일 나오는 도깨비방망이"(89쪽)로 만든다. 새로운 쓸모가 발견된 모모는 이제 박스가 아닌 서랍장 위에, 표표와 파파야 주변에 함께 놓인다. 사용자인 두 여자의 행위에 의해 "내 존재가 어떤 목적을 위해 쓰여야 한다고"(57쪽) 믿어왔던 모모의 선험적 목적론은 무너지고 만다. 젠더에 관해서든 예술에 관해서든, 중요한 것은 누가 어떻게 쓰는가의 문제다. 여기서 눈점과 먹점의 미니멀 라이프의 새로운 계명을 복기한다. "한 가지 물건을 되도록 여러 용도로 써라."(89쪽)

소설에서 이러한 변화는 눈점과 먹점이 은근하게 묵혀왔던 갈등을 풀고 서로를 한층 이해해가는 과정과도 맞물린다. 모모를 버리지 않기로 하자 눈점은 먹점에게 책도 버리지 말자고 말한다. "우리의 시간이고 흔적"이었던 것들을 이제 쓸모없고 설레지 않다는 이유로 버리고 싶지 않다고, 그러다보면 "네가 나까지 내다버린다고 할까봐"(90쪽) 무섭다고 말이다. 먹점은 눈점의 말을 들으며 자신이 그간 눈점의 버스 사고를 대수롭지 않게 여겨왔다는 것, 그리고 눈점의 감정을 외면해왔다는 사실을 알아차리고 버리려던 책들을 책장에 꽂아 넣는다. "설레지 않으면 버려라"(71쪽)라는 제1계명은 수정된다. 더이상 설레게 하지 않는다고 폐기할 필요는 없다. 우리가 버려야 하는 것이 있다면 그건 더이상 쓸모없어져버린 것들이 아니라, 쓸모와 무쓸모의 대립 안에서 여자들의 향유와 욕망과 실천을 폄하하고 지워온 인식론과 역사다. 눈점과 먹점이 모모의 새 용도를 발견했듯, 김멜라가 니체의 '아침놀'을 '저녁놀'로 새로 쓰듯, 우리는 주어진 자원을 최대한 활용하며 또다른 쓸모와 미적 원리를 만들어갈 수 있을 것이다.

마지막 장면에서 모모는 거울에 비친 안마기이자 도깨비방망이로서의 자기 모습을 보며 더이상 쓰레기차가 오는 일몰 때를 두려워하지 않아도 되는지, 동시에 "이름에 갇히고 쓸모에 묶이면 내 선언은 어떻게 되는"(91쪽) 것인지 자문한다. 이 물음은 중의적이다. 새롭게 부여받은 이름에 구속될지도 모른다고 불안해하지만 사실 이는 모모 그 자신을 구속해온 '선언'으로부터 자유로워지는 일이기도 할 것이다. 모모가 이름에 갇히고 쓸모에 묶이게 된 것이 아니라 다양한 이름과 쓸모를 얻게 된 것이라면 어떨까. 물론 모모는 여전히 쓰레기차 오는 소리를 두려워하고, 해는 저물고 말 것이다. 다만 지금 우리가 알 수 있는 것은 두 여자들이 모모를 어떻게 사용하는지에 따라 모모의 존재론이 다시 쓰일 거라는 사실, 그렇게 계속해서 다른 이야기와 역사가 쓰이게 될 것이라는 사실이다.

김보경
2020년 『문학과사회』 신인문학상을 수상하며 평론을 발표하기 시작했다.

김병운

기다릴 때 우리가 하는 말들

작가노트

더 중요해지는 것

해설 임정균

리트머스보다 섬세한

김병운

2014년 『작가세계』 신인상을 수상하며 작품활동을 시작했다. 소설집 『기다릴 때 우리가 하는 말들』, 장편소설 『아는 사람만 아는 배우 공상표의 필모그래피』, 산문집 『아무튼, 방콕』이 있다.

기다릴 때 우리가 하는 말들

살짝 열린 창문 사이로 몇 분 전 내가 힘겹게 올라온 비탈이 보였다. 초입에서 택시 기사 아저씨로부터 여기는 무리라는 얘기를 듣고는 직접 걸어올라야 했던, 걸음을 옮길 때마다 이건 뭐 산이네 산이야 하는 소리가 절로 나왔던 언덕길. 이 좁고 가파른 언덕을 따라 빨간 벽돌로 지은 다세대주택들이 층계를 이루듯 늘어서 있었고, 주호의 집은 그중 가장 끝에, 그것도 가장 꼭대기 층에 자리하고 있었다.

지대가 높아 그런가 새어들어오는 공기가 제법 맑다는 생각을 하는데 때마침 인주씨가 여기요, 하면서 물잔을 내밀었다. 작고 네모난 얼음 사이에 뭐가 떠 있길래 들여다봤더니 애플민트였다. 나는 어정쩡하게 서 있는 인주씨에게 맞은편 자리를 권하고는 물을 충분히 마셨다. 그리고 이제야 살 것 같다는 듯이 조금은 과장된 한숨을 내쉬며 인주씨와 눈을 마주쳤다.

와주셔서 감사해요.

인주씨가 웃는 얼굴로 말했다.

집이 너무 높죠.

그러게요. 여긴 정말 올 때마다 운동 되네요.

아, 예전에도 와보셨다고 했죠?

나는 사 인용 식탁이 있는 응접실이 아닌 온갖 잡동사니를 욱여넣은 옷방 겸 창고였던 이 방의 전신을 떠올렸다. 양문형 냉장고와 미닫이 수납장이 있는 등뒤의 벽에는 원래 시커멓고 무거운 옷가지가 빼곡히 걸려 있었고, 스탠드 조명과 작은 원형 탁자가 있는 오른쪽 벽에는 안에 뭐가 들었는지 알 수 없는 라면 박스들이 너저분하게 쌓여 있었지. 인주씨가 이 집과는 전혀 상관없는 사람이었을 때의 기억이었다.

그나저나 얘는 사람을 불러놓고 어디를 간 거래요?

나는 오는 길에 주호로부터 갑자기 집을 비우게 된 사연을 전해들었으면서도 한번 더 물었고, 인주씨 역시 내가 상황을 인지하고 있다는 걸 알면서도 한번 더 설명했다.

캠핑용 그릴 때문에요. 지난주에 저희가 그걸 사느냐 마느냐로 살짝 다퉜거든요. 주호씨가 집에 버너가 있는데도 오늘 윤범씨 오면 개시하자며 콜맨인가 하는 브랜드 제품을 사려고 해서요. 아무리 오래 쓴다지만 그게 오십만원이나 한다는 게 저로서는 납득이 안 되고……

오십만원이요?

네, 너무하죠?

그러네요.

근데 아까 점심쯤에 누가 중고나라에 그 제품을 이십만원에 내놓은 거예요. 캠핑을 접는 건지 왜건에 침낭에 암체어까지요. 다행히 주호씨가 제일 먼저 연락했나보더라고요. 판매자랑 바로 약속을 잡더니 여주에 있는 무슨 타운 하우스로 출발한 거죠. 아까 잘 도착했다고 문자 왔으니 금방 올 거예요.

주호의 초대를 받은 건 보름 전이었다. 한번 봐야지 봐야지 하면서 차일피일 만남을 미룬 지 어느덧 두 해가 다 되어가고 있었다. 주호는 죽지 못해 출퇴근을 반복하고 있는 자신의 심상한 근황에 대해 말하는가 싶더니 대뜸 집으로 놀러오라고 했다. 이번에 테라스에 데크 시공을 했는데 거기서 고기를 구워먹자고 했다.

테라스? 그런 게 있었나? 나는 우리가 한창 어울리던 시절에 몇 번 가본 주호의 집 구조를 복기했고, 그 집이 사실상 주호의 소유라는 걸 새삼스레 떠올렸다. 구례에서 슈퍼를 하는 부모님이 인서울 대학 진학에 성공한 주호를 위해 마련해준 거처이자 아파트 재개발을 염두에 두고 구입한 투자처였다.

나는 처음에는 다가오는 마감일을 핑계로 다음을 기약했다. 이제 시작을 하긴 해야 하는데 엄두가 나질 않는 원고가 하나 있었고, 때문에 누구를 만나 웃고 떠드는 건 무리다 싶었으니까. 게다가 그 상대가 이제는 만나도 딱히 접점을 찾을 수 없는 주호라면 더더욱. 그러나 주호는 그날따라 꽤 적극적으로 퇴로를 차단했다. 아무리 그래도 밥은 먹어야 하지 않겠느냐며 몇 시간만 빼보라고 했고, 이러다간 올해도 얼굴 한번 못 보고 그냥 넘어가겠다며 서운해했다.

주호가 인주씨 얘기를 꺼낸 건 아마도 우리가 시간 약속까지 모두 정한 다음이었을 것이다. 주호는 나직한 목소리로 한 마디를, 아니 두 마디를 더했다. 야, 인주씨도 너 진짜 보고 싶어해. 네 책도 나보다 먼저 읽었다니까. 나는 인주라는 이름을 듣자마자 그게 누구지 하면서 멈칫했고, 설마 그때 말했던 그 여자인가 싶어 아연해졌다. 그리고 잠시 후 두 사람이 지금까지도 잘 만나고 있을 뿐만 아니라 심지어 같이 살고 있다는 소식을 듣고는 어쩐지 좀 낚인 것 같다는 생각까지 하게 됐다. 처음부터 인주씨를 만나는 자리인 줄 알았다면 내가 어떻게든 불응했으리라는 걸 주호는 알고 있었다.

인주씨는 어색한 정적을 메우는 게 호스트의 의무라고 생각하는 것처럼 끊임없이 말을 걸었다. 처음에는 자신이 이 집에 들어오게 된 사연이며—운영하던 카페의 폐업으로 사정이 안 좋아져 잠시 신세를 지는 거라고 했다—주호와 함께 사는 일의 장단에 대해 늘어놓더니 어느 순간부터는 나의 요즘에 대해 물었고, 그러다 자연스럽게 내 책 얘기로 넘어갔다. 나는 그런 인주씨를 보며 인주씨가 내 책을 읽었다는 주호의 말이 그냥 하는 빈말이 아니었다는 걸 알 수 있었는데, 왜냐하면 진짜로 읽은 사람들은 감상이 어떠하든지 간에 어떻게든 먼저 말을 꺼낸다는 게 내가 지난 몇 달간 주위의 반응을 살핀 끝에 내린 결론이었기 때문이다.

인주씨는 책에 대한 전반적인 감상을 색깔과 온도에 비유하더니 자신은 2부보다는 1부가 더 좋았다고 했다. 1부의 화자이자 본인을 퀴어 앨라이라고 믿어 의심치 않았던 누나 김희주가 동생 김학수의 커밍아웃을 끝내 지지하지 못하는 모습에서 아는 사람이 여럿 떠올랐다고 했다.

그해 봄 출간된 내 첫 책 『얼어붙은 빛과 깨어나는 밤』은 인기 영화배우 김학수가 오픈리 게이로 거듭나는 과정을 담은 장편소설이었는데, 한 편의 소설임에도 각 부에 대한 호불호가 분명해 나는 언젠가부터 그 구성이 퀴어와 비퀴어를 가르는 리트머스 같다는 생각을 하게 됐다. 대부분의 헤테로들은 헤테로 여성 김희주를 화자로 내세운 1부에, 퀴어 당사자들은 퀴어 남성인 김학수를 화자로 내세운 2부에 반응했다. 1부가 더 좋으셨다니 인주씨는 퀴어가 아닌 것 같다는 말을 농담삼아 하려는데 인주씨가 물었다.

책은 잘 팔리고 있나요? 몇 권 정도 팔렸어요?

나는 그게 왜 궁금할까 싶으면서도 그동안 그걸 묻는 사람이 아예 없었던 건 아니었기에, 네 뭐, 오천 권 정도요 하고 대답했다. 사실은 다음 쇄를 찍어야 간신히 오천 권이 되는 상황이었으나 일단 당겨쓰는 셈 치고 숫자를 조금 부풀렸고, 인주씨가 그 숫자를 어떻게 평가할지 가늠이 잘 안 돼 요즘 퀴어 소설이 많이 나온다고 덧붙였다. 많이 나와 덩달아 내 것도 잘 팔렸다는 건지, 아니면 많이 나오는 바람에 내 것은 덜 팔렸다는 건지 내가 듣기에도 모호했다. 인주씨는 콧마루를 손가락으로 살짝 긁적이더니 내가 한 말을 이렇게 고쳤다.

그쵸, 요즘 게이 소설이 참 많이 나오죠.

그때 나는 그 말뜻을 미처 알아차리지 못한 채로 고개를 끄덕였고, 혹시 근래에 출간된 다른 퀴어 소설도 읽어봤는지, 읽어봤다면 어떤 게 좋았는지를 물었다. 사실 다른 책에 대한 감상은 궁금하지 않았으나 계속 내 책에 대해 말하는 건 겸연쩍다는 생각이 들었다. 하지만 인주씨는 다시 내 소설 얘기로 돌아갔다. 오늘 함께 고기를 구워먹자는 아이디어도 주호와 내 소설 얘기를 하다 나온 거라고 했다.

왜 2부에서 김학수가 커밍아웃을 앞두고 마음을 다잡듯 전 애인이 사는 산장으로 가잖아요. 산장은 사실상 폐가여서 거실, 부엌, 서재 같은 공간을 모두 옥상 위 천막에 만들어놨고요. 저는 거기서 두 사람이 생활하는 모습이 인상적이더라고요. 밥을 해먹고 책을 읽고 노래를 듣는 그 일상적인 순간들이 오히려 그동안 서로에게 못다 한 말을 하는 것처럼 느껴졌거든요. 두 사람이 함께 연극하던 시절을 재현하는 것 같기도 했고요. 물론 그 이후에 벌어지는 일은 좀 그랬지만요.

나는 점차 비극으로 치닫는 소설의 후반부가 인주씨의 취향은 아닌가보다 생각하며 쓴웃음을 지어 보였고, 산장 장면을 좋게 해석해주셔서 감사하다고 대답했다. 그 장면은 커밍아웃의 스펙터클이 모든 걸 휩쓸기 전의 폭풍 전야와도 같은 나날을 담고 있었기에 나도 마음에 들어 하는 장면이었다. 그러나 그다음 이어진 인주씨의 말은 나를 잠시 갸웃하게 만들었다.

아, 그리고 지난번에 윤범씨가 보내주신 와인이요. 너무 잘 마셔서 한번 보답하고 싶었거든요. 말벡은 처음이었는데 되게 괜찮더라고요. 저한테까지 마음 써주셔서 감사했어요. 사실 그때 제가 주호씨한테 저도 그 캠핑 따라가면 안 되냐고 투정을 좀 부렸거든요. 제가 낄 자리가 아니라는 걸 알면서도 윤범씨가 궁금해서요. 근데 주호씨가 이건 두 사람의 단합대회 같은 거라면서 딱 잘라 거절하더라고요. 어찌나 서운하던지……

아……

나는 순간 이게 다 무슨 소린가 싶어서, 그러니까 캠핑은 무엇이고 말벡은 무엇이며 와인 선물은 또 무엇인지 알 수가 없어 주춤했으나, 일단 이 상황을 자연스럽게 넘기지 않으면 안 될 것 같은 강렬한 예감에 그 모든 얘기가 낯설지 않은 것처럼 양쪽 입꼬리를 느릿하게 끌어올렸다. 왠지 모르게 인주씨가 나를 떠보는 것 같다는 느낌이 들기도 하고, 설마 주호가 무슨 딴짓을 하려고 나를 팔았나 싶은 생각도 스쳐 짐짓 웃어 보이지 않을 수가 없었다.

맞다, 근데 테라스가 어디예요? 주호가 엄청 자랑하던데.

나는 인주씨의 입에서 내가 모르지만 모른 척할 수 없는 얘기가 연신 흘러나올까봐 말을 돌렸고, 활짝 열려 있는 방문 쪽으로 시선을 옮겼다. 어째서 주호가 나를 제멋대로 공범으로 만들어놓고도 아무런 귀띔을 해주지 않은 건지 이상하다고 생각하면서.

내 정신 좀 봐. 한번 보실래요?

테라스는 응접실의 반대편이었고, 거실에 난 이중문을 통해 출입할 수 있었다. 이중문 앞에 놓인 슬리퍼를 꿰어 신고 밖으로 나서자 테라스가 한눈에 들어왔다. 대여섯 평은 되어 보일 만큼 널찍했고, 바닥 전체가 옅은 갈색 합성 목재로 촘촘하게 뒤덮여 있었다. 중간에 예닐곱 명이 둘러앉을 수 있는 크기의 접이식 야외 테이블이 놓여 있었는데 아마도 그곳이 우리가 함께 식사할 자리인 듯했다.

하지만 그 순간 내가 진심으로 감탄해 마지않은 건 펜스 너머로 펼쳐진 풍경이었다. 비탈을 올라올 때는 그저 암벽처럼 보였던 축대의 뒤편으로 숲이 우거져 있었던 것이다. 조금씩 다른 농도로 이루어진 초록의 다발을 가만히 눈에 담고 있자니 서울 근교의 펜션이나 산장으로 캠핑을 온 것 같은 느낌마저 들었다. 예전에 왔을 때는 왜 이런 풍경을 보지 못한 건지 의아해하는 사이 인주씨가 말했다.

근데 이건 테라스가 아니고 베란다예요.

네?

아까 테라스라고 하셨잖아요. 테라스는 일층에서 확장된 공간을 말하거든요. 여기는 사층이고 또 천장이 없으니 테라스가 아니라 베란다인 거죠. 베란다는 위층과 아래층 면적이 달라 생기는 공간이거든요. 또하나 헷갈리는 게 발코니인데, 그건 건물 외벽에 붙어 있는 돌출 공간이고요. 사람들이 이 셋이 엄연히 다른 건데도 자꾸 통쳐서 말하죠.

나는 주호가 테라스라고 했기에 당연히 테라스인 줄 알았다고 대답하려다 정말 주호가 그렇게 말했던가 확실치 않기도 하고 내가 그것들의 차이를 알지 못했던 건 사실이기도 하므로 잠자코 인주씨의 설명을 되새겼다. 그리고 한동안 제자리에 서서 테라스가 아닌 베란다라는 공간을 둘러봤다. 나무 바닥이 빛을 반사하며 윤이 나는 것처럼 일렁였고 이마에 와닿은 햇볕이 한가을임에도 제법 따스했다.

그렇게 얼마쯤 서 있었을까. 건너편 숲에서 불어오는 바람을 느끼며 숨을 한가득 들이마시는데 가벼운 진동 소리가 났다. 눈을 돌리자 인주씨가 휴대폰을 확인하며 피식 웃었고, 이내 뭔가를 증명하려는 것처럼 화면을 내 쪽으로 들어 보였다. 카페에서 책을 읽고 있는 주호의 사진 위로 하트 이모티콘이 선명했다.

빨리 오네요. 서울 들어오면 전화한다고 했거든요.

*

집필 전 주호에게 인터뷰이가 되어달라고 부탁했던 건 내 주변에서 잠시나마 배우로 살아본 사람은 주호가 유일했기 때문이기도 하지만, 주호가 배우가 되고자 했던 그 시간들이 내게 깊은 인상을 남겼기 때문이기도 했다. 주호는 우리가 게이 인권단체의 독서 모임에서 처음 만난 2012년 겨울 무렵부터 더는 모임에 나가지 않게 된 2016년 가을 무렵까지 배우를 꿈꿨다. 다른 사람이 되어보는 그 순간들이 어디에도 속하지 못한 채 유령처럼 떠도는 자신을 붙잡아준다는 게 주호가 무대에 매혹된 이유였다.

주호는 휴학을 거듭하며 학내 극회 생활에 매진하더니 나중에는 대학로에 자리한 어느 극단에 적을 두기도 했는데, 원하는 방향으로 자신을 조금씩 옮겨가는 주호를 보며 나는 나 또한 그렇게 살고 싶다는 생각을 했고, 결국 언젠가부터 주호에게 내 멋대로 일종의 동료 의식을 품게 됐다. 소설가가 되고 싶다는 막연한 꿈을 꾸며 소설도 뭣도 아닌 것들을 끄적이던 당시의 나로서는 분야는 다르지만 어쨌든 예술이라는 명분 아래 뭔가를 시도해보는 주호의 모습에서 동질감을 느꼈던 것이다.

하지만 오랜만에 인터뷰를 위해 만났을 때 주호는 대뜸 취업 소식을 전하며 이제 배우의 꿈은 접었다고 했다. 아버지의 친구가 운영하는 의료기기 업체에서 경영 지원 업무를 배우고 있다고 했고, 지금 하는 일에 딱히 뜻이 있는 건 아니지만 당장 밥벌이를 하지 못하면 고향으로 내려갈 수밖에 없는 상황이라고도 했다.

너한텐 극단이 망해 무대가 없는 척했지만 실은 접은 지 꽤 됐어. 독서 모임 그만두고 얼마 뒤였으니까 이 년도 더 됐지. 내가 누군지 알게 되니까 신기하리만큼 빨리 식더라고. 물론 나한테는 그 판을 견딜 수 있을 만큼의 열정도 재능도 없었고.

그날 주호는 한때 경험했던 배우의 삶에 대해 두서없이 늘어놓았다. 몸담았던 극단의 역사와 구조, 운영 방식은 물론이고 함께 활동했던 선후배들의 성격이나 심리상태, 평균 소득까지 얘기했다. 나는 어쩌다보니 극단의 설립자이자 몇 년 전 성범죄 사실이 밝혀져 극단을 공중분해시킨 연출가가 메소드 연기 주창자인 스타니슬랍스키의 신봉자라는 것도 알게 되었는데, 그건 주호가 너무 암울한 얘기만 하고 싶지는 않다며 자신이 습득한 호흡과 발성, 걸음걸이, 장면 연기 같은 훈련법에 대해 꽤 자세히 설명해주었기 때문이다. 하지만 나는 주호가 애써 해주는 말들에 집중하지 못했다. 흘려들은 건 아니었으나 주호가 무슨 말을 더 할 때마다 이렇게 대꾸하고 싶은 마음에 제대로 귀담아들을 수가 없었던 것이다. 그럼 뭐해, 너는 이제 안 한다며.

결국 우리는 얼마 지나지 않아 인터뷰를 정리했고, 근처에 있는 호프집으로 자리를 옮겼다. 그리고 맥주잔을 서너 번쯤 비웠을 때 나는 주호가 연애중이라는 것을, 그것도 남자가 아닌 여자와 만난다는 것을 알게 되었다. 바로 그때가 인주씨의 존재를 처음 알게 된 순간이었다. 나는 뭘 그리 놀라느냐는 주호의 말을 듣고 나서야 내가 눈을 부릅뜨고 있다는 걸 알아차렸다.

하긴 나도 놀랍긴 해. 내가 연애를 한다니.

아니, 어떻게?

뭐가 어떻게야.

아니, 너는……

내가 뭐?

나는 말문이 막혔다. 말문이 막혔다는 사실을 들키고 싶지 않아 무슨 말이든 하고 싶었으나 당장 입 밖으로 꺼낼 수 있는 말이 없었다. 그래, 너는 한 번도 너를 게이라고 단정한 적은 없었지. 한때는 그렇다고 확신했지만 이제는 아니라고 했고, 그 한때라는 것도 학창시절이었다고 했지.

생각해보면 그리 뜻밖의 행보는 아니었다. 주호는 처음 독서모임에서 만났을 때부터 자신의 정체성을 게이가 아닌 양성애자로 소개했고, 그 이후로도 이따금 기회가 있을 때마다 자신은 정체성이라는 건 변형되는 것이고 확장되는 것이며 언제든 재정의할 수 있는 것이라 생각한다고 말했으니까.

성 소수자의 사회적 가시화나 시민권 획득, 동성혼 법제화에 대한 책을 주로 읽는 모임 안에서 주호는 낯선 존재였다. 젠더 다양성이나 해체를 운운하는 주호를 다들 머리로는 이해했으나 가슴으로는 아니었고, 그건 우리가 필요로 하는 게 힘겹게 받아들인 정체성을 공고히 할 수 있는 경험이지 다시 혼란해지거나 불안해지는 경험은 아니었기 때문이었다. 우리는 비슷한 삶의 궤적을 그려온 사람들을 직접 만나야만 느낄 수 있는 위안과 위로, 소속감이 절실했고, 모임은 모든 성별과 정체성을 환영한다는 기조를 내걸기는 했으나 어쨌든 게이 정체성을 핵심 동력으로 삼고 있었으니까.

게다가 우리는 양성애자에 대한 묘한 반감을 갖고 있기도 했다. 전부 다 그런 건 아니었지만 양성애자를 취할 것만 취하는 디나이얼이라 여기는 사람들이 있기는 있었고, 아직 주호가 자신이 게이라는 사실을 완전히 받아들일 준비가 안 됐거나 제대로 된 사랑을 못 해봐서 미적 끌림이니 플라토닉 끌림이니 하는 말장난이나 일삼는 거라고 뒷말을 하는 사람들도 있었다. 실제로 주호는 그때까지 그럴듯한 성 경험이 없었고, 누군가에게 성적으로 끌린다는 게 정확히 어떤 느낌인지 모르겠다는 말을 자주 했으므로 사람들이 그렇게 생각하는 것도 무리는 아니었다. 언젠가부터 주호는 특이한 사고방식 때문에 연애다운 연애도 한번 해보지 못한 괴짜로 인식됐는데, 그래서인지 주호가 하는 애매하고 복잡한 정체성 얘기는 그다지 진지하게 받아들여지지 않았던 것 같다.

하지만 나는 그런 주호가 마음에 들었다. 모임 안에서 체호프를 좋아하는 유일한 사람이어서 마음이 가는 것도 있었지만, 사람들이 하는 말에 과연 그런가 싶은 뚱한 표정으로 한 번씩 물음표를 던지는 모습은 특별해 보였으니까. 주호는 배열이 조금 다른 회로를 장착하고 있는 듯 자신에게 다가오는 건 그게 사람이든 생각이든 감정이든 일단 멈추게 한 다음 판단을 보류했고, 나는 무릇 예술가란 이래야 하는 게 아닐까, 뭐든 그런가보다 하며 당연하게 받아들이기보다는 이렇게 의심하고 분별해봐야 하는 게 아닐까 싶었다. 물론 그즈음 주호가 학교 사람들과 선보인 몇몇 무대는 예술과는 거리가 멀었지만, 내게는 그런 어설프고 난삽한 무대를 감행하는 주호의 객기마저 남달라 보여 우리는 차차 따로 만나 연극을 보거나 서점에 가거나 밥을 먹으며 가까워졌다. 무엇보다도 읽은 소설이나 희곡 얘기를 할 때면 역시 대화란 이래야 한다는 생각이 절로 들 만큼 잘 통했고, 함께 있으면 시간이 가는 줄도 몰랐다.

그래서일까. 어느 날 주호가 자신을 무성애자로 정체화했을 때도, 그리고 더는 미룰 수 없는 학교 졸업을 핑계로 독서 모임에 발길을 끊었을 때도 우리는 크게 달라지지 않았다. 그때쯤엔 이미 주호의 정체성이나 모임 소속 여부가 우리 관계와는 무관해진데다 우리가 자주 못 봐도 서로에게 특별하다는 걸 의심하지 않는 시기에 접어들었기 때문이었다. 우리는 어쩌다 생각이 나면 전화를 걸 수 있었고, 그러다 내키면 만날 수도 있었으며, 그렇게 만나 예술에 저당잡힌 각자의 인생에 대해 한탄할 수도 있었다.

하지만 그날은 아니었다. 그날은 도저히 그럴 수가 없었고, 그건 전적으로 주호가 나를 배신했다는 기분과 관련이 있었다. 주호가 더는 연극에 헌신하지 않을 것이므로 우리가 우리일 수는 없으리라는 판단. 우리의 한 시절이 이토록 시시하고 허무하게 끝나버렸다는 결론. 나는 주호가 내 동의도 없이 함부로 커튼을 열어젖힌 것만 같은 기분에 휩싸였고, 갑자기 쏟아져들어오는 빛을 피하려는 것처럼, 모든 게 적나라해지는 그 상황을 모면하려는 것처럼 테이블 밑으로 눈을 내리깔았다. 우리를 감싸고 있던 온기가 휘발되어버린 듯했고, 호프집 안의 공기가 갑갑하다못해 따갑게 느껴지기까지 했다.

내가 오래도록 침묵으로 물러서 있자 주호는 내 눈치를 살폈다. 왜 아무 말이 없느냐고도 했고, 혹시 화가 났느냐고도 했다. 나는 그 순간 알았다. 내가 그동안 겉으로는 주호의 정체성에 대해 그러려니 하면서도 속으로는 주호가 게이가 아닐 거라고는 생각해본 적이 없다는 사실을. 지금은 주호가 아닌 척 다른 척 유난을 떨어도 결국에는 남자를 못 잊어 종로로 돌아올 거라 장담하던 사람들과 내가 그리 다르지 않다는 것을.

아니, 그게 아니라.

나는 한참 만에 입을 뗐다.

너 무성애자라며. 에이섹슈얼, 그거라며. 이젠 아니야? 다시 뭐 양성애자로 돌아가기로 했어?

에이섹슈얼 맞아.

맞아?

어, 맞아.

근데 어떻게 연애를 해?

주호는 잠깐 버퍼링에 걸린 것처럼 주저하더니 이내 가벼운 미소를 지어 보였다.

하지, 연애.

주호는 에이섹슈얼 커뮤니티에서 인주씨를 만났다고 했다. 온라인 가입자 수는 이천 명이 조금 넘지만 오프라인에서 활동하는 사람은 스무 명이 채 안 되는 모임. 개개인의 특성이 모두 달라 구성원들을 한마디로 정의하기는 어렵지만 그래도 요약하자면 타인에게 성적인 끌림을 느끼지 않거나 적게 느끼는 사람들의 모임.

나는 언젠가 주호에게서 그 모임 사람들에 대한 얘기를 들은 적이 있었다. 무슨 트라우마가 있느냐는 질문을 한 번 이상 받아본 적 있고, 아직 제대로 된 사람을 못 만나 그런 거라는 위로를 여러 번 들어본 적 있으며, 섹스를 안 해봤거나 원치 않기 때문에 어딘가 모자란 사람 취급받는 게 익숙한 사람들이라고 했지. 이쪽에서는 너희가 총기 난사를 당하는 것도 아닌데 왜 성 소수자냐는 비아냥거림을 듣고, 저쪽에서는 안 하고 사는 게 무슨 대수라고 특별한 척을 하는 건지 모르겠다며 눈총받는 사람들.

하지만 어째서인지 그 순간에는 주호가 하는 모든 말들이 생경하게 다가왔다. 이제껏 그럴 수 있다고 생각한 것들이 과연 그런가 싶었고, 별문제가 없다고 생각한 것들이 문제로 느껴지면서 이건 뭔가 잘못됐다는 거부감이 나를 압도했다.

주호는 자신과 인주씨 모두 타인에게 성적 끌림은 느끼지 않으나 로맨틱한 끌림은 느끼는 유로맨틱이라 했고, 자신은 양성 모두에게 로맨틱한 감정을 느끼는 논모노로맨틱, 인주씨는 이성에게만 로맨틱한 감정을 느끼는 모노로맨틱이라고도 했다. 지금 뭐라는 거냐고 되묻고 싶은 내 마음이 표정에 역력했는지 주호가 먼저 웃었다.

알아, 복잡하지. 나도 헷갈려.

나는 정체성이라는 게 필요하면 장착했다 싫증나면 벗어버리는 게임 아이템 같은 건가 싶어 헛웃음이 나왔고, 도대체 어떻게 성적인 끌림을 느낄 수 없다는 건지, 아니 그럴 수 있대도 그건 정체성이라기보다는 일정 기간의 상태가 아닌지 묻고 싶었다. 만약 그런 상태가 지속되는 거라면 병원에 가봐야 하는 게 아닌가 싶기도 했고. 하지만 정작 입을 열었을 때 내게서 튀어나온 질문은 이거였다. 내가 정말 궁금한 것도, 내게 가장 중요한 것도 사실은 이거라고 자인하듯이.

그러니까 너희는…… 사귀는 건 맞지만 섹스는 못한다는 거야?

안 하는 거지. 원치 않으니까.

나는 그렇다면 너희의 사랑은 우정과 어떻게 다른 거냐고 되묻고 싶었으나 로맨틱한 끌림과 성적인 끌림은 엄연히 다르며 신체적 흥분과 성적 매력, 성적 쾌감 또한 다르다는 주호의 설명을 듣고 나서는 그냥 입을 다물었다. 말을 하면 할수록 내가 주호의 정체성을 이해하지 못한다는 게 분명해졌을 뿐만 아니라 주호가 인정을 바라는 모습에서 어떤 기시감이 느껴지기도 했으니까.

그날 헤어질 무렵 나는 주호에게서 중철 제본된 얇은 책 한 권을 선물받았다. 책이라기보다는 노트에 가까운, 표지 가운데에 보라색과 흰색, 회색, 검은색으로 층을 이룬 조각 케이크가 그려진 책자. 에이섹슈얼 커뮤니티에서 딱 백 권만 자체 제작한 수기라고 했고, 그 안에는 인주씨의 글도 한 편 실려 있다고 했다. 나는 멋지다 고마워 하면서 책을 받아들었지만, 조만간 꼭 읽어보겠다며 주호가 부탁한 적도 없는 감상을 약속했지만 결국 책을 열어보지도 않았다. 이런 건 나와는 상관없다는 생각에 선뜻 손이 가질 않았기 때문이기도 했고, 주호를 향한 달갑지 않은 마음이 희미해질 때까지 주호에 대한 생각은 하고 싶지 않았기 때문이기도 했다.

*

인주씨가 주호를 향한 의구심을 내비친 건 와인을 한 잔 비운 뒤였다.

인주씨는 이십 분이면 도착할 거라는 주호의 전화를 받고는 베란다에 테이블 세팅을 시작했는데, 오전에 준비를 다 해두었기에 냉장고에서 꺼내기만 하면 된다는 인주씨의 말대로 세팅은 금세 끝났다. 지난밤 두 사람이 코스트코에서 샀다는 토시살 한 근과 우드 볼에 담긴 색색의 쌈채소, 세일 기간에 득템했다는 2015년산 빈티지 말벡 와인과 미키마우스가 그려진 귀여운 식기 등이 테이블에 올려졌다. 하지만 인주씨와 내가 이제 주호만 오면 되겠다며 자리에 앉았을 때 주호가 도착 예정 시간을 정정했다. 동서울 톨게이트에 근접하니 차가 막힌다고 했다.

인주씨와 나는 다시 안으로 들어갈지 아니면 그대로 자리를 지킬지 고민하다 이런 날씨는 만끽해줘야 한다는 인주씨의 한마디에 힘입어 와인을 따랐다. 디켄터가 없으니 미리 열어두는 게 좋을 것 같다며 인주씨가 일찌감치 따놓은 것이었다.

와인을 홀짝이는 동안 나는 인주씨에 대한 몇 가지 새로운 사실들을 알게 되었다. 인주씨가 카페를 개업하기 전까지 꽤 오랫동안 대형 프랜차이즈 베이커리에서 제빵사로 일했다는 것과 주호가 끝내 받기를 거부한 반년 치의 월세를 모아 이 베란다 시공을 했다는 것, 그리고 그동안 나를 꼭 한번 만나고 싶어서 주호에게 자리를 만들어달라고 여러 차례나 말했다는 것.

인주씨는 그 이유를 궁금해하는 나를 보며 이건 쉽게 하는 말이 아니라는 듯이 입술을 달싹였다.

사실은…… 제가 주호씨한테 다른 사람이 생겼다고 생각했거든요.

다른 사람이요?

네, 다른 사람이요. 그리고 그게 윤범씨라고도 생각했고요.

나는 하하하 소리를 내어 크게 웃었다. 인주씨가 하는 말이 그 자체로 황당하기도 했지만 그 순간 그렇게 파안대소하지 않고서는 내가 당황했다는 사실을 숨길 수 없었으니까. 그러나 인주씨의 다음 말에 나는 내 얼굴에서 순식간에 웃음기가 걷히는 걸 느꼈다.

하루는 주호씨를 미행했어요. 윤범씨를 만난다는 날에요.

네? 언제요?

이번 여름이니까 얼마 안 됐죠. 알아요, 한심하죠. 근데 그렇게 안 하면 나중에 후회할 거 같더라고요.

인주씨가 내 반응을 살필 시간이 필요한 것처럼 잠시 쉬었다 말했다.

그날 저는 다른 약속이 있는 척 먼저 집을 나섰어요. 제가 차를 쓰겠다고 미리 말해두기도 했거니와 주호씨가 윤범씨를 만나는 날에는 보통 차를 두고 나갔기 때문에 뒤를 밟는 게 그렇게 어렵지는 않았죠. 그 사람은 제가 나오고 한 삼십 분쯤 뒤에 집을 나섰어요. 바로 향한 곳은 대학로. 네시에 시작하는 연극을 보더라고요. 에드몽 로스탕의 「시라노 드베르주라크」를 현대적으로 재해석한 작품이었고, 다행히 대극장이었던데다 자리가 많이 남아 있어 저는 객석 중간쯤에 앉은 그 사람을 실컷 구경할 수 있었죠.

연극을 보고 나선 혜화동 로터리를 지나 창경궁 쪽으로 걸었어요. 습하긴 했지만 해가 저물고 있어 걷기에 나쁘지 않았거든요. 가로수가 길게 이어진 도로는 황금빛으로 물들어 있었고, 여름의 달뜬 기운을 품은 사람들이 서로가 늘어뜨린 그림자를 밟고 지나갔죠. 언제까지 걸을 건가 싶을 때쯤 그 사람은 오른쪽으로 방향을 틀더니 창덕궁 삼거리에 접어들었어요. 그리고 급기야는 안국

역을 거쳐 광화문까지. 그렇게 삼사십 분가량을 소요해 도착한 곳은 교보문고였고요.

나는 인주씨가 하는 말이 거짓이 아니라는 걸 알았다. 왜냐하면 그건 주호와 내가 대학로에서 연극을 보고 그에 대한 감상을 나누며 광화문까지 느릿하게 걷곤 했던 어느 토요일 늦은 오후들의 동선이었으니까. 수년 전 우리는 그렇게 교보문고에 들러 잠시 책 구경을 했고 무교동 스타벅스로 이동해 각자 산 책을 들춰보거나 저녁 메뉴를 고민했지.

그 사람은 이 코너 저 코너를 기웃거리며 책을 훑어봤어요. 잡지 코너에서 뭘 좀 넘겨보더니 문학 코너로 갔고, 매대와 서가에 있는 책을 들었다 놓았다 하더니 그중 한 권을 집어 계산대로 향했죠. 애초에 살 책이 정해져 있었는지 그리 오래 걸리진 않더라고요. 서점을 나온 다음에는 근처의 스타벅스로 갔어요. 시청 뒤편의 일방통행로로 크게 창이 나 있는 스타벅스요.

저는 거기서 윤범씨를 만나나보다 했어요. 약속은 저녁이었고 그때까지 시간을 때우며 윤범씨를 기다린 거구나 싶었죠. 그런데 그 사람은 그냥…… 창가 쪽 자리에서 책이나 읽더라고요. 올 사람 같은 건 없다는 듯이 중간에 샌드위치를 하나 시켜 먹기도 하면서요. 그게 끝. 그 사람은 그렇게 한 시간 삼십 분쯤 더 앉아 있다 일어섰고, 그길로 바로 지하철을 타고 귀가했죠. 그 사람이 보던 게 윤범씨 책이었다는 건, 그러니까 그 책을 한번 더 읽었다는 건 집에 와서 알았어요. 거실 한쪽에 놓여 있는 서점 종이백을 열어보니 그 책이 있더라고요.

나는 느닷없이 다시 등장한 내 책 얘기에 마냥 멋쩍은 웃음을 지어 보였다. 그러고는 인주씨가 지금까지 들려준 얘기를 곰곰이 곱씹다 이렇게 물었다.

그럼 결국…… 아무 일도 없었던 거네요?

나를 거꾸로 걸린 그림처럼 바라보던 인주씨가 되물었다.

그런가요?

내가 뭘 놓친 건가 싶어 어리둥절해하는 사이 인주씨가 어느새 비어버린 내 잔에 와인을 넉넉히 따랐다. 아까보다 묵직해진 향이 공기 중에 한참을 머물렀고, 잔 속의 내 모습이 검붉은색으로 흔들렸다.

그날 주호씨는 저한테 끝까지 거짓말을 했어요. 아니, 절반의 거짓말이랄까. 윤범씨를 잘 만났다고, 같이 연극을 보고 산책을 하고 서점 구경을 하고 커피를 마셨다고요. 저는 한동안 의문에 잠겼어요. 그 사람이 왜 그러는 건지, 왜 만나지도 않은 사람을 만난 척하는 건지 알 수가 없었으니까요. 그런데 어느 새벽에 무슨 나쁜 꿈이라도 꾼 건지 제 팔을 꼭 끌어안은 채로 잠들어 있는 주호씨를 보는데 문득 이런 생각이 들더라고요. 어쩌면 이 사람은 윤범씨를 만난 게 아닐까. 그날 이 사람이 만난 건 언제라도 연락해 만날 수 있는 윤범씨가 아니라 이제 더는 만날 수 없는 윤범씨가 아닐까. 이 사람은 윤범씨에 대한 마음을 처분하거나 무효화하지 않고 끝내 간직해보려는 게 아닐까.

잠깐만요.

나는 그 대목에서 인주씨의 말을 끊지 않을 수 없었다. 다른 건 몰라도 이것만큼은 명확히 짚고 넘어가야 할 것 같았다.

지금 뭔가 오해하시는 거 같은데…… 설마 그렇게 생각하시는 건 아니죠?

어떻게요?

저희가 무슨 사이였던 적이라도 있다고요.

인주씨가 웃지 않으려고 애쓰는 것처럼 뺨을 실룩이며 말했다.

주호씨 말이 진짜였네요.

뭐가요?

윤범씨는 죽어도 모를 거라고요.

나는 인주씨가 말을 채 맺기도 전에 손을 내저었다. 무슨 말을 어떻게 들으신 건지 모르겠지만 그건 아니라고 단언했고, 맹세컨대 우리에겐 아무 일도 없었다고, 걷다가 손끝이 한 번 스친 적도 없는 게 바로 우리라고 강조했다. 하지만 그다음 이어진 인주씨의 말은 주호와 내가 보낸 시절의 모양이 결코 같지 않으며, 내가 말이 되지 못한 감정이나 생각이 복잡해지는 관계는 좀처럼 인정하지 못하는, 아니 인정하지 않으려 하는 사람이라는 걸 실감하게 했다.

생각해봐요, 주호씨가 그 독서 모임에 왜 그렇게 오래 나갔을까요. 조금만 얘기를 들어봐도 거긴 게이가 아니면 안 되는 분위기였던 거 같은데.

나는 그건 주호가 게이였으니까, 라는 반박과 어째서 나는 그동안 자기는 게이가 아니라고 줄곧 말해온 주호를 끝내 게이로 분류하고 싶어했던 걸까 하는 의문 사이를 오가다 발이 엉킨 것처럼 인주씨를 바라봤다. 정확히 말하자면 인주씨를 보는 건 아니었지만 자꾸만 바닥으로 떨어지는 시선에 저항하듯이 인주씨의 굳게 닫힌 입술과 팽팽하게 당겨진 어깨선, 그리고 잔 밑을 동그랗게 받쳐든 기다란 손가락을 눈에 담았다.

혹시 말이에요.

인주씨가 점점 길어지는 정적을 끊어내며 물었다.

오늘 우리가 만난 얘기 쓸 건가요?

……

나는 찬물 세례라도 받은 것처럼 동작을 멈췄다. 나를 스치는 인주씨의 눈빛이 자신은 소설가란 족속이 어떤 사람인지 알고 있다는 비난 혹은 자신을 함부로 소재 삼지 말라는 경고로 다가왔다. 나는 천천히 고개를 내저었다. 인주씨가 그렇게 묻기 전까지는 오늘에 대해 쓸 수도 있다는 생각을 해본 적이 없으므로 그 순간의 내 대답은 진심이었다.

하지만 그때 인주씨가 난해한 모양새로 눈썹을 치켜올리더니 왜냐고 물었다. 혹시 우리의 만남이 별로 중요하지 않은 거냐고 묻기도 하고 자신이 한 얘기가 재미없었던 거냐고 묻기도 하면서 장난스레 서운한 척을 했다. 내가 그런 게 아니라며 머뭇거리는 사이, 인주씨가 말을 이었다.

쓰면 좋겠어요.

……예?

우리에 대해 쓰면 좋겠어요. 그럼 오천 명은 보는 거잖아요. 그쵸?

나는 인주씨가 하는 말의 진의를 파악해보려다 애매하게 남아 있던 웃음기를 지웠다. 내가 다른 건 몰라도 소설을 쓰는 일에 대해서만큼은 진지하다는 것을, 무엇을 쓸 수 있고 또 없는지에 대한 나름의 가치판단을 하며 글쓰기에 임하고 있다는 것을 보여주고 싶었다. 나는 당사자도 아니면서 그 삶에 대해 내가 함부로 쓸 수는 없을 것 같다고 말했고, 만에 하나 그게 더 큰 의미를 보장한다고 해도 잘 알지도 못하는 걸 쓰고 싶지는 않다고도 말했다. 생각해보면 그 당시의 나는 커밍아웃과 진배없었던 첫 책 출간 이후로, 그렇게 나 자신을 까발려도 환대받을 수 있다는 경험을 획득한 이후로 더욱더 내 게이 정체성에 천착해야 한다는 강박에 사로잡혀 있었는데 그건 자기 삶을 내걸어 쓴 게 분명해 보이는 작품에만 마음이 가는 내 편협과도 관련이 있었다.

하지만 인주씨는 내가 영 딴소리를 하고 있다는 듯이 단박에 말을 끊었다.

아니요, 윤범씨. 제가 말씀드린 건 우리예요. 저에 대해서가 아니라 우리에 대해서요. 오늘 윤범씨가 왔잖아요. 여기 이 베란다에 저만 있었던 게 아니고 윤범씨도 있었잖아요. 그런데 어떻게 이게 제 얘기예요, 우리 얘기지. 안 그런가요?

나는 그때까지도 인주씨가 왜 그런 말을 하는 건지 알지 못했다. 그 말이 얼핏 들어도 틀린 말은 아니었기에 맞네요, 맞아요 하고 순순히 동의하면서도 어쩌면 인주씨의 초대가 나를 제삼자나 목격자로 내버려두지 않기 위해서일 수도 있다는 일말의 가능성에 대해서는 생각해보지 못했다.

인주씨가 뭔가를 감지한 듯 몸을 곧추세운 건 아마도 인주씨와 내가 건배를 한 다음이었을 것이다. 인주씨가 서먹해진 분위기를 바꿔보려는 듯이 먼저 건배를 제안했고, 이번에는 내가 인주씨의 잔을 채웠다. 인주씨가 들으셨느냐고 물었을 때 나는 당연히 방금 전 와인잔이 부딪친 소리를 말하는 줄 알고 감탄을 표했다. 인주씨가 알려준 대로 잔의 볼이 아닌 스템을 잡은 채로 부딪쳤더니 깜짝 놀랄 만큼 맑고 깨끗한 소리가 났다. 하지만 인주씨는 그게 아니라는 듯 펜스 너머를 응시했다. 그러고는 주호가 도착한 것 같다고 말했다.

도착했다고요?

나는 들려오는 소리에 가만히 귀를 기울였다. 나를 흘끗 쳐다보는 인주씨의 표정이 이게 안 들리냐고 되묻는 것만 같아서 인주씨가 들은 걸 똑같이 들어보고 싶었다. 그러나 내 귀에 걸리는 건 철제 의자에서 나는 삐걱 소리와 입에 고여 있던 침이 넘어가는 소리, 그리고 인주씨에게 무슨 소리가 들리는 거냐고 되묻는 내 목소리뿐.

엔진이요.

어느덧 자리에서 일어선 인주씨가 대답했다.

그 사람은 여기까지 어떻게든 올라오거든요.

인주씨는 금방 돌아오겠다는 말만 남기고는 거실로 들어갔다. 뭘 더 내오는 건가 싶어 테이블에 자리를 만들어보려는데 순간 현관문 밖으로 내닫는 소리가 났고, 곧이어 쿵쿵 계단을 뛰어내려가는 소리가 이어졌다. 주호를 마중나가는 것 같았다. 나는 인주씨를 따라 내려갈지 아니면 그대로 자리를 지킬지 망설이다 두 모금 정도 남은 와인을 한 번에 들이켰다. 그러고는 조심스레 건물 입구가 내려다보이는 펜스 쪽으로 다가갔다.

인주씨의 말대로 집 앞에는 이제 막 도착한 듯한 하얀색 세단이 서 있었다. 깎아지른 언덕을 용케 올라온 것도 신기했지만 저 비탈에서 앞뒤로 오가며 멈춰 설 자리를 찾는 건 기예에 가까워 보였다. 나는 저대로 세웠다간 뒤로 굴러가는 게 아닐까 싶어 주호의 주차를 아슬아슬한 마음으로 지켜보게 됐는데 다행히 시동이 꺼진 뒤에도 차는 축대 앞 그 자리에 그대로 있었다. 이윽고 뛰는 것도 아니고 걷는 것도 아닌 독특한 리듬으로 차를 향해 다가가는 인주씨가 보였고, 차에서 내려 인주씨를 반기는 주호도 보였다.

잠시 후 서로의 허리에 가볍게 팔을 두른 채로 무슨 말을 하던 두 사람이 동시에 고개를 들었을 때, 그러니까 내가 서 있는 베란다 쪽을 올려다봤을 때, 나는 나도 모르게 움찔하며 뒤로 물러섰다. 두 사람을 몰래 훔쳐보다 들킨 것만 같았고, 그건 내게는 허락되지 않은 장면 같았으니까. 하지만 두 사람이 나를 본 게 맞는지 궁금한 마음에 다시 한 걸음 앞으로 다가갔을 때 두 사람은 나를 향해 이쪽으로 내려오라고 손짓하고 있었다. 자신들이 안 보일 수도 있다고 생각하는 것처럼 겅중겅중 뛰기까지 하면서 머리 위로 힘차게 손을 흔들고 있었다.

*

내가 주호와 인주씨, 그리고 지금 이곳에서 자신을 에이섹슈얼로 정체화한 채로 살아가고 있는 사람들에게 저지른 잘못에 대해 알게 된 건 그날로부터 반년여가 흐른 뒤였다. 그즈음 내 첫 책의 편집자인 규철씨가 중쇄 소식을 알리며 혹시 수정하고 싶은 부분이 있는지를 물었다. 메일에는 규철씨가 지난 주말에 책을 다시 훑어보며 잡아냈다는 오탈자가 정리되어 있었는데, 출간 전 그렇게 여러 번 들여다봤건만 또 고칠 게 나온다는 게 어쩐지 기묘한 것 같다고 생각하려는 찰나, 아무래도 이 문장은 재고해보는 게 좋겠다는 규철씨의 제안이 눈에 들어왔다.

나는 황급히 책을 펼쳤다. 그리고 297쪽에서 이런 문장을 발견했다. 기어코 커밍아웃을 했으나 그 이후로 날마다 쏟아지는 원색적인 비난과 악성 댓글에 결국 공황장애를 앓게 된 배우 김학수가 어느 날 백오십만 명이 지켜보는 자신의 인스타그램 피드에 남긴 울분의 메시지였다.

차라리 무성애자였으면 좋겠어.
아무 감정도 못 느꼈으면 좋겠고 누구도 사랑할 수 없으면 좋겠어.

나는 믿을 수가 없었다. 아니, 이해할 수가 없었다. 어떻게 책 속에 이런 무지와 혐오를 보란듯이 전시해놓고도 까맣게 몰랐는지, 어떻게 이런 걸 써놓고도 출간 직후 주호에게 다정한 인사말을 적어 책을 선물했으며, 어떻게 그토록 당당하게 연대와 다양성과 자긍심 같은 말을 끌어다 책을 홍보했는지……

어떻게 모를 수가 있을까 싶지만 나는 정말이지 몰랐고, 어쩌면 계속 모를 수도 있었지.

*

다시 만난 주호에게 진심으로 사과를 했을 때 주호는 대수롭지 않은 듯 웃어넘겼다. 자기는 내가 말하기 전까지는 그 책에 그런 문장이 있었는 줄도 몰랐다고 했고, 사실 그런 편견은 이제 너무 뻔해 상처도 되지 않으니 더는 마음을 쓰지 말라고도 했다. 하지만 나는 주호가 모르지 않았다는 걸 알았다. 주호가 그 책을 적어도 두 번은 읽었다는 것도 알았고, 주호가 우리를 우리로 남겨두기 위해 어떤 시절을 애써 마음속 깊은 곳에 아로새겼다는 것도 알았다.

주호는 내 사과를 받아주었다. 받아주었다고, 나는 믿고 있다. 받아주었기에 그 이후로도 우리가 이따금 만나 근황을 나눌 수 있었던 것이라 믿고 있고, 받아주었기에 주호가 인주씨와 헤어진 다음 경험했던 어렵고 무거운 감정들을—두 사람은 그해 겨울 헤어졌다—내게 여러 번에 걸쳐 털어놓은 것이라고도 믿고 있다.

주호는 지난달 오랜 서울 생활을 정리하고는 고향으로 내려갔다. 알고 보니 주호네 부모님이 운영하는 슈퍼는 말이 슈퍼지 여느 중형 마트 못지않은 규모의 사업체였는데, 주호는 어차피 자신은 처음부터 가업을 잇게 될 운명이었으며 이제는 그게 얼마나 큰 행운인지 절감하는 나이가 되었다며 해맑게 웃었다. 떠나기 전날 밤 주호는 집 앞으로 찾아와 사 년 전 그날 우리가 썼던 캠핑용 그릴을 내게 넘겨주었다. 새로 구한 내 작업실이 옥탑이라는 얘기를 기억하고는 챙겨준 선물이었다.

나는 요즘도 보일러실 한쪽에 놓여 있는 그 그릴을 볼 때마다 우리를 떠올린다. 인주씨와 내가 함께 주호를 기다렸던 그 해질녘의 베란다와 점점 줄어드는 와인을 앞에 두고 나누었던 대화, 그리고 우리를 어떻게든 재현해보려 할 때마다 번번이 실패하고야 마는 내 소설에 대해 생각한다.

나는 오래전부터 그날에 대해 써보고자 했다. 뭔가를 써야 할 때마다 기다렸다는 듯이 그날이 다가와 나를 건드렸을 뿐만 아니라 그날에 대해 쓰지 못하면 지금의 내가 그때의 나로부터 얼마만큼 멀어졌는지 나 자신에게조차 증명할 길이 없을 것만 같았으니까.

하지만 그날에 대해 쓸 때마다 나는 어김없이 내 한계를 확인하고는 지운다. 어느 날은 내가 너무 투박한 나머지 우리를 흐릿하게 뭉개놨다는 판단에 지우고, 어느 날은 내가 너무 성급한 나머지 우리를 매끄럽게 정리해버린 것 같다는 생각에 지우며, 또 어느 날은 내가 쓴 것들이 모두 궁색한 자기변명 같다는 느낌에 지운다. 그리고 그렇게 지우고 또 지우다보면 어김없이 어떤 대사를 마주한다. 끝내 지우지 못하는, 아니 모조리 지워도 속절없이 다시 쓰게 되는 그 대사를.

내가 써낸 그 모든 실패들 속에서도 인주씨는 한결같이 나를 보며 말한다.

쓰면 좋겠어요. 우리에 대해 쓰면 좋겠어요.

| 작가노트 |

더 중요해지는 것

이 소설은 2020년 11월과 12월 두 달에 걸쳐 썼다. 11월에는 주로 우왕좌왕하며 썼다 지우기를 반복했고, 12월이 되어서야 간신히 이제 와 어쩌겠느냐는 체념 상태가 되어 내게 주어진 분량을 조금씩 채워나갈 수 있었다.

제법 시간이 흘러서일까. 쓰는 동안 내게 머물렀던 생각이나 감정의 세세한 모양은 잘 기억나지 않는다. 어쩌면 얼른 털어버리고 싶었던 게 아닐까 싶을 정도로, 그렇지 않고서야 이렇게 막연할 수 있을까 싶을 정도로 흐릿하다. 하지만 어쩐지 코너에 몰린 것만 같은 갑갑한 기분이 이따금 엄습했던 것만큼은 아직도 생생하다. 나는 손이 묶인 것처럼 문장을 잇는 게 조심스러웠는데, 지금 생각해보면 그건 전적으로 내가 쓴 문장이, 무심코 쓴 문장은 물론이거니와 여러 번 숙고해 쓴 문장까지도, 누군가에게 상처로 남거나 곤혹이 될 수 있다는 걸 염두에 두고 있었기 때문인 것 같다. 그런 일말의 가능성을 더는 가벼이 여겨서는 안 된다는 걸 알게 되었으며, 그와 동시에 어느 누구에게도 무해한 소설을 쓴다는 건 사실상 불가능하다는 것 또한 알게 되었기 때문에.

작가노트를 쓰는 데 혹시 도움이 될 만한 게 있을까 싶어 그해의 일기장을 꺼내 봤다. 몇 해 전부터 나는 날마다 서너 문장을 넘어가지 않는 짧은 일기를 쓰고 있는데, 나의 일상이라는 게 대부분 소설 생각에 저당잡혀 있으니 뭔가 결정적인 단서를 발견할 수도 있지 않을까 싶었다. 이를테면 이 소설을 쓰지 않을 수 없었던 동기나 신념 같은 것들. 이 소설의 실마리가 되어준 생각이나 상황 같은 것들. 단지 곤란하고 답답했던 기분만으로 소설이 쓰였을 리는 없으니까.

하지만 거기에 적힌 건 지극히 사소한 내 일상뿐이었다. 누굴 만났다거나 무얼 먹었다거나 무엇을 봤다는 식의 단순명료한 기록들. 일기보다는 일지에 가깝고 일지보다는 메모에 가까운 하루치의 흔적들. 그런데 가만히 들여다보니 별것도 아닌 듯한 그 하루들이 이 소설과 완전히 무관하지는 않은 것 같았다. 내심 내가 쓴 건 처음부터 끝까지 허구라고 생각하고 있었는데 그런 건 애초에 불가능하지 않으냐는 반문처럼 한동안 까맣게 잊고 있었던 일상의 조각들이 소설 곳곳에 자리하고 있었으니까. 때로는 어떤 단어나 문장으로 치환되고 때로는 행간의 여백이나 분위기로 변형되어서. 어떤 것은 영영 나만 감지할 수 있는 모습으로, 또 어떤 것은 나를 아는 사람이라면 누구든 눈치챌 수 있는 형태로 그렇게.

그리고 나는 그게 마음에 들었다. 내가 현실의 알리바이를 모두 소거한 허구를 만들어냈다는 기쁨보다는 결국 무엇을 쓰더라도 나를 경유하지 않을 수 없다는 한계를 확인하는 게 더 좋았다. 전혀 의도하지 않아도 내 일상이 어떤 식으로든 소설에 담긴다는 게 좋았고, 살아가는 일과 쓰는 일이 동떨어져 있지 않다는 게 좋았다.

소설과 삶이 서로에게 무용하지 않음을 증명하는 것. 소설과 삶이 서로를 외면할 수 없음을 확인하는 것. 요즘 내게 점점 더 중요해지는 건 바로 이런 일들인 것 같다.

소설에서 삶을 말끔하게 분리하는 노력이 아니라 소설과 삶 사이의 복잡한 긴장을 버티는 노력을 하고 싶다. 완전무결해지려는 노력이 아니라 그럼에도 천천히, 조심스럽게 연루되어보려는 노력을 하고 싶다. 어차피 어려운 일이라면, 그래도 무릅쓰고 싶다면 그게 더 좋을 것 같다.

| 해설 |

리트머스보다 섬세한

임정균

사 년 전 그날의 일을 글로 쓸 때마다 한 소설가는 실패감을 느낀다. 실패는 한 번으로 끝나지 않고 거듭 반복된다. 허다한 예술가들이 재현에 저항하는 날것의 존재 앞에 불쑥 고양되며 기어이 실패를 향해 투신하지 않았던가. 이 젊은 소설가 역시 '그럼에도 불구하고'라는 예술가적 결기로 실패를 반복하는 중일까. 분명한 건 그에게 "예술이라는 명분 아래 뭔가를 시도"(116쪽)하던 어설픈 시기는 이미 지났다는 것이다. 다만 그는 "끝내 지우지 못하는, 아니 모조리 지워도 속절없이 다시 쓰게 되는 그 대사를"(135쪽) 재현하는 데만큼은 매번 성공한다. "쓰면 좋겠어요. 우리에 대해 쓰면 좋겠어요."(136쪽)

단 하나의 문장을 쓰기 위해 악마에게 영혼을 팔 준비가 되어 있는 작가도 있는 마당에, 매번 쓰는 데 성공하고야 마는 이 소설의 마지막 문장을 앞에 두고 그는 성취감이 아니라 속절없는 실패감의 구렁텅이로 재차 빠져드는 듯하다. 애초에 소설가라면 흔히 들을 법하고, 그래서 대수롭지 않게 넘길 만한 인주의 저 제안을 작중화자인 '나'(윤범)는 쉬 뿌리치지 못하고 끝내 그만두지도 못한다. 대체 무엇이 문제일까.

일견, 문제는 우리다. 단순해 보이는 이 명제는 실상 꽤 어지럽다. '문제'는 답을 요구하는 '물음'이기도 하지만, 어떤 행동이나 상태 등에 대한 가치판단의 결과로서 '잘못'을 뜻할 수도 있다. 한편 일인칭 복수형 대명사 '우리'는 발화 당사자와 그 당사자성을 공유하는 여러 사람을 '포함'하지만, '우리'가 내포하는 경계 바깥에 대한 '배제'를 의미하기도 한다. 우리는 때로 문제 자체를 선입견과 편견으로 미리 판단하는가 하면, 어떤 문제를 우리라고 하는 포함과 배제의 관점으로 판단하려 하려고도 한다. 그럴 때 답은 이미 정해져 있거나 제한된 선택지만을 가질 수밖에 없다.

소설이 한 인물의 관점에서 요약된 이야기라면, 요약이 무언가를 배제하거나 남기는 일이라면 '우리'라고 하는 '문제'에 관하여 소설은 결국 실패할 수밖에 없지 않을까. 그런데 소설 속 '나'는 그것을 문학의 실패라고 생각하지 않는다. "우리를 어떻게든 재현해보려 할 때마다 번번이 실패하고야 마는 내 소설에 대해 생각한다."(135쪽) 그러니까 실패한 것은 문학이 아니라 '내 소설'의 실패, 사건의 당사자로서 '나'의 실패다. '우리'에 이르는 데 실패하는 '나'가 문제인 것. 그렇다면 '나'의 소설이 부딪히고 마는 한계는 잘못인가, 물음인가.

그날 '나'는 주호와 인주가 동거하는 집에 초대를 받아 간 참이다. 외출한 주호를 기다리며 '나'와 인주는 대화를 나눈다. 화제는 자연스레 얼마 전 출간한 '나'의 첫 소설에 관한 이야기로 흘러간다. 겸연쩍은 마음에 '나'는 화제를 돌려보지만 인주는 그만둘 생각이 없다. 마침내 와인을 한 잔씩 비웠을 때 인주가 느닷없이 고백한다. 실은 주호에게 다른 사람이 생긴 것 같은데, 그 사람이 당신이라 생각했다고. 그래서 하루는 '나'를 만나러 간다는 주호를 미행했다고. 그날 주호는 누구와도 만나지 않았다. 그는 오래전 '나'와 건던 길을 혼자 걸었고, '나'의 소설만 홀로 읽다 돌아왔다. 그럼에도 인주는 그가 '나'를 만난 거라고 확신한다. '나'는 "걷다가 손끝이 한 번 스친 적도 없는 게 바로 우리"(128쪽)라고 즉각 반박한다. 그 순간 인주는 "윤범씨는 죽어도 모를 거라"(같은 쪽)는 주호의 말이 틀리지 않았다며 수수께끼 같은 말을 한다. 주호는 현재의 '나'가 아니라 "이제 더는 만날 수 없는"(127쪽) 과거의 '나'를 만난 것이라고.

'나'가 인주의 확신을 반박하고 해명하는 까닭은 그와의 만남을 이 년간 미뤄온 속내와 무관하지 않다. 주호를 알게 된 것은 게이 인권 단체의 독서 모임에서였으나, 정작 그와 가까워진 계기는 퀴어 정체성이 아니었다. 배우를 꿈꾸던 주호의 모습에서 "예술에 저당잡힌"(120쪽) 청춘으로서의 "동질감"(144쪽)을 느꼈기 때문이다. 그도 그럴 것이 자신을 양성애자로, 뒤에는 무성애자로 정체화한 주호는 "게이 정체성을 핵심 동력"(118쪽)으로 하는 모임에서 마냥 환영받기에는 까다로운 존재였다. 배우를 주인공으로 한 소설을 쓰기 위해 주호를 인터뷰했던 날, '나'는 자신 역시 주호를 다르게 보지 않았음을 알게 된다. 그는 배우를 그만두었으며 에이섹슈얼 커뮤니티에서 알게 된 여성 인주와 사귀고 있었다. 주호는 두 사람 모두 성적 끌림은 느끼지 않지만 로맨틱한 끌림은 느끼는 유로맨틱이며 그 가운데서도 자신은 양성 모두에게 로맨틱한 감정을 느끼는 논모노로맨틱, 인주는 이성에게만 느끼는 모노로맨틱이라고 덧붙인다. 주호의 설명에 '나'는 처음엔 의문과 거부감이 들고 이내 배신감을 느낀다. 한때 "접점"(109쪽)이 있는 '우리'였으나, 그 결속을 풀어버린 것은 바로 '너'라는 배신감. 그것이 주호와의 만남을 지연시킨 원인이었다.

하지만 '나'는 배신감의 이유를 두 차례 오인한다. 처음에는 주호가 더는 예술에 몸담고 있지 않기 때문이라고 생각한다. 하지만 곧 그가 게이가 아니었다는 사실이 진짜 이유임을 깨닫는다. 이 깨달음은 반쪽짜리에 불과한데 이것이 두번째 오인이다. 주호는 줄곧 자신이 게이가 아님을 말해왔으므로, 주호가 인주를 만나고 있다는 데서 배신감을 느낀다는 사실을 인정하는 것은 그간에 '나'가 축적해온 정체성 경험의 죽음을 의미한다. '나'의 게이 정체성은 편협한 "소속감"(118쪽)을 통해 공고해질 수 있었는데, 그러한 소속감을 포기하는 것은 다시 혼란과 불안으로 내몰리는 일이기 때문이다. '나'는 이 불편한 진실을 모르지 않았다. 그랬으므로 모든 원인을 예술 탓으로 돌리며 주호와 점차 거리를 두게 된 것이다. '나'는 더욱 소설에 매달린다. 한때나마 그에게 느꼈던 동질감이 게이 정체성에서가 아니라 예술에서 비롯되었음을 믿기 위해. 그렇게 '나'는 "게이 정체성에 천착"(130쪽)하는 일을 소설쓰기와 동일시한다. 다시 말해 '나'의 삶이 곧 예술이 된다. 내 삶이 곧 예술이므로 내가 경험한 모든 것이 예술의 질료라는 생각의 위험은 사소설적 경향을 띠는 동시대 소설이 당면한 문제가 아닌가.

그 동일시의 결과가 『얼어붙은 빛과 깨어나는 밤』이라는 '나'의 첫 소설이다. 이 책에서 '나'는 그러한 실수를 반복한다. "차라리 무성애자였으면 좋겠어./아무 감정도 못 느꼈으면 좋겠고 누구도 사랑할 수 없으면 좋겠어."(133쪽) 하지만 "커밍아웃과 진배없었던 첫 책 출간 이후" '나'가 경험한 "환대"(130쪽)는 삶과 예술의 동일시를 더욱 강화했다. 예술이 특수를 보편화하듯 '나'는 게이 당사자로서의 경험을 종차種差를 무시한 채 퀴어 당사자 모두의 경험으로 일반화한 것이다. 이를테면 1부는 헤테로 여성이자 "본인을 퀴어 앨라이라고 믿어 의심치 않았던 누나 김희주가 동생 김학수의 커밍아웃을 끝내 지지하지 못하는 모습"(111쪽)을, 2부는 "인기 영화배우 김학수가 오픈리 게이로 거듭나는 과정"을 담은 그 소설을 두고 "퀴어와 비퀴어를 가르는 리트머스 같다"(같은 쪽)라고 생각하는 대목은 그러한 일반화를 단적으로 보여준다. 1부가 더 좋다고 평가하는 인주를 보며 "퀴어가 아닌 것 같다는 말을 농담삼아 하려"(같은 쪽)던 '나'에게 그건 정말 농담이 아니었던 것. 그러므로 인주가 사람들은 테라스와 베란다와 발코니가 "엄연히 다른 건데도 자꾸 퉁쳐서 말"(114쪽)한다고 지적했을 때 그것이 자신의 소설 속에 버젓이 존재하는 혐오를 지적하는 말인 줄은 꿈에도 몰랐다.

죽어도 모를 진실의 존재를 알게 된 소설가의 임무는 하나뿐이다. 진실을 탐색하는 것. 그러므로 그날의 대화 끝에 인주가 우리에 대해 써달라고 한 것은 '나'를 탐색의 길로 몰아넣는다. 하지만 그때의 '나'는 "당사자도 아니면서 그 삶에 대해 내가 함부로 쓸 수는 없을 것 같다"(130쪽)며 당혹감을 내비친다. '나'의 고민은 소설가로서, 그리고 비당사자로서 당사자의 문제를 재현하는 일에 대한 윤리의식의 발현인 것일까. 그랬다면 주호가 자기 정체성을 인정해주길 바라는 모습에서 기시감을 느끼면서도 그가 건넨 수기에 대해 "이런 건 나와는 상관없다"(123쪽)라고 생각하지는 않았을 것이다. 에이섹슈얼을 편협한 시각에서 부지불식간에 타자화하지도 않았을 것이다. 차라리 '나'의 고민은 오히려 그간 비당사자가 게이를 재현하는 것을 목격하며 체화했던 무의식적 거부반응이었을지도 모른다.

그로부터 반년 뒤, '나'는 첫 소설의 중쇄를 앞두고 "무지와 혐오를 보란듯이 전시"(133쪽)한 문장을 목도하고서야 "인주씨의 초대가 나를 제삼자나 목격자로 내버려두지 않기 위해서일 수도 있다는"(130쪽) 것을 깨닫는다. 하지만 여기서 멈추어서는 안 된다. 그 발견은 '나'의 능동적 탐색의 결과가 아니기 때문이다. 지금에야 그것이 가시화된 까닭은 인주가 '나'에게 (주호가 도착한 소리를) "들으셨느냐고"(131쪽) 묻는 의미심장한 목소리에 있지 않을까. 이 소설이 암시하고 있는 텍스트 바깥의 목소리. 동시대 문학을 향한 독자들의 성숙한 시선과 시대적 요청. 이제 인주의 말은 단순한 제안이 아니라 '너는 우리에 대해 써야만 한다'는 거부할 수 없는 윤리적 '요청postulat'으로 들린다. 에이섹슈얼의 삶과 경험을 가시화하는 데 그치지 말고, '우리' 내부의 구획선과 그것들 사이에 엄연히 존재하지만 감추어져 있는 위계를 가시화하라는 문학 바깥의 요청 말이다.

비당사자를 당사자로 개입하도록 하는 이 요청은 당사자를 사건의 직접적 경험자로만 한정하는 배타적인 당사자성과 부딪힐 때 곤혹스러울 수 있다. 본래 법률 용어인 '당사자'는 사건의 이해에 직접적으로 개입된 자를 일컫는 말인데, 사회적 약자와 소수자가 연대할 수 있는 근거를 마련해주고 발화 가능성과 폭을 넓히기 위한 개념으로 의미가 확장되었다. 그러나 당사자의 경험만을 절대시하면 오히려 비당사자를 생산하게 되기도 한다. 당사자성이 정체성 주장과 만날 때 그것은 자신의 고유성에 관한 인정투쟁으로 이해되며, 그런 맥락에서 최근 사회 전반에서 벌어지고 있는 정체성 투쟁의 전선은 매우 복잡다단하다. 다양성이 증대할수록 정체성의 범주 역시 더욱 세밀하게 구획되고, 늘어난 경계선만큼 정체성 투쟁은 국지전 양상을 띨 수밖에 없게 된다. 내 존재의 고유성은 나와 닮은 존재와의 차이를 통해 보다 명확해지기 때문이다. 투쟁의 대상은 바리케이드 너머의 적들만이 아니다. 어제의 우리가 오늘의 적이 될 수 있다. 공동의 목적을 위해 연대한 오늘의 우리가 목적을 달성한 뒤에도 여전히 우리일 수 있을까 하는 오래된 물음은 승리가 요원한 지금, 어제의 우리가 오늘은 어떻게 우리일 수 있을까 하는 물음으로 바뀌고 있다.

'우리'의 가능성을 묻는 '나'의 소설이 한계에 부딪히고 마는 까닭도 이러한 물음에 있다. '나'의 탐색은 소설의 문법과 싸우는 일이고, 궁극적으로는 소설이 생산되고 유통되는 사회의 규범과 통념 등의 이데올로기와 싸우는 일이다. 그 싸움에서 '나'는 항상 무력하다. 그럼에도 '우리'가 아니라 '나'로부터 시작하는 것은 '우리'는 사유하지 않고 실천하지 않기 때문이다. 사유와 실천은 언제나 '나'의 몫이다. '나'들이 사유하고 실천하는 그때에야 '나'는 '우리'일 수 있고, '나'보다 거대한 것과 맞설 수 있다. 그것이 '나'의 한계이자 가능성이다. 그렇다면 '나'의 소설은 어떻게 쓰여야 할까. 고작 대상이 이것 아니면 저것임을 지시할 뿐인 리트머스와 같은 도구로는 충분하지 않다. 보다 섬세한 질문과 응답이 필요하다. 소설쓰기에 방법이나 정답이 있을 수는 없다. 그러나, 그러므로 '나'는 쓰고 지운다. 지금도 '나'의 물음과 탐색은 계속되고 있을 것이다. 그래야만 한다.

임정균
2019년 창비신인평론상을 수상하며 평론을 발표하기 시작했다.

김지연

공원에서

작가노트

빈칸을 채우시오

해설 오은교

공공장소에서 생긴 일

김지연
2018년 문학동네신인상을 수상하며 작품활동을 시작했다. 소설집 『마음에 없는 소리』가 있다. 2021년 젊은작가상을 수상했다.

공원에서

기영의 집에 가는 길이었다. 밤 아홉시가 조금 안 된 시간이었다. 서로 일이 바빠 보름 만에 만나는 것이었으므로 이번 주말은 기영의 집에서 함께 보내기로 약속을 해두었었다. 퇴근 후 나는 언제나처럼 필라테스 학원에 가 한 시간 정도 운동을 했다. 조금 지쳤고 동시에 조금 기운이 났다. 사물함에서 옷을 꺼내기 전에 휴대폰부터 확인했다. 일을 마치고 집에 오는 길에 아이스크림을 샀다는 기영의 메시지가 와 있었다. 기다리지 못하고 아이스크림을 한 숟갈 펐으니까 서두르라고. 물론 아이스크림은 아직 냉동고에 있을 것이고 기영의 말은 그저 나를 빨리 보고 싶다는 표현을 에둘러 한 것이라는 걸 나는 잘 알았다. 함께한 시간이 길어지면 당연히 서로에 대해 아는 게 많아져서 상대가 헛소리를 해도 다 알아먹을 수 있으니까. 메시지를 보자 나도 기영을 보고 싶은 마음이 샘솟았으므로 아이스크림이 식기 전에 가겠소, 하고 기영만 웃어줄 재미없는 농담을 적어 답장을 보냈다. 기영은 자기가 샤워를 하고 나왔을 때 내가 집에 와 있었으면 좋겠다고 했고 그 말에 나는 마음이 더 급해져 버스에서 내려 공원을 가로지르기로 마음먹었다.

그건 한 번도 없던 일이었다. 해가 지면 늘 대로변으로만 다녔다. 공원은 야트막한 산 아래에 길게 조성되어 있었는데 가로등이 많지 않아 밤이 되면 어둑어둑했다. 더군다나 요 몇 달은 개가 나타난다고 했다. 누가 키우다 버린 것인지 야생화되었다는 그 개는 때로 사람을 공격한다고 했다. 공원 초입에 그 내용을 알리는 현수막이 걸려 있었다. '들개 출몰. 포획할 계획이오니 목격한 사람은 즉시 아래의 번호로 연락 바랍니다.' 물론 개가 아니더라도 어두운 밤의 공원을 굳이 지나가고 싶지는 않았다.

그날은 굳이 지나갔다. 막상 공원은 내 상상과는 사뭇 달랐다. 대로변에 비하면 어두운 것은 맞았지만 걱정했던 것만큼은 아니었다. 사람들도 많았다. 일과를 마친 사람들이 삼삼오오 모여 여가를 보내는 밤의 공원이야말로 어느 때보다 활기를 띠는 듯 보였다. 인라인스케이트를 타는 아이들, 벤치에 앉아 이야기를 나누는 연인들, 배드민턴을 치는 가족들. 대부분이 마스크를 쓰고 있었다. 감염병으로 인해 멀리 떠나지 못한 채 발이 묶인 사람들에게 공원은 잠시나마 숨통을 트이게 해주는 곳인지도 몰랐다. 사람들이 이렇게 소란스럽게 움직이며 뛰어다니는 데로는 아무리 들개라고 해도 겁도 없이 뛰어들 것 같지 않았다. 그날 나는 평소보다 십 분 일찍 기영의 집에 도착해 기영과 함께 아이스크림을 먹었다.

그뒤로 기영의 집에 갈 때는 대로변 대신 공원을 가로지르는 쪽을 선택했다. 공원에 가는 날이 많아질수록 점점 더 공원이 좋아졌다. 도시에 왜 공원이 필요한지도 알 수 있었다. 건물들로 빈틈없이 빽빽한 곳에는 반드시 녹지가 필요했다. 내 얘기를 들은 기영이 공원에 가끔 사람이 없을 때도 있다며 그 길은 위험하니 대로변으로 다니라고 했지만 나는 어어, 고개만 끄덕이고는 공원으로 갔다. 그러면 공원에 십 분 정도 앉아 있을 수 있었다. 그건 이상한 기분이었다. 기영이 보고 싶어 죽겠으면서도 혼자서 공원에 앉아 있는 시간이 필요했다.

그러는 사이 공원은 이제 이 도시에서 내가 가장 좋아하는 장소가 되었다. 내 방이 있는 부모의 집보다도 기영의 집보다도 나는 공원이 좋았다. 좋아하는 장소가 생긴다는 것은 마치 인생에 경력이 쌓이는 듯한 기분이어서 한편으로는 뿌듯하기도 했다. 나는 공원이 좋았다. 느티나무 아래 벤치에 앉아 계절을 느끼는 것, 다들 활기차 있는 것, 배드민턴을 치다가 실수를 해도 웬만해서는 웃어넘기는 것, 다정하게 이야기를 나누며 걸어가는 노부부들을 보는 것. 가끔 아무것도 하지 않고 혼자 어슬렁거리는 수상쩍어 보이는 사람도 있었지만 그건 나도 마찬가지였다. 그리고 개들. 공원에는 많은 개들이 돌아다녔다. 들개가 아닌 강아지들이. 벤치에 앉아 있으면 산책을 나온 강아지들을 마음껏 볼 수 있었다. 가끔은 내 쪽으로 달려와 신발 앞코를 킁킁거리는 강아지도 있었다. 그럴 때면 목줄을 쥔 사람은 난처해하며 내게 사과했지만 나는 개가 더 가까이 다가와서 냄새를 맡아주었으면 했다. 걱정과 달리 들개는 나타나지 않았다. 아주 오래된 소문이었을 것이다. 현수막은 공시된 날짜가 한참 지난 채로 바람에 펄럭였다.

그날 밤도 언제나처럼 버스에서 내려 공원을 향해 가고 있었다.

"아들, 이거 좀 도와줘요."

나를 부르나 싶어 돌아보니 한 여자가 폐지가 잔뜩 실린 리어카 앞에 곤란해하며 서 있었다. 오르막길을 쉬이 올라가지 못해 어려움을 겪는 듯했다.

"저 언덕길만 넘어가게 좀 밀어줘요."

나는 아무 말 없이 다가가서 리어카를 밀어주었다. 거의 다 올라왔을 때 리어카 위에 아슬아슬하게 놓여 있던 상자 하나가 떨어졌다.

"상자가 떨어졌어요."

내가 말하자 여자는 고개를 들어 내 얼굴을 찬찬히 보았다.

"딸이었네. 어두워서……"

여자는 내 목소리를 듣고 바로 호칭을 아들에서 딸로 바꾸었다.

"고마우니까 이거 줄게. 여기서 먹고 가."

여자가 상자를 주워 들어 다시 올려놓고는 리어카에 매달려 있는 부직포 가방에서 요구르트를 꺼내 건넸다.

"네? 여기서 먹으라고요?"

"쓰레기 나오니까, 버리고 가라고."

그런 뜻이었나. 얼떨결에 요구르트를 받긴 했지만 그래도 먹는 건 망설여졌다.

"그리고 일찍일찍 다녀요. 말만한 처녀가."

나는 차라리 남자로 오해받는 편이 나았겠다고 생각하며 그대로 공원으로 갔다.

사람들이 나를 남자로 착각하는 일은 종종 있었다. 나는 백칠십오 센티미터의 키에 머리가 짧고 화장도 하지 않는데다 몸매가 드러나지 않는 옷을 주로 입었다. 길을 가는데 총각이나 아저씨, 하고 나를 부르며 길을 묻는다든가, 찜질방에서 파란색 옷을 주며 남자 탈의실로 안내를 한다든가 하는 일들이 있었다. 언젠가 인도로 여행을 갔을 때 함께 간 친구는 예외 없이 'madam'으로 불렸지만 나는 때때로 'sir'로 불렸다. 한참이나 내게 호객행위를 하던 릭샤꾼이 포기하고 돌아서며 근데 너 남자야, 여자야? 하고 대놓고 묻던 일도 있었다. 그래서 익숙했다. 남자로 오해당하면 기분 나쁘지 않으냐고 누가 물어본 적이 있었다. 오해당하는 건 괜찮았다. 때로는 안전하다는 느낌마저 들었다. 성가신 건 내가 여자라는 사실이 밝혀졌을 때였다. 어떤 사람은 죽을죄를 지었다는 듯 사과를 했는데 그것도 좀 웃긴 일이지만 그건 그런대로 점잖은 편이랄 수 있었다. 어떤 사람은 동그란 눈을 하고 찬찬히 내 얼굴을 뜯어본 뒤 가슴을 뚫어져라 봤고, 어떤 사람은 왜 그러고 다니느냐고 물어봤으며, 어떤 사람은 조언을 했다. 머리를 기르라거나 화장을 하라거나 좀더 여성스러운 옷을 입어보라거나 말할 때 솔 톤을 내는 것이 좋다는 식이었다. 나를 위로한답시고 말을 늘어놓는 사람들도 있었다. 왜들 그런 오해를 하지? 이렇게 여성스러운 사람인데. 그 말들은 정말 듣기 싫었다. 그런 말을 들은 날은 사전에서 '여성스럽다'라는 단어의 뜻을 찾아보기도 했는데, 아무리 뒤져봐도 근원적인 뜻은 알 수가 없었고 대신 이게 무슨 뜻인지 우리 모두 잘 알고 있잖아요? 같은 인상만 받을 수 있었다.

내가 좋아하는 한갓진 벤치를 찾아 앉아 요구르트를 어쩔까 생각하는데 기영에게서 전화가 왔다. 나는 조금 전 있었던 일을 말했다. 기영은 요구르트를 절대 먹지 말라고, 당장 버리라고 말하더니 자기는 차가 막혀 조금 늦을 것 같다고 했다.

"얼마나 늦는데?"

"삼십 분 정도?"

나는 괜찮다고 말하고 싶었는데 빈집에서 혼자 기다릴 생각을 하니 그 말이 선뜻 안 나왔다. 미안해, 어쩌고 하는 목소리가 들려왔지만 그냥 알았어, 하고 전화를 끊었다. 전화를 끊고서야 내 옆에 누군가 앉아 있다는 것을 알았다.

공원에 자주 가면서 나는 모르는 사람이 앉아 있는 벤치에는 웬만해선 앉지 않는 것이 암묵적 법칙 같은 게 아닐까 여기고 있었으므로 그 순간 바로 경고음이 울렸다.

"친구가 늦는대요?"

남자는 내 통화를 잘 들었다는 듯 나에게 말을 걸었다. 나는 아무 대답도 하지 않았다.

"그건 뭐예요?"

남자가 요구르트를 손짓으로 가리키며 물었다.

"안 먹을 거면 나 줘요. 삼만원에 살게."

"네?"

어이가 없는 말에 반사적으로 고개를 들어 그의 얼굴을 보게 됐다.

"안 돼? 그럼 오만원."

손깍지를 끼고 앉아서 느물거리는 미소를 띤 채 나를 훑는 남자와 눈이 마주쳤을 때 나는 멋쩍게 웃었다. 왜 웃었는지는 모르겠는데 웃었다.

"오만원은 좋아요? 그럼 오만원 오케이?"

남자가 요구르트를 가져가겠다는 듯이 손을 내 쪽으로 뻗어왔을 때 나는 벌떡 일어났다. 그냥 몸이 저절로 움직였다. 남자가 따라올지도 몰라 빠르게 걷는 내내 머릿속에서 씨발, 씨발, 욕이 사라지지 않았다. 뒤에서 흐흐거리며 소리치는 남자의 목소리가 들렸다.

"어디 가. 안 잡아먹어."

나는 남자의 목소리가 들리지 않을 때까지 열심히 달아났다.

한동안은 큰길로만 다녔다. 몸이 자연히 거부하고 있었다. 다시 공원에 가기까지는 한 달이 걸렸다. 기영이 영원히 피할 수는 없는 일 아니냐며 함께 가주겠다고 해서 용기를 냈다. 우리는 공원을 돌아다니며 식물들의 이름을 알아맞히고 지나가는 개들과 인사했다. 어디선가 날아온 셔틀콕을 주워주고 자판기에서 음료를 뽑아 마셨다. 그것만으로도 아주 많은 일을 한 기분이었지만 사실 왔다갔다하기만 했을 뿐 거의 아무것도 하지 않은 셈이었다. 우리 앞으로 집에만 있지 말고 가끔 이렇게 운동도 하자. 이게 운동이 되나? 이 정도 운동은 집에서도 할 수 있지 않나? 그런 대화를 주고받으면서 걸었다. 공원은 누구에게나 개방된 곳이었고 거기에서 하는 건 다 공짜였다. 나는 다시 공원을 좋아하기 시작했다.

그리고 며칠이 지나서였다. 그날 나는 필라테스 학원에 갔다가 휴대폰을 잃어버렸다. 확실히 사물함에 잘 넣어뒀는데 꺼내려고 보니 없었다. 나는 데스크의 직원과 한참 실랑이를 했다.

"분명 들어올 때까지 있었다고요. 마지막으로 카톡 확인하고 사물함에 넣었다고요. 누가 훔쳐간 거라니까. CCTV 같은 거 없어요?"

내가 흥분한 채 말하자 직원은 못 들을 말을 들었다는 듯 인상을 썼다.

"거기 탈의실이에요."

경찰에 신고를 했지만 경찰도 미적지근한 반응을 보이며 찾기 힘들 거라고 했다.

휴대폰을 잃어버리기 전 마지막으로 카톡을 보낸 사람은 기영이었고 미리 보기로 본 내용에 화가 났었기 때문에 더 짜증이 났다. 기영은 내가 운동중이라는 걸 알았겠지만 한참이 지나도록 확인을 하지 않는 내가 답답해 전화를 걸었을지도 몰랐다. 나도 기영에게 할말이 많았다.

평소보다 늦은 시각에 공원을 가로지르며 기영의 메시지를 떠올려보았다.

—오늘 몇시쯤 와? 다음주엔 나 서울 가야 해. 장인어른 생신.

그날 나는 오래 공원에 머물렀다. 빨리 기영을 만나봤자 싸우기만 할 것이었다. 벤치에 앉아 지나는 사람들을 바라보며 나는 도대체 뭐가 문제일까 따져보았다. 왜 이 말도 안 되는 관계에 빠져들었을까. 마땅한 답은 떠오르지 않았다.

공원을 빠져나가기 전에 화장실에 들르려는데 한 남자가 소리쳤다.

"이봐요. 거기는 여자 화장실이에요."

그 남자는 취해 있었다. 목소리에 취기가 묻어났고 걸음은 비틀거렸다. 나는 짜증이 났다.

"저 여자예요."

그것으로 오해가 풀릴 거라고 생각했다. 내가 들어서려는 것을 보고도 세면대 앞에서 태연히 손을 씻는 다른 여자도 있었다. 내가 남자였다면 그런 일은 있을 수 없을 것이다.

"뭔 여자가 남자같이 하고 다녀."

남자는 말도 안 되는 소리 말라는 듯 내 쪽으로 다가왔다. 나는 쌓였던 짜증이 이상한 식으로 폭발하는 걸 느꼈다.

"씨발, 그냥 꺼지세요!"

남자를 향해 크게 소리치고 안으로 쑥 들어왔다. 볼일을 보고 변기의 물을 내릴 때까지도 짜증이 사라지지 않아 레버를 세게 콱콱 눌렀다. 손을 씻고 나가려는데 여자는 아직 세면대 앞에 있었다.

"저기요."

나를 부르는 소리에 돌아보자 여자가 말을 이었다.

"밖에 일행 있어요?"

"네? 없는데요."

"아까 들어올 때 그쪽이랑 시비 붙은 남자요. 화장실 문 앞에서 계속 얼쩡거리고 있어요. 저 근처에 남편이 있어서 이쪽으로 와달라고 했으니까 오면 같이 나가요."

흘깃 밖을 보니 여자의 말대로 술에 취한 남자가 나를 기다리고 있었다. 제 몸도 제대로 못 가누는 채였다. 그래서 여자의 제안을 뿌리쳤다. 감사하지만 별일 없을 거라고 말하고 먼저 나와버렸다. 남자는 비틀거리면서도 공원 초입까지 나를 따라왔다. 뭐야, 씨발 새끼가 어쩌자는 거야. 왜 시비야. 더 가까이 오기만 해봐. 가만 안 둬. 좆만한 새끼, 너같이 입만 산 새끼의 팔모가지 정도는 부러뜨릴 수 있어. 그렇게 중얼거렸다.

하지만 나는 실제로 그렇게 하지는 않았을 것이다. 무슨 말을 그렇게 싸가지 없게 하냐고 다짜고짜 달려들어 머리통을 갈기지는 않았을 것이다. 겁먹고 달아나는 사람을 쫓아가 뒷머리를 낚아채 쓰러뜨려서는 운동홧발로 마구 짓이기지는 않았을 것이다. 인간으로서 인간적이고 싶으니까. 남자는 너도 이렇게 하고 싶었잖아, 힘만 있었으면 이렇게 했을 거잖아, 말하듯이 사정없이 나를 차고 밟았다. 마치 우리가 합의하에 링 위에서 서로를 때리며 싸우다가 내가 진 것처럼 자신의 승리에 도취된 것 같았다. 남자가 계집년이 어디서 까부냐고 침을 뱉고 떠난 다음에야 나는 공원의 사람들이 하던 일을 멈추고 쫓아와 모든 걸 지켜보았다는 것을 알았다.

며칠이 지나도 그 남자는 찾을 수 없었다. 남자의 얼굴을 제대로 본 사람도, 남자가 누구인지 아는 사람도 없었다. CCTV는 작동하지 않는 상태였고 누군가 휴대폰으로 찍은 동영상도 어두워 남자의 얼굴이 나오지 않았다고 했다. 내가 바닥에 쓰러져 맞고 있는 모습을 동영상으로 찍어서 가지고 있는 사람이 있다니 그것도 너무 무서웠다.

공원에는 새 현수막이 붙었다.

"그 밤에 어딜 가는 길이었어? 필라테스 학원이랑도 반대쪽이잖아."

엄마가 그렇게 물었을 때 나는 답을 하고 싶지 않았다. 그냥 공란으로 비워두고 싶었다. 하지만 엄마는 집요했다. 마치 그게 가장 중요한 일인 것처럼 자꾸 물어봐서 그냥 바람을 쐬고 싶어서 공원에 갔던 거라고 말했다. 경찰도 내게 그걸 물었다. 어디 가는 길이었습니까. 나는 산책을 나갔던 거라고 했다. 주말부부로 지내고 있는 남자의 집에, 그러니까 내가 불륜을 저지르고 있는 남자의 집에 가는 길이었다고는 말할 수 없었다. 내가 어딜 가는 길이었는지는 전혀 중요하지 않은 것 같으면서도 굉장히 중요한 듯했다. 기영도 그렇게 말했다.

"우리 관계가 알려지면 아무도 네 편을 안 들어줄 거야. 너만 더 욕먹을 거야. 맞을 만한 짓을 했다고, 맞아도 싸다고 수군거릴 거야. 비도덕적인 인간의 말은 들을 가치도 믿을 이유도 없다고 하겠지."

기영은 멀찍이 떨어져서 우리의 관계를 지켜보고 있는 것 같았다. 자신은 무관하다는 듯이. 나는 어쩌다가 이 사람을 그렇게나 좋아하게 된 걸까. 그리고 기영은 왜 아내를 두고 나와 만나는 것일까. 일순 납득이 가지 않았다. 하지만 나는 기영을 좋아했다. 모든 것을 감당할 수 있을 만큼 좋아했다. 어떻게 그런 게 가능했을까. 그런 건 이상한 방식으로 가능해서 그것들을 모두 설명할 수는 없다. 하지만 다른 사람들은 기영과 나의 관계를 쉽게 설명할 수 있을지도 모른다.

발정난 거지 뭐. 사람 아닌 거지.

그뒤로 나는 공원에 가지 않았고 그 일을 잊어버리려고 애썼다. 다시 떠올린 것은 기영이 내 상처에 연고를 발라주다가 불쑥 "그러니까 그리로 다니지 말라고 했잖아" 하고 말했기 때문이었다. 그저 나를 염려해 한 말이라는 것을 잘 알았지만 그런 것까지 헤아리기에 나는 너무 지쳐 있었다. 내가 그 남자에게 씨발이라고 했다는 것, 꺼지라고 했다는 것은 얘기하지 않았는데 그 사실을 알게 되면 기영은 내가 모든 일을 자초한 것이라고 말할지도 몰랐다.

지독한 악취가 나를 싸고도는 것 같았다. 악취는 그날 남자가 뱉은 침이 내 얼굴에 떨어졌을 때, 그때 이미 시작된 것이었다. 아주 끔찍한 냄새였다. 아무리 씻어도 사라지지 않고 내내 나를 따라다녔다. 그것은 절대 내 것이 아님에도 내 것처럼 내 몸에 들러붙어 있었기 때문에 길을 걸을 때면 사람들이 나를 흘깃거리며 저 사람한테서 악취가 나, 하고 수군대는 것만 같았다. 나는 변명하고 싶었다. 이건 원래 내 것이 아니라고, 전적으로 운나쁘게 묻은 것이라고, 재수가 없어 떨쳐지지 않는 것뿐이라고 말하고 싶었다. 하지만 나중에는 아무렇게나 생각하도록 그냥 내버려두었다. 그렇게 체념하기까지 힘들었는데 체념하고 나니까 힘든 줄도 모르게 되었다. 그게 정말 나빴던 것 같다. 그게 나를 견디게 해준다고 생각했지만 그건 다른 식으로 나를 망치는 것이었다. 뒤늦게 나는 화를 냈다. 그날 남자가 사라져버리고 누구한테 내야 좋을지 모른다고 생각했던 화를 기영한테 다 쏟아부었다.

"나한테 잘못이 있는 것처럼 말하지 좀 마! 그 사람은 정말 나를 개 패듯 팼다고!"

나중에 마음이 좀 진정된 다음에는 내가 그런 표현을 썼다는 게 믿기지 않았다. 하지만 은연중에 튀어나올 만큼 그 말은 내 의식에 아주 깊게 박혀 있었다. 도대체가 개처럼 맞는다는 관용구는 왜 존재하는 것인가. 나는 모든 웹 국어사전을 검색한 후 '복날에 개 맞듯'이라는 관용구가 등재되어 있는 사전측에 일일이 메일을 보내 삭제할 것을 요청했다. 사전에는 '개가 개를 낳지'라는 말도 있었다. 그건 귀여움과 사랑스러움은 유전된다는 뜻이어야 했는데, 못난 아버지 밑에서 못난 자식이 난다는 뜻이었다. 나는 개에 관련된 단어들을 더 검색해보다가 지쳐버렸다.

사전에서 여자라는 단어를 찾아보면 이런 속담들이 딸려 있었다. 여자가 셋이면 나무 접시가 들논다. 여자는 사흘을 안 때리면 여우가 된다. 여자는 익은 음식 같다. 여자는 제 고을 장날을 몰라야 팔자가 좋다. 여자는 높이 놀고 낮이 논다…… 남자라는 단어를 찾아보면 이런 속담들이 딸려 있었다. 남자가 상처하는 것은 과거할 신수라야 한다. 남자로서는 아내가 죽어서 다시 장가드는 것도 하나의 복이라는 뜻이었다. 그래서 사전에 새장가라는 단어는 있지만 여자가 새로 결혼하는 것을 일컫는 단어는 없었다. 사전에는 재취라는 말도 있고 삼취라는 말도 있었다. 개취도 있고 계취도 있고 후취도 있었다. 이 단어들은 모두 아내를 여읜 남자가 두 번 세 번 장가를 드는 것을 뜻하는데 남편을 여읜 여자가 새로 결혼하는 것을 일컫는 단어는 찾을 수가 없었다. 그런 단어는 필요 없었을 것이다. 여자가 새로 결혼하는 건 하나의 단어로 표현해야 할 만큼 일반적이지 않았을 테니까. 그리고 남자와 관련해 등재된 다른 속담들은 남자라면 죽어도 전장에 가서 죽어라, 남자는 셋이 모이면 없는 게 없다, 같은 것이었다. 여자는 셋이 모이면 시끄러운 반면 남자는 셋이 모이면 뭐든 할 수 있었다. 속담은 개수에서도 차이가 났는데 여자와 관련된 속담이 더 많았다. 어쩌면 당연한지도 몰랐다. 속담도 일종의 일반화니까. 남자들은 자신의 이름으로 살아왔고 여자들은 여자 일반으로 살기를 강요당했다.

그런 식으로 사전에는 인간의 온갖 차별의 역사가 고스란히 담겨 있었다. 애초에 사전이라는 것이 인간 행위의 다수 항으로 만든 것이니까 당연했다. 인간적이라는 말은 그런 것이다. 그런 말들은, 그런 역사들은 계속 추가되고 있었다. 인간이 인간을 낳지.

내가 이 이야기들을 모두 기영에게 하자 기영은 "제발 정신 차려" 하고 말했다. 나를 말리려는, 어쩌면 훈계하려는 그의 말을 듣고 있자니 그를 나의 애인이라 부르는 것이 더는 성립할 수 없는 일 같았다.

"여자가 새로 결혼한다는 단어가 왜 없어? 재가도 있고. 찾아봐, 더 있을걸? 너 지금 너무 한 생각에만 빠져 있어. 그냥 결과를 정해놓고 그 결과로 갈 수 있는 길만 생각하는 꼴이라고. 다른 건 아무것도 보려고 하지를 않잖아."

"악! 아악! 악!"

나는 기영의 말을 가만히 듣고 있다가 아무 뜻 없는 비명을 질렀다. 계속 질렀다. 기영의 말을 멈추고 내가 느끼는 감정을 제대로 설명하고 싶었다. 그런데 말이 사라지는 것을 느꼈다. 말로는 설명할 수가 없었다. 그나마 비명이 내가 느끼는 감정과 가장 흡사했다.

그 비명은 오래된 기억을 불러일으켰다. 비명으로 말하려고 했던 스무 살 때였다. 헌책 값을 잘 쳐준다는 책방에 가려고 무거운 짐을 겨우 들고 버스에 탔다. 다행히 자리가 하나 나서 앉았지만 책이 잔뜩 든 가방을 둘 데가 없어 무릎 위에 올려두었다. 다리가 마비되는 기분이었다. 그러다 잠깐 졸았다. 마비된 허벅지가, 그리고 또 아랫배가 이상하게 꿈틀거리는 것 같은 기분에 잠에서 깨서 내 배를 내려다보았을 때 거기에는 손이 하나 있었다. 이게 뭐지. 꿈인가. 내가 멍하니 내려다보는 내내 손은 책이 든 가방을 가림막 삼아 내 배를 주무르고 있었다. 나는 손을 따라 옆자리로 시선을 돌렸다. 나와 눈이 마주친 남자가 잠깐 멈칫하더니 태연히 손을 거두어갔다. 이게 뭐지. 이게 뭐야? 씨발 놈이. 인간처럼 생겨가지고 미친 새끼가. 하지만 나는 아무 말도 하지 못했다. 그리고 다시 시선을 돌렸을 때 내 앞에 서 있는 인간의 눈길이 무심히 남자의 손에 가 있는 것을 보았다. 그 인간은 나와 눈이 마주치자 황급히 고개를 돌렸다. 혹시 다 보고 있었나. 보면서 아무 제지도 하지 않았나. 나란히 앉아 있어서 남자와 내가 아는 사이일 거라고 여겼나. 그게 아니라면 혹시 나도 느끼고 있을 거라고 생각했나. 미친 새끼들이 포르노에 뇌가 절여져서 제대로 된 사리 분별을 못하나? 하지만 나 역시 아무런 반응을 하지 못했다. 서서히 온몸이, 뇌까지도 마비되는 것 같았다. 나도 내 앞에 선 인간과 똑같은 방관자라는 생각을 떨쳐버릴 수가 없었다. 나는 남자를 해할 방법을 떠올렸다. 그러나 이게 정상적인 사고방식인가? 타인을 해하고 싶어하는 마음이 정상적인 걸까. 나는 왜 이런 순간에도 자기검열을 하고 있나. 생각을 멈추고 기사에게 외쳐야 한다. 경찰을 불러주십시오! 이 남자가 저를 성추행했습니다!

잠시만요. 내릴게요.

내가 혼란해하는 사이 남자가 자리에서 일어섰다. 남자는 내가 자리를 피할 새도 없이 앞좌석과 내 무릎 사이의 비좁은 틈을 통과하며 팔꿈치로 내 머리를 쳤다.

미안합니다.

남자는 내 얼굴을 돌아보며 웃는 낯으로 사과했다. 그다음의 일은 잘 기억나지 않는다. 아니, 기억난다. 나는 끙끙대며 들고 탔던 가방을 번쩍 들어 남자의 머리를 내리쳤다. 무기로 삼을 만한 것이 있어서 다행이라고 생각했다. 남자가 목이 꺾여서 죽어버렸으면 좋겠다고 생각했다. 하지만 남자는 목이 꺾이지도 죽어버리지도 않고 나를 돌아봤다. 남자보다 다른 승객들이 더 깜짝 놀라며 말했다. 아니 학생, 왜 그래요? 왜 그랬지. 남자가 나를 향해 웃었기 때문에. 아니 실수로 내 머리를 쳤기 때문에. 아니 남자가 내가 잠든 틈을 타 내 배를 주물렀기 때문에. 물론 그것 때문이다. 남자가 나를 폭행했기 때문에. 나는 그제야 비명을 질렀다. 나는 늘 늦다. 내게 무슨 일이 일어난 것인지 파악할 시간이 필요하고 그것이 무슨 의미인지를 생각하는 시간도 필요하고 어떠한 반응을 보여야 할지 결정하는 시간도 필요하다. 그 모든 과정은 아주 더디게 진행되고 그만큼 반응 속도도 늦다. 나는 때맞춰 지르지 못한 늦은 비명을 질렀다. 비명만큼 압축적으로 많은 의미를 담고 있는 언어가 있을 수 있을까. 비명은 나의 언어였다. 그 순간 내게 가장 논리적이고 합당한 말이었다. 나는 사력을 다해 말하고 있었다. 사람들이 나를 돌아보았고 무언가를 직감한 듯 남자가 열린 하차 문으로 달아나지 못하도록 그의 어깨를 꽉 붙잡았다. 사람들도 나에게 무슨 일이 일어났는지 다 알았다. 순식간에 추론해냈다. 너무 흔하고 상투적인 일이었으니까. 계속 반복되는 일이었으니까.

하지만 그때 남자는 자신의 범죄를 부인하며 오히려 나를 폭행죄로 신고하겠다 소리쳤다. 남학생 아니었어? 하고 수군거리는 소리도 있었다. 나는 그 일을 그냥 기억에서 지워버려야 했다. 그렇게 소거해버린 일들이 많았다. 그런 것들은 어디에도 기록되지 않는데, 그때의 기분을 뭐라고 해야 좋을지 알 수가 없는데, 범죄를 저지르고도 되레 억울해하는 그 남자 같은 남자를 일컬을 말이 없는데, 사전에는 많은 말들이 꾸역꾸역 쌓여 있었다. 그것들이 모두 역겨웠다.

기영의 말이 맞았다. 재가라는 단어가 있었다. 기영의 말대로 내 생각이 너무 치우쳐 있는 건지도 몰랐다. 내가 해석하는 데 방해가 된다는 이유로 분명하게 존재하는 말들을 보지 않으려고 했는지도 몰랐다. 내가 원하는 쪽으로만 해석하려고 했는지도 몰랐다. 기영은 내게 똑바로 보라고 말했다. 네 고통은 알겠지만 그래도 억지를 부리면 안 된다고 말이다. 그 말을 듣고 나는 정신을 놓지 않으려고 애써야 했다. 내 고통을 대신 말해줄 사람은 아무도 없다. 나는 원래도 논리정연한 사람은 아니었는데, 늘 뭔가를 빼먹고 까먹고 헷갈리기 일쑤였는데 이제는 사소한 실수 하나도 해서는 안 되었다. 그 실수는 내가 실제로 겪은 일의 신빙성을 훼손해서 그걸 가짜로 만들어버릴지도 몰랐다.

나는 기영이 판정관이나 심문관처럼 굴지 말고 그냥 내 이야기를 들어줬으면 했다. 내 말에 귀를 기울여줬으면 했다. 팔짱을 끼고 어디 책잡을 데가 없나 따져보기 전에 일단 경청부터 해줬으면 했다. 실수 하나에 나를 의심하지 말고 우선은 믿어줬으면 했다. 하지만 나조차도 내 멍청함에 화가 났다. 너무 화가 나서, 모든 걸 만회하고 싶어서 더 필사적인 사람이 되었다.

"이거 봐. 그래, 재가도 있어. 같은 뜻으로 전가도 있대. 근데 책임전가 할 때 전가랑 여자가 새로 결혼하는 전가랑 같은 한자 쓰는 거 알아? 떠넘겨버린다는 뜻 같잖아. 쓸데없는 걸 치워버린다는 거. 재취랑 전가는 쓰는 한자부터가 너무 다르잖아."

"진짜 억지 부리지 마. 아니, 그렇기도 하겠지. 요즘도 이런 세상인데 옛날엔 더했겠지. 근데 그게 지금 무슨 상관인데."

아무 상관이 없나. 아무 상관이 없었다. 아니 상관이 있었다. 기영은 짜증을 냈다. 덩달아 나도 모든 게 짜증스러워졌다.

"그런 말밖에 못해? 좀 들어주면 안 되냐고."

모든 게 화가 났다. 나를 사랑한다면서, 맨날 그 말을 속삭이면서, 언제나 안달나 있으면서, 결정적인 순간에는 나에 대해 알려고 하지 않았다.

"내일 와이프 내려온대."

"뭐?"

"내일은 오지 말라고."

"그 얘길 왜 지금 해?"

"그럼 언제 해?"

그건 나를 사랑하지 않는다는 말처럼 들렸다. 아니면 일시적일 뿐이라는 말처럼 들렸다. 사랑? 사랑은 하지, 근데 와이프랑 떨어져 있을 때만이야. 그런 말과 다르지 않았다. 우리는 일시적인 관계이고 이 사랑도 한정적이다. 일시적이고 한정적인 것이 사랑일 수 있나. 일시적이고 한정적이라고 판정 난 순간 사랑이라는 건 지속될 수가 없지 않나. 사실 그건 사랑도 아니었다. 나는 모든 언어들이 끔찍해졌다. 기영과 나는 애초에 서로 다른 말을 하고 있었는지도 몰랐다.

공원을 다시 찾아간 것은 악취를 피해서였다. 사람들이 북적거리는 어디에서나 악취가 나서, 기영에게서도 악취가 나서, 나는 어딘가 다른 곳으로 가고 싶었다. 그날은 평일이었고 대낮이어서 용기를 낼 수 있었다. 나는 사람들이 많이 모여 있는 공터 앞 벤치에 자리를 잡고 앉았다.

사람들은 이 공공의 장소에서 어떤 일이 있었는지도 모르고 태평하게 셔틀콕을 주고받고 있는 것 같았다. 목격자를 찾습니다, 라고 쓰여 있는 현수막이 아직 버젓이 붙어 있었지만 아무도 신경쓰지 않았다. 그런 불운한 일은 자신들에게 일어날 리가 없다는 것처럼.

웃으며 아이와 공을 주고받는 남자가 그날 밤 나를 폭행하고 사라진 남자인 것도 같았다. 아이가 쪼르르 달려가 안길 때의 웃는 얼굴을 보자 저 사람은 아닌 것 같다 싶었는데, 돌아서며 나와 눈이 마주쳤을 때 눈썹이 슬쩍 움직이는 것이 어쩌면 저 사람인지도 모른다 싶었다. 모든 남자들이 그날 밤의 남자였다가 아니었다가 했다.

공원이라는 단어에도 내가 오해한 부분이 있었는데 공원의 공자가 '빌 공'이라고 여겼던 것이다. 공원은 공터가 있어서 사람들이 각자 하고 싶은 걸 하는 공간이라고 말이다. 하지만 공원은 공공의 장소라는 뜻에서 공원이었다. 누구에게나 공평한 곳. 그러나 내게 공원은 더이상 공공의 장소가 아니었다. 공공이라는 말에 내가 포함될 수가 없었다. 나는 공원에서 더는 안전하다고 믿을 수가 없었다. 공원이 공공의 장소라면 그런 감정이 일지 않을 것이다. 사전에서 나와 관련된 단어를 발견할 때마다 이상한 기분이 드는 것도 그래서였다. 그건 나를 포함하는 단어여야 하는데도 나를 배제해버린다.

"언니 울어요?"

내게 다가와 말을 건 것은 열 살쯤 되어 보이는 아이였다. 그 말을 듣고서야 나는 내가 운다는 걸 알아차렸다. 눈물을 닦으면서 아, 이래서 애들이 싫다니까, 생각했다. 못 본 척 가주면 좋을 텐데. 이왕 들킨 거 사실을 말하기로 했다.

"그래."

"왜요? 안 좋은 일 있었어요?"

"그래."

"뭔데요?"

그 질문을 받았을 때 나는 다 말해버리고 싶었다. 하지만 그런 이야기를 아이한테 해도 되는지 알 수 없었다. 바로 이 공원에서 모르는 사람에게 폭행을 당했다는 사실을 말해도 되나. 아주 두들겨맞았다고 말해도 되나. 그야말로…… 인간적인 폭행이었다. 그 때문에 자다가 벌떡벌떡 깬다고 말해도 되나. 텔레비전을 보며 태평하게 웃다가도 문득 몸서리가 쳐진다고 말해도 되나. 애인을 더는 사랑할 수 없게 되었다고 말해도 되나. 사실은 그 애인이 유부남이라는 건 또 어떨까. 아이는 한창 좋은 것만 보고 듣고 먹고 해야 할 나이가 아닌가. 세상은 굉장히 끔찍한 곳이라는 것을 알려줘도 되나.

"비밀이에요?"

그건 비밀이 아니었다. 공공연한 사실이었다. 하지만 모두들 모르는 척하고 있었으므로 나도 눈감아버렸다.

"그래. 그러니까 가줄래?"

그 말에 아이는 자리를 뜨기는커녕 내 옆에 앉았다. 땅에 닿지 않는 다리가 공중에서 달랑거렸다.

"우는 사람을 혼자 두고는 못 가요."

"엄마가 모르는 사람이랑 함부로 얘기하지 말라고 안 해? 그리고 우는 사람은 원래 혼자 있게 내버려두는 거야."

그 말에 아이는 곰곰이 생각해보는 것 같더니 결론을 내린 듯 말했다.

"아닌데요. 그리고 우리 엄마 저기 있어요."

아이가 가리키는 곳을 보자 내 또래의 여자 두 명이 마주서서 이야기를 하고 있었다. 그러면서도 두 사람은 중간중간 내 쪽을 돌아보았다. 결국 나는 아이를 쫓아내는 데 실패했다. 별수없이 우리는 나란히 앉아서 사람들이 노는 모습을 쳐다봤다. 그러다가 아이는 그중 개 한 마리와 뛰어놀고 있는 남자아이에 대해 설명하기 시작했다. 들어보니 그 남자아이는 아이의 오빠였다. 남자아이가 개와 함께 이쪽으로 달려와서 개의 목줄을 아이에게 쥐여주고 다시 어디론가 달려갔다. 아이는 개를 자신의 무릎에 앉히고 쓰다듬다가 내게 말했다.

"토리랑 인사할래요?"

개를 쓰다듬는 손은 아주 작았고 손길은 섬세하지 못했다. 개는 그 손길이 익숙한 듯 아이의 손에 몸을 맡겼다.

"이름이 토리야?"

"네, 털이 밤색이고 여기 이렇게 뒤통수가 밤톨 같아서요. 토리야, 이 언니는 오늘 말할 수 없는 안 좋은 일이 있어서 울고 있는 언니야. 언니는 이름이 뭐예요?"

"나는 수진이라고 해."

내가 악수하듯 손을 내밀자 토리가 킁킁거리며 냄새를 맡았다. 촉촉한 코가 내 손에 닿았을 때 나도 모르게 웃음이 나왔다. 토리도 혀를 내빼고 헤헤 웃었다. 정말 웃는 걸까, 내 편의대로 개의 표정을 해석해버린 건 아닐까 싶기도 했지만 너무나 웃는 표정이라서 웃는 것이라 믿을 수밖에 없었다.

"토리가 괜찮대요, 만져도."

나는 아이가 시키는 대로 토리를 만졌다. 아무 말도 않고 오래오래 토리의 밤톨 같은 뒤통수를, 뜨뜻미지근한 등을 쓰다듬었다. 내가 그러는 내내 토리는 아이의 무릎에 얌전히 앉아 계속 혀를 내빼고 헤헤거렸다. 우리 셋은 그렇게 벤치에 앉아 있었다. 내가 좋아했던 공원의 좋아했던 벤치였다. 한가한 사람들이 한가하게 걷고 뛰고 달리면서 시간을 보내고 있었다. 문득 나는 내가 사는 걸 무척이나 좋아한다는 것을 깨달았다. 그건 처음에는 너무 뜬금없고 이상한 감정처럼 느껴졌는데 점점 선명해졌다. 뜻대로 된 적은 별로 없지만 나는 사는 게 좋았다. 내가 겪은 모든 모욕들을 무슨 수를 써서라도 극복해내고 싶을 만큼 좋아한다. 그렇게 해서라도 사는 건 좋다. 살아서 개 같은 것들을 쓰다듬는 것은 특히나 더 좋다.

개를 쓰다듬으면서 나는 죽이고 싶은 사람들에 대해서 생각했다. 개를 쓰다듬으면서, 개의 활력과 온기를 느끼면서, 어떻게 하면 그 인간들에게 복수할 수 있을까를 생각했다. 어떻게 하면 짓이겨버릴 수 있을까. 목을 졸라버릴 수 있을까. 찍소리도 못하게 아주 박살을 내버리고 싶다. 숨통을 끊어놓고 싶다. 그냥 쳐죽이고 싶다. 그런 것들을 생각하고 있다고 아이에게는 말하지 않고 다만 계속 개를 쓰다듬었다. 개 같은 것을 쓰다듬는 것은 좋다. 개 같은 것들, 개 같은 것들, 개 같은 것들. 나는 그 말을 계속 되뇌었다. 되뇔수록 그 말은 내 속에서 박살나고 뭉개져서 원래 통용되는 의미로부터 벗어나 완전히 다른 의미로 조합되었다. 나는 개를 쓰다듬었다. 개의 이름은 토리이고 토리는 아주 사랑스럽다. 그것이 아주 개답다고, 개 같다고 생각했다.

나는 더 오래오래 이렇게 앉아 있으면 좋겠다고 생각했다.

"기분이 좀 나아졌어요?"

"그래."

당연히 그럴 줄 알았다는 듯, 아이는 내 기분을 낫게 해준 토리가 무척이나 사랑스러운지 자신의 품에 와락 끌어안고 조심스럽게 비비적댔다. 그때 멀리 서 있던 여자 중 한 명이 아이를 부르며 손짓했다.

"이제 가봐야 돼요."

"그래, 가."

"또 봐요."

"그래, 토리도 안녕."

"수진 언니 안녕. 저는 서영이예요."

"서영이도 안녕."

아무 약속도 안 했는데 다음에 또 볼 수가 있을까. 이 공원에, 이 공공의 장소에 오면 또 볼 수 있을지도 모른다. 그 일은 마땅히 가능해야 하는데 언제나 가능하지는 않았다. 산 쪽에서 들개가 우는 소리가 들리자 공원에 있는 개들도 따라서 울기 시작했다. 그 들개는 아주 사납다고 알려져 있었다. 그 역시 아주 개 같았다.

| 작가노트 |

빈칸을 채우시오

사전을 만드는 곳에서 아르바이트를 한 적이 있었다. 사전의 각 단어에 덧붙인 용례들이 올바른지 검수하여 삭제하거나 고치고, 또 새로운 용례를 추가하는 일이었다. 내가 용례를 직접 쓰는 것은 아니었고 문학작품의 문장들로 구축되어 있는 데이터베이스에서 적합한 것을 검색해 추가하면 됐다.

그 일을 하면서 두 가지 사실을 알게 되었다. 하나는 어떤 단어들은 내가 생각했던 것과 전혀 다른 뜻이라는 점이었다. '공원'의 뜻도 그때 알게 되었는지, 소설을 쓰려고 이것저것 찾아보다 새롭게 확인하게 되었는지 지금 정확하게 기억나지는 않는다. 어쨌든 그 일을 했던 경험은 나를 괴롭히는 말들에 대해 한번 써봐야겠다는 생각으로 이어졌다.

다른 하나는 차별적인 내용을 담은 뜻풀이나 용례가 많다는 점이었다. 예를 들어 사랑을 속삭이는 행위는 남녀 간의 일로 한정되어 있었다. 질투도 부부나 사랑하는 이성 사이에서나 가능했다. 여성 비하적인 표현은 그보다 훨씬 더 많았다. 그런 표현들은 우리가 살아온 시대나 살아가고 있는 시대를 떠올려보면 크게 놀랍지는 않았다. 동성애자의 존재를 지우고 여성의 지위를 깎아내리는 일은 실제 삶에서도 빈번하게 일어났으니까. 당연하게도, 국어사전은 한국사회를 정직하고 성실하게 반영한 표상이었다. 그래서 더 화가 나기도 했지만.

그리고 개에 대한 표현들을 마주칠 때에도 화가 났다. 만약 지구에 대한 정보가 없는 어떤 외계인이 한국인의 생태를 파악하기 위해 국어사전을 분석한다면 개에 대해 뭐라고 할까? 인간을 잘 따르고 영리하긴 하나 인간에 비하면 아주 열등하고 하찮은 개 발싸개 같은 생물이라 판단할지도 모른다. 물론 비속한 의미를 담을 때 쓰이는 '개'가 모두 다 개犬는 아니라고 한다. 하지만 발음이 동일한 탓에 개를 떠올리지 않기란 쉽지 않고, 개는 자기 것이 아닌 의미를 거듭 뒤집어쓰면서 그것의 진짜 주인으로 오해당한다.

이 소설은 빈칸을 생각하면서 썼다. 나에게 빈칸이 주어졌을 때 그 자리를 어떤 말들로 채울 수 있을지 생각하면서. 일차적으로 내린 결론은 무엇이든 쓸 수 있다, 였다. 빈칸에 절대 들어가면 안 되는 말도 있긴 할 텐데 그게 무엇인지에 대해서는 우리 모두가 끝없이 생각하면서 목록을 갱신해나가야만 하지 않을까. 사전이 실제 삶을 모두 담아내지 못하더라도.

공공장소에서 생긴 일

오은교

모든 이에게 열려 있는 평등한 공간이지만 누군가에겐 여전히 진입 불가능한 장벽이 쳐진 곳, 모두가 익명으로 존재할 수 있지만 어떤 이에겐 끊임없이 자기 신체의 정당성을 확인하게 만드는 곳, 여유와 휴식을 위해 설계되었지만 그렇기에 언제나 갈등과 투쟁이 발생하는 곳. 「공원에서」의 배경은 도시의 공원이다.

소설의 주인공 '나'(수진)가 드나드는 공원도 그런 곳이다. '나'는 환한 낮이 아니면 늘 대로변으로 다니는 버릇이 있고, 애인 기영에게서 되도록 공원을 이용하지 말라는 조언까지 들은 터라 그쪽으로는 더더욱 지나다니지 않았다. 화와 불쾌를 피하기 위해서는 위협에 처하기 쉬운 당사자들이 조심하는 것이 상책이기 때문이었다. 물론 피해자가 먼저 유의해야 한다는 식의 조언과 경고가 부당하다는 걸 알지만, 그럼에도 '나'는 조심과 주의를 몸에 새기며 살아온 보통 여자다.

그러던 어느 날, 기영의 설레는 부름에 마음이 급해진 '나'는 우연히 공원을 가로지르게 되고 상상했던 것과 달리 여유롭고 평온한 풍경에 감탄한다. 비록 들개를 조심하라는 현수막이 붙어 있긴 하지만, 주민들이 삼삼오오 모여 운동을 즐기고 대화를 나누며 반려동물을 산책시키는 모습은 퍽 안전하고 평화로운 기분이 들게 한다. "공원은 이제 이 도시에서 내가 가장 좋아하는 장소가 되었다."(153쪽) 그리고 얼마 후, 이 가장 좋아하는 장소에서 '나'는 한 남성에게 무참히 짓밟힌 피해자가 되어 목격자를 찾는 현수막의 주인공이 된다. 공공장소는 그 이름의 뜻과는 달리 아무나 환대하진 않는다.

'묻지마 폭력'에서 '여성 혐오 범죄'에 이르기까지

도심 속 공원을 배경으로 소설은 젊은 여자에게 일어날 법한 일을 재현한다. 기영과 스스로조차 온전히 납득할 수 없는 연애를 하는 '나'는 기영의 집에 방문할 때마다 공원을 경유하며 시끄러운 속을 달랬지만, 그곳에서 늘 유쾌하고 화평한 시간만 보낸 것은 아니다. 큰 키에 짧은 머리, 화장하지 않은 얼굴에 헐렁한 옷을 입고 다니는 '나'는 검열과 충고 및 추근거림의 대상이 된다. 폐지를 줍는 노인은 '나'를 "아들"로 칭하다가 얼굴을 뜯어보고는 "딸"(154쪽)이라는 걸 깨닫고 "일찍일찍 다녀요. 말만한 처녀가"(155쪽)라는 말을 조언이랍시고 건네고, '나'가 앉은 벤치 옆에 굳이 자리를 잡고 앉아 전화통화를 엿듣던 남자는 불쾌한 추근거림을 시도하다 '나'가 자리를 박차고 일어서자 "어디 가. 안 잡아먹어"(157쪽)라는 말을 농담이랍시고 던진다.

"근데 너 남자야, 여자야?"(155쪽)라는 질문을 받고 여자임이 밝혀지면 가슴을 스캔당하는 일, 옷차림과 화장에 관해 조언을 듣는 일, 알고 보면 여성스러운 사람이라는 뒤틀린 위로를 듣는 일들로 얼마간 노이로제에 사로잡혀 있는 '나'이지만, 그렇다고 해서 이 공원을 완전히 포기할 마음은 없었다. 그러니까, "뭔 여자가 남자같이 하고 다"(159쪽)니냐며 시비를 거는 취객에게 욕으로 대꾸했다는 이유로 얻어터지는 일이 일어나기 전까지 말이다.

동기와 의도 없이 우발적으로 발생한다는 이른바 '묻지마 폭력'이 기실 여성, 어린이, 장애인, 성 소수자, 이주민 등과 같은 약자를 겨냥하며 일어나는 '혐오 범죄'와 중첩되어 있다는 사실은 이제 상식이다. 2010년대 페미니즘 대중화의 기폭제가 되었던 '강남역 화장실 살인사건'은 조현병에 시달리던 한 남자가 저지른 또하나의 '묻지마 살인'으로 수사가 종결됐지만, 대중들은 이를 '여성 혐오 범죄'로 명명하며 추모 운동을 일으켰고 사회에 만연한 증오의 정동과 페미사이드를 가시화했다. 폭력의 복합적 원인을 규명하기 위해서는 그간 그래왔던 것처럼 정신이 온전치 못한 개인의 일탈로 범행 동기를 일축할 것이 아니라 폭력이 주로 낮은 곳을 향해 흐른다는 사회학적 속성을 함께 고려해야 한다는 것이었다. 이처럼 여성들에게 일상적으로 일어나는 난행과 모욕이 성차별 사회의 구조적 폭력으로 명명되기까지, 별 이유가 없으니 묻지 말라는 사건들에 대해 묻고, 되묻고, 캐물어왔던 투쟁의 역사가 있다.

이 소설의 화자 '나'가 겪은 사건도 그러하다. 차림새가 여자답지 않다고 훈계하며 화장실 앞까지 따라붙은 술 취한 남자에게서 위험을 감지한 다른 여성이 남편을 불러 상황을 피하자고 제안하듯, 여성들은 그런 식의 위협이 결코 이유나 조건 없이 발생하는 폭력이 아니라 성을 근거 삼아 일어나는 여성 혐오 폭력임을 이미 알고 있다. 화가 났다고 해서 '누구에게나' 화를 내는 것도 아니고, '아무나' 골라 패는 것도 아니다. '나' 또한 남자에게 화가 난 상태이지만, "나는 실제로 그렇게 하지는 않았을 것이다"(160쪽). 반면 남자는 자기 말에 고분고분 대답하지 않았다는 이유로 낯모르는 이의 머리를 때린 후 도망가려는 사람을 사정없이 짓밟고 침을 뱉으며 지껄였다. "계집년이 어디서 까부냐고"(같은 쪽). 게다가 현장에는 '나'가 맞는 동안 "하던 일을 멈추고 쫓아와 모든 걸 지켜"(같은 쪽)본 사람들과 그것을 동영상으로 찍은 사람까지 있었다. 우발적이라는 이 모든 낱낱의 과정에는 '젠더화된 선택'들이 개입해 있었다.

그런데 상해를 입은 '나'가 더욱 패닉 상태에 빠지게 되는 이유는 신체의 통증이나 주취 상태를 심신미약으로 간주하여 감형해 주는 사법 관례에 대한 우려 때문만은 아니다. 달아난 가해자를 찾는 일도 목격자 진술을 확보하는 일도 어려워진 상황에서 홀로 피해를 입증해야 하는 '나'에게 가족과 경찰은 같은 질문을 한다.

"어디 가는 길이었습니까."(161쪽)

'피해자다움'의 정치학

성차별이 만연한 사회에서, 여성이 피해자일 경우 선량함과 무결함과 같은 전형적인 '피해자다움'에 합치하지 않는 것은 치명적이다. 여성의 옷차림과 태도를 지적하며 폭력의 원인을 피해자에게 교묘히 돌린 후 사생활까지 함부로 파헤치고 나면 사태는 이윽고 피해자의 행실을 기준으로 필연성을 갖추게 된다. '나'가 폭행 당시의 상황을 복기할 때 몇몇 구체적 사안들을 발설하는 일을 망설이는 것은 바로 그런 까닭이다.

'나'는 우선 시비를 거는 남자를 향해 "씨발, 그냥 꺼지세요!"(159쪽)라고 응수했던 것을 애인에게 말하지 못한다. 남자의 위협에 겁을 먹은 '나'가 방어 전략으로 사용한 욕이 마치 폭력에 정당성을 부여하는 요건으로 받아들여질지 모르기 때문이다. 가해자가 "마치 우리가 합의하에 링 위에서 서로를 때리며"(160쪽) 싸웠다고 여기듯이 '나'는 자신의 말이 폭력의 빌미를 제공한 것은 아닌지 불안해한다. "내가 그 남자에게 씨발이라고 했다는 것, 꺼지라고 했다는 것은 얘기하지 않았는데 그 사실을 알게 되면 기영은 내가 모든 일을 자초한 것이라고 말할지도 몰랐다."(162쪽)

더욱이 '나'는 자신이 그 밤에 어디에 가는 길이었는지를 얘기하지 못한다. 유부남인 애인의 집에 가는 길이었다고, 아내와 주말부부로 지내고 있는 남자와 부적절한 관계를 맺고 있다고 말하는 순간, 사건이 다른 방향으로 흐르게 될 것이라는 불안이 엄습했기 때문이다. '나'의 연애 상태와 폭행 사건은 아무런 관련이 없지만, 그것은 알려지는 순간 가장 중요한 사안으로 부각될 것이었다. "어딜 가는 길이었는지는 전혀 중요하지 않은 것 같으면서도 굉장히 중요"(161쪽)해지는 수사 과정 속에서 '나'는 산책을 나온 길이었다고 진술하게 된다.

'나'가 사건의 앞뒤를 꼼꼼히 말하지 못해 분열하는 그 모든 순간에도 함께 비난의 대상이 될 수 있는 기영은 차분하기만 하다. '나'의 몸에 난 상처에 연고를 발라주며 "그러니까 그리로 다니지 말라고 했잖아"(162쪽)라며 은근히 책망하고, 내연 관계가 밝혀질까 초조해하며 "우리 관계가 알려지면 아무도 네 편을 안 들어줄 거야. 너만 더 욕먹을 거야. 맞을 만한 짓을 했다고, 맞아도 싸다고 수군거릴 거야. 비도덕적인 인간의 말은 들을 가치도 믿을 이유도 없다고 하겠지"(161쪽)라며 충고한다. 마치 "자신은 무관하다는 듯"(162쪽)이 말이다. 가족, 경찰, 그 모든 이에게 다 밝힐 수 없는 비밀을 유일하게 공유하고 있는 애인에게조차 공포와 불안을 온전히 공감받을 수 없는 '나'는 그날 이후 지독한 '악취'가 자신을 싸고돈다고 느낀다. "아무리 씻어도 사라지지 않고 내내 나를 따라다녔다. (……) 길을 걸을 때면 사람들이 나를 흘깃거리며 저 사람한테서 악취가 나, 하고 수군대는 것만 같았다."(같은 쪽)

피해 의식이 영혼을 피폐하게 하고 당사자를 말려 죽이듯, 명백한 폭력을 당했다는 사실조차 부정당할 것이라는 불안 속에서 '나'는 스스로의 언행을 검열하고 만사를 불신하는 강박에 시달리기 시작한다. "나는 원래도 논리정연한 사람은 아니었는데, 늘 뭔가를 빼먹고 까먹고 헷갈리기 일쑤였는데 이제는 사소한 실수 하나도 해서는 안 되었다. 그 실수는 내가 실제로 겪은 일의 신빙성을 훼손해서 그걸 가짜로 만들어버릴지도 몰랐다."(168쪽)

사전, '인간적인 짓'들의 분류학

인간의 사고와 감정을 담고 있는 언어는 언제나 편향적이며 그 언어를 먹고 자라는 인간은 차별주의를 재생산하기 마련이다. 불평등은 용례가 되고 정의가 되어 공동체의 정신적 기반으로 계승된다. 못난 아버지 밑에서 못난 자식이 나온다는 말이 "개가 개를 낳지"(163쪽)로 표현되듯 '나'는 인간의 파렴치한 행동들이 개와 같은 짐승에 자주 비유된다는 것을 깨닫는다. '나'의 불륜이 "발정난 거지 뭐. 사람 아닌 거지"(162쪽)라고, 남자의 잔인한 폭력이 "개 패듯"(163쪽)이라고 비유되듯 말이다.

여자라는 단어에 딸린 속담 또한 비슷한 처지다. 여자는 사흘을 안 때리면 여우가 된다는 둥 익은 음식 같다는 둥 하는 말들이 그러하다. "여자는 셋이 모이면 시끄러운 반면 남자는 셋이 모이면 뭐든 할 수 있었다."(164쪽) 모르는 남자에게 얻어맞고도 사전에서 가해를 정당화하는 말밖에 찾을 수 없는 '나'는 억울하고 황당하다. "그런 식으로 사전에는 인간의 온갖 차별의 역사가 고스란히 담겨 있었다. (……) 인간적이라는 말은 그런 것이다. 그런 말들은, 그런 역사들은 계속 추가되고 있었다."(같은 쪽) 인간의 언어가 종 차별주의와 성차별주의에 기반했다는 것을 알게 된 '나'는 불안과 편집증의 나날을 보내며 '복날에 개 맞듯'이라는 관용구가 등재되어 있는 모든 사전측에 메일을 보내 삭제를 요청하고, 기영은 그 사실을 알고는 기함하고 만다. "너 지금 너무 한 생각에만 빠져 있어. 그냥 결과를 정해놓고 그 결과로 갈 수 있는 길만 생각하는 꼴이라고"(165쪽), "네 고통은 알겠지만 그래도 억지를 부리면 안 된다"(168쪽)고. 연인의 고통을 경청하고 다독여주는 대신 판정관처럼 구는 기영의 면전에 대고 '나'는 결국 비명을 내지른다. "악! 아악! 악!"(165쪽)

폭력의 경험을 기존의 언어로 번역하는 것이 불가함을 느꼈을 때 터져나온 '나'의 비명은 오래된 것이었다. '나'가 "비명이 내가 느끼는 감정과 가장 흡사"(같은 쪽)하다고 느낀 뒤 떠올린 것은 스무 살 때 버스에서 한 성추행 경험이다. 만원 버스 안에서 옆자리의 남자에게 추행을 당했고 그 모든 상황을 지켜보고 있던 다른 남자가 아무런 제지도 하지 않은 일이었다. 자리를 뜨려던 추행범은 팔꿈치로 '나'의 머리를 치더니, 단지 그 실수에 대해서만 얘기하듯 느물거리며 미안하단 말을 중얼거렸다. '나'는 뒤늦게야 비명을 질러 구조를 요청했다. "비명은 나의 언어였다. 그 순간 내게 가장 논리적이고 합당한 말이었다. 나는 사력을 다해 말하고 있었다."(167쪽) 그러나 남자가 되레 '나'를 폭행죄로 신고

하겠다고 화를 내고 주변 사람들이 '나'가 남학생이 아니었냐며 수군거리자 '나'는 사건을 잊기로 했다. "그렇게 소거해버린 일들이 많았다. 그런 것들은 어디에도 기록되지 않는데, 그때의 기분을 뭐라고 해야 좋을지 알 수가 없는데, 범죄를 저지르고도 되레 억울해하는 그 남자 같은 남자를 일컬을 말이 없는데, 사전에는 많은 말들이 꾸역꾸역 쌓여 있었다. 그것들이 모두 역겨웠다."(167~168쪽)

들끓는 악취 속에서 자신의 멍청함과 편향됨을 의심하며 점차 필사적이 되던 '나'는 와이프가 방문하니 집에 오지 말라는 기영 앞에서 결국 말문이 막힌다. "사랑? (……) 나는 모든 언어들이 끔찍해졌다."(169쪽) '나'의 경험과 욕망은 언어화되지 못한 채 비명과 악취와 침묵이 되지만, '나'를 향한 비난의 말은 성차별주의를 타고 사전에 등재된다. '나'는 이 언어적, 정서적, 정치적 고립 속에서 이제 혼자다.

다시, 광장이라는 공공장소에서

사람들이 북적거리는 곳이라면 어디에서나 풍기는 악취를 피해 '나'는 공원을 다시 방문한다. '나'의 눈에 비친 평화로운 한낮의 공원 풍경은 서글프다. 목격자를 찾는 현수막 속 불운은 사람들의 시선을 끌지 못한 채 나부끼고, 공원을 거니는 "모든 남자들이 그날 밤의 남자였다가 아니었다가"(170쪽) 한다고 느끼는 '나'

는 '공공'을 뜻하는 공원이라는 단어마저도 자신을 소외시킨다고 느낀다. 그래서 '나'는 "사전에서 나와 관련된 단어를 발견할 때마다 이상한 기분"(170~171쪽)이 든다. "그건 나를 포함하는 단어여야 하는데도 나를 배제해버린다."(171쪽)

그렇게 망연히 울고 있는 '나'에게 한 아이가 다가온다. "언니 울어요?"(같은 쪽) 그러나 '나'는 "우는 사람을 혼자 두고는 못"(172쪽) 간다는 그 아이 서영에게 차마 끔찍한 폭력 사건과 불륜 관계, 너덜너덜해진 마음의 이야기를 들려줄 수가 없다. 그렇게 말을 잇지 못하는 '나'에게 서영이 반려견 토리를 소개해주고, 셋은 잠시 다정하고 고요한 시간을 함께 보내며 교감한다. "개 패듯"(163쪽) 맞고 휘청이던 '나'는 개를 쓰다듬으며 문득 생각한다. "뜻대로 된 적은 별로 없지만 나는 사는 게 좋았다. 내가 겪은 모든 모욕들을 무슨 수를 써서라도 극복해내고 싶을 만큼 좋아한다. 그렇게 해서라도 사는 건 좋다. 살아서 개 같은 것들을 쓰다듬는 것은 특히나 더 좋다."(173쪽)

그러나 '나'의 마음은 여전히 극단을 오간다. '나'는 보드라운 강아지 토리를 쓰다듬으면서도 차오르는 적의를 여전히 감출 수 없다. "어떻게 하면 짓이겨버릴 수 있을까. 목을 졸라버릴 수 있을까. 찍소리도 못하게 아주 박살을 내버리고 싶다. 숨통을 끊어놓고 싶다. 그냥 쳐죽이고 싶다. (……) 개 같은 것들, 개 같은 것들, 개 같은 것들. 나는 그 말을 계속 되뇌었다. 되뇔수록 그 말은 내 속에서 박살나고 뭉개져서 원래 통용되는 의미로부터 벗어나 완전히 다른 의미로 조합되었다."(174쪽) '나'는 그렇게 들끓는 노여움과 부아, 순정한 호의와 애정을 롤러코스터처럼 오간다. 여성을 향해 반복되는 공공연한 폭력, 그 사실을 한사코 부정하려는 힘, 원한과 반성의 감각 속에 이 소설이라는 공원이 여기, 열려 있다.

'나'가 화를 입은 공원은 들개가 출몰한다는 소문이 떠도는 동시에 사랑스러운 반려견들이 산책하는 공간이다. 개를 '귀엽고 충실한 반려견'과 '고약하고 공격적인 들개'로 나누는 오래된 이분법은 인간의 가장 오래된 가축으로 진화해온 이 종족의 길들여짐과 유기의 역사로 인한 것이다. 들개가 짖으면 집개가 반응하는 이 공원은 다양한 계층의 사람들이 섞여 적대와 폭력, 기쁨과 사랑의 행위를 수행하고, 공유하고, 전파하는 공동체의 '광장'으로, 포함과 배제의 권력을 중층적으로 작동시킨다. '나' 역시 피해자인 한편 그러한 권력의 산물이다. 폐지 줍는 노인이 건넨 요구르트가 찝찝하고, 홀로 어슬렁거리는 사람보다는 가족 단위의 이용객을 볼 때 더 편안함을 느끼는 '나' 또한 중산층적 교양과 인구구성의 경계에 예민한 사람이다. '나'는 분노를 어떤 정치적 자원으로 승화시킬 수 있을 것인가. 원한과 복수의 재생산으로 지탱되는 '인간의 짓'을 또 반복하게 될 것인가, 아니라면 이제까지와는 다른 '인간의 짓'을 발명할 것인가.

그저 자신을 무시했다는 이유로 지나가는 여자를 무참하게 폭행하는 포악한 범죄자뿐 아니라 맞고 있는 사람을 멀찍이서 구경하는 목격자들, 가해자가 아니라 피해자의 동선을 수색하는 경찰, 그저 조심할 것을 강조하는 애인, 피해자의 사생활을 들추고 비난할 준비가 되어 있는 익명의 사람들까지. 우리는 이 광장에서 공중의 도덕과 시민됨의 윤리를 언제나 다시 협상해야 할 것이다. 개같이 사나운, 개같이 아름다운 소리가 웅성대는 이 공공장소에서.

오은교
2018년 문학동네신인상을 수상하며 평론을 발표하기 시작했다.

김혜진

미애

작가노트

희망의 얼굴

해설 선우은실

호혜 거래

김혜진
2012년 동아일보 신춘문예를 통해 작품활동을 시작했다. 소설집 『어비』 『너라는 생활』, 장편소설 『중앙역』 『딸에 대하여』 『9번의 일』 『경청』, 중편소설 『불과 나의 자서전』이 있다. 중앙장편문학상, 신동엽문학상, 이호철통일로문학상 특별상, 대산문학상, 2021년 젊은작가상을 수상했다.

미애

친구 주희의 빈 아파트에 처음 온 날, 미애는 대충 짐을 푼 다음 여섯 살짜리 딸 해민을 데리고 아파트 노인정으로 갔다. 매주 수요일, 거기서 엄마와 아이가 함께하는 독서 모임이 열린다는 공지를 보았기 때문이었다. 아파트 입주민을 대상으로 한다는 안내가 있었고, 미리 전화 연락을 바란다는 당부가 적혀 있었으나 미애는 무시했다.

전화를 걸고 이런저런 대화를 주고받다보면 결국 기준에 안 맞는다거나, 자격이 안 된다거나 하면서 거절당할 게 뻔해서였다.

며칠 전 내린 눈이 아파트 단지 여기저기 잿빛으로 뭉개져 있었다. 임대동인 주희의 아파트가 상대적으로 외곽에 위치한 탓에 걷는다고 걸어도 계속 같은 장소만 맴돌고 있다는 착각이 들었다. 놀이터와 운동기구, 테니스장과 관리사무소를 지나쳐 한참을 더 걷고 나서야 아담한 노인정 건물이 눈에 들어왔다. 눈과 얼음을 만지느라 자꾸만 뒤처지는 해민을 여러 차례 다그치고 난 다음이었다.

어머, 저희 모임에 오신 거예요?

노인정 문을 열고 조그마한 회의실 앞에 섰을 때, 네 명의 여자들과 네 명의 아이들이 돌아갈 채비를 하고 밖으로 나오려던 중이었다. 낮인데도 실내는 어두웠고 맵싸한 소독약 냄새가 배어났다. 마스크가 얼굴 대부분을 가리고 있었으나 당황한 기색은 다 숨겨지지 않았다. 이런 일이 처음인 듯 사람들은 서로의 얼굴을 바라보며 말을 고르는 눈치였고 미애와 잠깐씩 눈이 마주치면 어색하게라도 웃으려고 애썼다.

그것이 미애에게 어떤 확신을 주었다. 그러니까 이 사람들이 자신을 단번에 내치지는 않을 거라는, 그럴 수는 없을 거라는 여지 같은 것을 읽은 거였다.

원래는 저희가 여기서 모임을 하는데 코로나 때문에 당분간은 사용을 할 수가 없게 됐다네요. 지금 자리를 옮겨야 하나 어쩌나 그러는 중이에요.

그렇게 말한 건 체구가 작은 여자였고, 여자는 가방을 뒤져 안내문 하나를 건넸다. 일단 오늘은 그냥 돌려보낼 작정인 것 같았다.

아, 그러시구나. 저희 아이가 계속 졸라서 무작정 온 건데, 아무래도 다음에 연락드리고 다시 와야겠네요.

미애는 침착하게 대답하고는 곁에 서 있는 해민의 머리를 잠자코 쓰다듬었다.

엄마! 나 저 책 알아. 그때 내가 말했던 거 기억나? 쓰레기통 귀신 있잖아.

해민은 털모자를 쓴 아이가 안고 있는 커다란 그림책을 가리키며 소곤거렸다. 소곤거리는 것이었지만 모두가 다 들을 만큼 목소리가 컸다. 미애는 기억난다는 듯 말없이 고개를 끄덕이고 해민을 돌려세우려고 했다. 매사 겁이 없고, 고집이 세며, 그래서 하루에도 수십 번씩 자신의 마음을 들었다 놨다 하는 어린 딸이었지만 이런 상황에서는 제법 손발이 맞는 편이었다.

세상에, 손이 빨갛게 얼었네. 손 안 시려?

그 순간 안내문을 건네준 여자가 놀란 얼굴로 해민과 눈을 맞추었고, 그제야 미애는 빨갛게 언 아이의 손을 내려다보았다.

해민, 엄마가 고드름 만지지 말라고 말했지. 손 시리잖아. 이걸 왜 쥐고 있었어?

미애는 해민의 손에서 거의 다 녹아버린 고드름을 털어냈다. 아이의 손이 얼음처럼 차가웠다.

예쁘잖아. 진짜 보석 같아. 엄마 주려고.

해민이 혀를 살짝 내밀고 웃는 바람에 미애도 따라 웃을 수밖에 없었다. 그 순간엔 아이 장갑도 제대로 챙기지 않은 정신없는 엄마로 비칠지 모른다는 걱정 같은 건 말끔히 지워지고 없었다.

그래도 여기까지 오셨는데 차 한잔 하실래요? 어차피 오늘은 시간도 늦었고 마땅히 장소도 없으니 시간 되시는 분들은 저희 집에 가서 차나 한잔하고 가세요.

뒤쪽에서 눈치를 살피던 사람이 부드러운 목소리로 권했고,

1207동 708호 그 사람 집까지 따라간 뒤에야 미애는 송선우라는 그 사람의 이름을 처음 들었다. 훈기가 도는 집안은 말끔했고, 발코니 창 너머로 멀리 눈 쌓인 산의 풍경이 한눈에 들어왔다.

미카야!

현관 앞에서부터 꼬리를 흔들던 강아지가 아이들과 뒤섞여 정신없이 뛰어다니는데도 차분하고 고요한 실내의 분위기는 흐트러지지 않았다. 재연 엄마와 이찬 엄마, 규민 엄마까지. 다른 세 명의 엄마들과 형식적인 대화를 나누면서 미애는 조심스럽게 집안을 둘러보았고 선우가 내오는 차와 쿠키를 맛보았다. 앞으로 몇 년간은 아이를 키우는 데에만 집중할 거라는 선우의 말을 듣고 난 후에는 다른 사람들처럼 선우를 선우씨라거나 세아 엄마라고는 부르지 않겠다고 마음먹었다.

선우 언니.

한 주가 지나지 않아서 미애는 선우를 그렇게 부르기 시작했고, 이 주가 될 무렵에는 일 년 전 이혼하고 혼자 해민을 키우는 자신의 궁색하고 어려운 처지를 담담하게 고백했다. 친구 주희의 아파트에 머물 수 있는 삼 개월 안에 적당한 직장을 구하고 이사할 집도 알아봐야 한다는 사정까지 털어놓고 나서는 가끔 문자를 주고받는 사이가 되었다. 삼 주가 지났을 때는 선우가 먼저 해민을 맡아주겠다고 제안할 정도로 가까워졌다. 어차피 감염병 확산 추세에 따라 수시로 문을 닫는 어린이집과 유치원, 돌봄 센터 같은 기관에는 아이를 맡길 수 없는 상황이기도 했다.

해민, 엄마 봐. 세아랑 절대 싸우면 안 돼. 네가 언니잖아. 원래 언니가 양보하고 참는 거야. 엄마 말 무슨 말인지 알지?

처음 해민을 선우에게 맡기던 날, 미애는 차가운 복도에 아이를 세워놓고 거듭 당부했다. 일자리를 알아보고, 이사할 집을 구하고, 이런저런 비용을 마련해야 하는 미애로서는 꾸물거리고 있을 시간이 없었다.

엄마, 걱정하지 마. 세아 엄청 착해. 아줌마도 엄청 착하잖아!

그건 사실이었다. 미애가 해민을 데리러 오겠다고 약속한 시각을 번번이 넘기는데도 선우는 한 번도 못마땅한 기색을 내비친 적이 없었다. 오히려 늘 혼자였던 세아에게 함께 놀아주는 언니가 생겨서 기쁘다고 했고, 이왕 늦었으니 저녁도 먹고 가라며 미애를 붙잡을 때도 있었다.

그게 자신을 배려하는 말이고, 얼마간 빈말이라는 걸 알면서도 미애는 뭐든 거절하는 법이 없었다. 조금 더 있다 가라고 하면 그렇게 했고, 저녁을 먹자고 하면 같이 먹었다. 선우와 선우의 남편, 세아까지. 그 세 사람이 항상 편하고 좋아서는 아니었다. 다섯 살 세아는 끊임없이 어른들의 관심을 받고 싶어했고, 선우의 남편은 미애와 해민에게 쉬지 않고 질문을 던지는 사람이었다. 어쩐지 자신과 해민을 만만하게 여기는 듯한 강아지 미카도, 미애와 해민을 주시하고 있다가 밥과 반찬, 국 같은 것을 넘치게 채워 오는 선우의 모습도 부담스럽긴 마찬가지였다.

어떤 순간엔 선우 부부가 해민과 자신의 처지를 안쓰러워하는 것을 넘어 동정하고 있다는 걸 분명히 알 수 있었다. 그러나 레몬빛 조명 아래 정갈하게 놓인 그릇들과 정성과 온기를 머금은 음식, 뭐든 조금씩만 입에 넣고 느긋하게 음식을 씹어 삼키는 선우 부부와 그들을 둘러싼 집안 분위기가 어린 해민에게 끼칠 좋은 영향을 생각하면 그들 부부의 속마음은 그리 중요하지 않았다.

알아볼 때마다 조금씩 바뀌고, 한 번 들어서는 제대로 이해할 수도 없는 아동수당과 자립수당, 주거급여와 행복주택, 뉴딜 일자리와 공공 근로 같은 여러 정책의 세부를 두루 알고 있는 선우 부부가 도움이 되는 것도 사실이었다. 선우와 이야기를 나눌 때면 캄캄하던 머릿속에 조그마한 불빛이 켜지고 비로소 가느다란 길이 보이는 기분이었다. 이롭고 유용하며 꼭 필요한 정보들이 빼곡한 선우의 머릿속이 미애는 신기하고 놀랍고 부러웠다.

어쨌든 여섯 살 해민도 느낄 수 있을 만큼 선우가 좋은 사람인 건 분명했다. 아니, 좋은 것들을 많이 가진 사람이 틀림없었다. 선우가 처음 제안했고 벌써 몇 달째 이어지고 있다는 독서 모임도, 그 모임 사람들도, 미애가 지금껏 만나온 사람들과는 달랐다.

저도 어제부터 후원 시작했어요. 지난주에 재연 엄마 이야기 듣고 사실 조금 부끄럽더라고요. 말만 할 줄 알았지, 실천은 안 하고 사는구나 싶어서. 이찬이 보기에도 민망하고요.

그들은 항상 어려운 사람들을 도우려고 했고,

맞아. 한 번씩 그 트럭 방송 소리가 진짜 크게 들리긴 해. 출입 못하게 해달라고 민원 넣는 사람들도 있대요. 근데 매일 오는 것도 아니고, 그거 파는 게 그분들 생계잖아요. 그 트럭이 단지 안에 있으면 얼마나 있는다고. 참 다들 너무하지 않아요?

알지 못하는 누군가의 곤란한 처지를 헤아리려고 했고,

저기 아파트 단지 뒤쪽에 샛길 막는다는 이야기 들었죠? 보안 때문이라고는 하는데, 몸이 불편하신 분들도 있고 주변 동네 분들은 어떡해요? 다 그 길로 다니잖아요. 저희라도 나서서 이야기 해야 해요. 보안이니 안전이니 다 좋지만 이기적이잖아요.

대담하게 어떤 일을 도모하자고 제안할 때도 있었다.

때로는 비장하게까지 여겨져서 사정을 잘 모르는 미애조차 숙연한 마음이 들 정도였다. 그런 모습들이 놀랍고 얼마간 감동적으로 다가올 때가 없지 않았으나 미애의 눈에 점점 더 또렷하게 보이는 건 지금보다 더 나은 사람이 되고 싶다는 그들의 열망이었다. 그들에겐 더 나은 사람이 되고 싶다는 열망이 있었고, 그렇게 될 거라는 확신이 있었고, 그 확신을 지켜나갈 여유가 있었다. 그러니까 그것이 자신을 그 모임에 끼워준 진짜 이유라는 것을 미애는 모르지 않았다.

세아는 북극에 사는 곰 아저씨에게 어떤 이야기를 해주고 싶어?

플라스틱 섬을 없애려면 어떻게 해야 할까? 해민이가 방법을 알 것 같은데?

두 시간 남짓 이어지는 독서 모임에서 미애는 말이 없는 편이었다. 대체로 엄마들이 아이들에게 하는 질문은 답이 정해져 있어 선택의 여지가 없어 보였고, 아이들이 하는 대답도 옳고 바르고 선한 가치들에 둘러싸여 있어 숨이 막히긴 매한가지였다.

지금 당장은 별거 아닌 것 같아도 이게 정말 심각한 문제거든요. 결국 우리 애들이 감당해야 할 문제잖아요. 지금이라도 우리

어른들이 할 수 있는 일을 찾아서 해야죠.

그래서 누군가 확신에 찬 그런 말을 할 때마다 정색하고 반박하고 싶은 충동이 일 때가 잦았다. 제대로 된 직장도 없고, 당장 몇 달 뒤 이사할 집도 구하지 못했으며, 몇 년 뒤에 학부모가 될 자신에게 얼마나 많은 문제가 닥쳐올지도 알 수 없는 이런 상황에서 북극곰과 플라스틱 조각을 삼키는 고래까지 걱정해야 하느냐는 말이 목 끝까지 차오르는 거였다.

그렇죠. 맞아요.

그러나 미애는 미지근하게 동의를 표하는 수준에서 의견을 내고 말았다. 어차피 독서에 관심이 있어서 온 것이 아니었고 낯선 동네에서 어린 해민을 돌보려면 가깝게 알고 지낼 이웃이 무엇보다 필요했다. 자기 생각을 밝힌답시고 사람들의 마음을 불편하게 하느니 적당하게 동의를 표하고 그들이 선심 쓰듯 나누어주는 생필품 몇 가지를 받는 게 훨씬 이득이라는 것을 미애는 모르지 않았다.

사람들은 해민에게 동화책도 주고, 온라인 학습권도 주고, 수제 쿠키도 주고, 쿠션이나 인형 같은 것을 나눠주기도 했다. 미애에게 마른미역이나 냉동 떡, 미니 담요나 싸구려 기념품 같은 것을 건넬 때도 있었다. 이따금 정말 거절하고 싶은 물건이 없지는 않았으나 미애는 늘 고맙게 받았다. 그러지 않으면 다음을 기약할 수 없다는 걸 잘 알기 때문이었다.

엄마, 뚜껑은 따로야. 분리배출 배웠잖아!

엄마, 장바구니 챙겼어?

엄마, 저 사람들이 돼지고기를 안 먹는 건 나라가 달라서가 아니야. 종교 때문이야.

그럼에도 해민이 불쑥 그런 말을 할 때면 자신과 평생 상관도 없고, 관련도 없을 것 같은 그 독서 모임에서 나눈 이야기들이 구체적으로 되살아났다. 모든 게 지나치게 정답 같은 질문과 대답들. 옳은 것이 분명한 이야기들. 좋은 사람이라면 추구해야 하는 가치들. 마땅히 해야 하지만 아무나 할 수 없는 일들. 어쩌면 자신도, 해민도 살면서 그런 것들을 한 번쯤 꿈꿔볼 수 있지 않을까 하는 생각이 드는 거였다.

그건 희망의 모습과 비슷했다.

삶에 기대를 품는 것이 번번이 자신을 망친다는 결론에 이른 뒤로 미애는 가능한 한 희망을 가지지 않으려고 애쓰며 살았다. 노력하지 않는다는 의미는 아니었다. 다만 자신의 삶은 언제나 남들보다 더 많은 노력을 쏟아부어야만 했고, 그래서 희망을 부풀리는 능력이 불필요하게 발달한 거라고, 자칫하다간 다시금 눈덩이처럼 커진 희망 아래 깔려 죽을지도 모른다고 자신에게 수시로 경고하는 것만은 잊지 않으려고 했다.

그러나 다시금 희망이라고 할 만한 게 생겨나고 있었다. 아니, 사는 동안 그런 게 절실하지 않은 때가 한 번도 없었다는 걸 미애는 모르지 않았다.

잘 안 될지도 몰라. 안 될 수도 있어.

이 주가 지난 토요일 오후, 미애는 스스로에게 주의를 주며 집 근처 카페로 향했다. 마스크를 쓴 사람들로 붐비는 실내를 여러 차례 오간 뒤에야 여섯 명이 앉을 수 있는 직사각형 테이블의 끝자리를 겨우 차지할 수 있었다. 곤두선 표정으로 뭔가에 몰두한 다른 사람들을 방해하지 않으려고 미애는 조심스럽게 의자를 뺀 다음 엉덩이를 반쯤 걸친 자세로 앉았다.

유미애씨? 오래 기다리셨어요?

권실장이라는 사람은 약속한 시각보다 이십 분 늦게 왔다. 통화를 할 때마다 잠시만, 아마도, 글쎄요 같은 말을 요리조리 굴리며 능글맞게 굴던 남자는 실제로 보니 훨씬 어려 보였다. 이목구비는 또렷했고 붉은빛이 도는 이마와 통통한 볼은 광채가 날 지경이었다. 미애는 그가 자신보다 서너 살 아래일지도 모른다고 생각했고, 뭘 저렇게 잘 먹어서 얼굴에서 빛이 날 정도일까, 중얼거리다가 허리를 곧추세우며 자세를 바로 했다.

뭐가 많죠? 소액이긴 해도 대출은 대출이니까 절차대로 해야 하거든요. 자, 그럼 한번 볼까요?

권실장은 다른 테이블에서 의자를 끌고 와서 미애 곁에 앉았고 준비해온 서류들을 테이블 위에 본격적으로 펼쳐놓기 시작했다. 그가 움직일 때마다 셔츠에서 은은한 나무 향이 배어나왔다. 미애는 식은 커피를 한 모금씩 아껴 마시며 그의 이야기를 들었다. 그는 일반적인 절차라고 했고, 걱정할 게 없다고 했고, 너무 작아서 제대로 읽을 수도 없는 글자가 빼곡하게 적힌 서류들을 한 장씩 넘기다가 물었다. 미애가 준비해온 주민등록등본과 초본, 신분증 사본과 통장 사본, 가족관계증명서 따위의 서류를 건넸을 때였다.

자, 봅시다. 이혼하셨다고 했죠? 그럼 지금은 누구랑 같이 살아요? 부모님이랑 같이 계세요? 언니가 한 분 있네요. 연락은 자주 하세요?

생각하기에 따라서는 무례하다고 느낄 수 있는 질문이었으나 미애는 십여 년 전 아버지가 돌아가신 뒤 엄마는 고향에서 혼자 살고, 근교에 사는 세 살 터울의 언니와는 가끔 연락하는 편이라고 답했다. 그런 후엔 현재 이사 문제로 여섯 살짜리 딸 해민과 친구 집에 임시로 머물고 있으며, 가능한 한 빨리 새로 구한 집으로 이사할 계획이라고 말했다.

엄마와 언니를 못 본 지 이 년이 넘었고 앞으로도 보고 싶은 마음이 없다고, 그들과 살뜰하게 안부를 주고받는 사이였다면 사람들로 붐비는 카페에서 고작 이백만원을 대출받겠다고 취조나 심문 같은 이런 대화를 하고 있을 리 없지 않겠냐는 말은 하지 않았다. 보일러가 고장나서 거의 한데나 다름없는 월세방(그런 곳을 정말 집이라고 부를 수 있는지, 그런 집을 버젓이 임대하는 사람들을 어떻게 생각하는지 미애는 정말 묻고 싶었다)을 도망치듯 나왔고, 지방에 내려간 친구 주희에게 사정하다시피 해서 석 달만 집을 사용할 수 있게 된 거라고, 그 이후의 일은 생각하지도 않았고, 생각할 수도 없다는 말도 하지 못했다.

전남편은요? 연락해요?

서류 귀퉁이를 매만지던 권실장이 물었고 미애가 대답했다.

죽었다고 생각하고 살기로 했어요.

그가 고개를 들고 미애와 눈을 맞추었다. 사람들의 말소리와 음악 소리, 커피 머신 소음 같은 것들이 선명해졌고 그의 표정에 드러난 감정이 또렷하게 들여다보였다. 미애는 자신을 향하는 상대방의 흔하고 단순하며 얄팍하기 짝이 없는 그 감정을 물리치듯 가볍게 웃어 보였다.

그게 피차 편하잖아요.

그럼 여기 적힌 번호는 확실한 거죠?

권실장은 서류를 한 장 넘긴 뒤 엄마와 언니의 전화번호를 가리키며 물었다. 미애는 쥐고 있던 볼펜으로 약간 찌그러진 듯한 구 자와 팔 자를 고쳐쓴 뒤 그렇다고 답했다. 노트북을 펼쳐놓고 뭔가를 하던 맞은편 여자가 자꾸만 고개를 빼고 미애 쪽을 흘끔거렸다.

그럼 짧게 통화하시죠. 어머님이랑 언니분이랑요. 길게는 안 하셔도 돼요. 간단하게 안부만 묻고 끊으시면 됩니다. 저희도 확인은 해야 하니까요.

그가 그런 요구를 할 거라고는 예상하지 못했으나 미애는 당황한 기색을 들키지 않으려고 또 웃어 보였다. 그런 후엔 자꾸만 이쪽을 흘끔거리는 맞은편 여자를 잠깐 쏘아보았다. 눈동자에 얇은 막이 낀 듯 잠시 눈앞이 흐려졌고, 노트북과 여자와 그 너머 배경들이 출렁하고 한쪽으로 기울어지는 듯한 착각이 일었다.

미애는 금방이라도 허물어질 것 같은 시야를 붙잡듯 눈을 부릅떴고 부드럽게 사정했다.

이 시간에 전화하면 엄마가 놀라실 거예요. 워낙 걱정이 많은 분이거든요. 몇시쯤 됐죠? 언니가 직장에 있을 시간이네요. 아무래도 통화하기가 곤란할 거예요. 직원 복지가 그리 좋은 데가 아니거든요. 눈치도 많이 보이고. 사람들이 아주 빡빡하게 군대요.

몇 차례 부드럽게 거절의 뜻을 내비쳤으나 그는 그냥 넘어가 줄 생각이 없어 보였다. 그사이 테이블에 앉아 있던 몇 사람이 일어났고 눈치 빠른 사람들이 얼른 그 자리를 차지하고 앉았다. 호기심어린 사람들의 시선이 미애와 남자, 오크색 테이블 위에 놓인 새하얀 서류들을 빠르게 오갔다.

절차라서 저도 어쩔 수가 없어요. 잠깐이라도 통화는 하셔야 해요. 아, 잠시만요.

권실장이 전화를 받으러 자리를 비운 사이 미애는 재빨리 차단 설정을 풀고 엄마와 언니에게 문자메시지를 보냈다. 잠시 뒤에 전화할 테니 짧게 통화하자는 내용이었고, 정상적으로 통화하고 싶다거나 싸우고 싶지 않다는 말은 결국 쓰지 못했다. 다만 문장 끝에 웃는 얼굴의 이모티콘 하나를 넣었다.

권실장이 돌아오자마자 미애는 언니에게 먼저 전화했다.

미애니? 미애야? 정말 너 미애 맞아?

언니는 기다렸다는 듯 전화를 받았고, 미애의 건강과 안부를 챙기며 살갑게 굴었다. 미애는 곁에 앉은 권실장과 잠깐씩 눈을 맞추며 응, 아니야, 몰라, 진짜, 정말, 같은 애매한 대답을 최대한 자연스럽게 내뱉었다. 언니의 기분은 대체로 종잡을 수 없었고, 어떤 지점에서 균열이 시작되고 그 틈으로 뭐가 얼마나 쏟아져나올지 알 수 없었다. 미애는 깨지고 부서진 틈으로 쏟아져나오는 언니의 말과 감정들이 항상 버겁고 두려웠다.

미애야, 너 오랜만에 전화했는데 내가 이 말은 진짜 안 하려고 했거든.

그리고 차분하게 이어지던 언니의 목소리가 돌연 가라앉기 시작했다.

언니, 내가 한창 바쁠 때 전화했지? 시간 너무 많이 뺏었네.

미애는 그런 식으로 언니의 다음 말을 막아보려고 했다. 그러나 언니는 작정한 듯 다음 말을 쏟아냈다. 다시금 어딘가에 금이 가고 그 틈새로 붙잡고 있던 말들이 흘러나오는 게 분명했다.

언니는 몇 달 전 직장을 그만두었다고 말했고, 그만둔 게 아니라 쫓겨난 거나 다름없다고 말하다가 감염병이라는 좋은 핑곗거리로 자신처럼 힘없는 사람을 쉽게 내쫓는 사장과 회사의 행태에 불만을 터뜨렸다. 울분은 무능한 언니의 남편에게로 옮겨갔고 누구에게 위로도, 도움도 받을 수 없는 자신의 처지에 대한 한탄으로 이어지다가 미애에 대한 서운함으로 돌변했다.

너도 정말 그러는 거 아니야. 사는 거 안 힘든 사람이 어딨니? 힘들 때 의지하고 도와주고 그러는 게 가족이지. 넌 너 사는 것만 생각하지. 한 번이라도 내가 어찌 사나 생각이나 해봤어?

언니의 울먹이는 듯한 목소리가 휴대폰을 뚫고 나올 것 같았다. 이런 사적이고 내밀한 통화를 난생처음 보는 사람에게 들키고 싶은 마음은 없었다. 권실장이 듣는다면 대출 여부를 다시 고민할지도 몰랐다. 아니, 무엇보다 미애는 아직도 이런 이야기를 해야 하고 들어야 하는 언니와 자신의 처지가 한심하고 수치스러웠다.

언니, 나 지금 통화 오래 못해. 나중에 다시 연락할게.

결국 미애는 그렇게 말하고 전화를 끊어버렸다. 엄마의 경우는 상황이 더 나빴다. 전화를 받자마자 엄마는 사는 게 아주 끔찍하다고 한탄했고, 무슨 일로 전화를 했느냐고 추궁하다가, 뭔가를 눈치챈 사람처럼 쓸데없는 짓을 벌이지 말라고 거듭 충고했다. 이 년 전에 비해 탁하고 가늘어져서 미애에게 죄책감을 안겨주던 엄마의 목소리는 미애가 저질렀던 과거의 잘못된 선택을 열거하면서 기운을 얻었고, 미애로서는 결코 떠올리고 싶지 않은 지난 일들을 소환하면서 기세를 되찾았다.

엄마는 별일 없어? 어디 아픈 데는 없지?

미애가 몇 번 화제를 전환하려고 했으나 엄마는 막무가내였다. 그나마 기대를 걸었던 둘째 딸의 삶이 명백하게 실패했고 더는 자신이 의지할 수 없다는 절망감이 엄마를 다시금 보이지도 들리지도 않는 상태로 만들어버린 것 같았다.

미애는 또다시 엄마가 내뱉는 모진 말들에 다치고 싶은 마음이 없었다.

도대체 왜 그래? 잘 지내는지 물으면 너는 어떠냐 물어봐주는 게 어려워? 그런 정상적인 대화가 안 돼? 내가 뭘 해달라고 했어? 그냥 안부 전화 한 거잖아. 안부만 물었다고. 난 잘 지낸다, 너도 잘 지내라. 그 말이 도대체 왜 그렇게 어려운 건데?

미애는 대놓고 자신을 힐끔거리는 사람들을 똑바로 쏘아보며 계속 말했다. 어떻게든 엄마를 다독여볼 생각이었지만 힘껏 억누르고 있던 마음속의 뭔가가 솟구쳤고 점점 참을 수 없는 기분이

들었다. 그러니까 자신을 바라보는 카페 안 사람들의 눈빛이 우호적이었다면, 조금만 더 호의적이었더라면 치솟는 감정들을 어떻게든 억누를 수 있었을지도 몰랐다.

이제 죽을 날만 기다리는 나보단 새파랗게 젊은 네 형편이 아무래도 낫지. 안부 궁금하다는 애가 몇 년씩이나 전화 한 통도 없냐? 그렇게 걱정되거든 십원짜리 한 장이라도 좀 보내봐라. 말로만 안부 찾지 말고.

엄마는 그렇게 말했고 한마디 더 했다.

너 하는 꼴을 보니 네 새끼가 너한테 어떻게 할지 불 보듯 뻔하다, 뻔해.

그리고 그 말을 듣는 순간 자신에게 신경을 곤두세우고 있는 카페 안 모든 사람들이 야속하게 느껴졌고 어렵게 세운 마음속의 연약한 다짐들이 다시금 사정없이 흔들리는 느낌이 들었다. 미애는 엄마가 다른 말을 꺼내기 전에 전화를 끊어버렸고 엄마의 전화번호를 차단해버렸다.

들으셨죠? 저희 엄마예요.

미애의 통화를 지켜보던 권실장은 말없이 나머지 서류들을 확인했고, 차용증서와 계약서에 미애의 서명을 받은 뒤 한 시간 이내로 이자를 제한 백팔십만원이 입금될 거라고 말했다. 그런 후엔 오십 일 안에 원금과 이자를 합한 이백육십만원을 상환하면 된다고 설명했다.

혹시 몰라서 그런데요. 진짜 혹시 몰라서요. 만약 제날짜에 돈을 못 갚으면 어떻게 되는 거예요? 막 찾아와서 무섭게 하고 그러시나요?

거듭 궁금한 사항이 있느냐고 묻는 권실장에게 미애가 그렇게 질문했을 때 그는 웃으며 중얼거렸다.

에이, 요즘엔 그런 거 안 해요. 하면 큰일나죠. 다 불법적인 건데. 저희는 불법적인 건 안 하니까 걱정 안 하셔도 됩니다.

그럼 합법적으로 뭘 어떻게 할 거냐는 질문을 미애는 하지 않았다. 그것에 대한 답은 이미 들은 것이나 다름없었다. 그럴 경우엔 그가 엄마와 언니에게 전화를 걸어 미애의 속사정을 낱낱이 까발릴 것이고 그 수모는 언젠가 틀림없이 자신에게 고스란히 되돌아올 것이었다.

끔찍했다.

카페를 나온 미애는 코트 주머니에 두 손을 넣고 빠르게 걷기 시작했다. 흥분으로 뜨거워진 얼굴에 시린 바람이 와닿았다. 그제야 자신이 무슨 짓을 저질렀는지 알 것 같았고 겁이 나기 시작했다. 결국 미애는 아파트 단지 입구, 좁은 건물 틈에 서서 담배 한 대를 피웠고 옷에 밴 담배 냄새를 지우려고 아파트 단지를 몇 바퀴 돌았다.

마음은 진정되는 것 같다가도 한없이 작아지고 말할 수 없이 어두워지고 아주 사소한 기억에도 심하게 덜컹거렸다. 자신을 사로잡은 불안을 어린 해민에게 들키지 않을 자신이 없었다. 미애는 인적이 드문 놀이터 벤치에 앉아 있다가 비둘기들이 모여 있는 양지바른 곳을 서성거렸다.

선우에게 여러 번 전화가 걸려온 것은 나중에 알았다.

아파트 단지 안이었고 오 분이면 도착할 수 있는 거리였으므로 미애는 선우의 집으로 발길을 돌렸다. 그리고 엘리베이터 앞에 섰을 때 전화가 왔다.

미애씨, 어디야? 애들이랑 같이 있어?

선우였다.

언니, 나 지금 올라가요. 좀 늦었죠?

미애는 선우의 말을 제대로 알아듣지 못했다. 엘리베이터 문이 닫히기 직전 헬멧을 쓴 배달 기사가 뛰어들었고 비닐봉지 소리와 전화벨 소리 같은 것들로 주위가 시끄러워져서였다.

애들 미애씨랑 있는 거 아니었어? 난 미애씨가 데리고 나간 줄 알았는데.

현관문이 열리고 하얗게 질린 선우의 얼굴을 마주하고 나서야 미애는 무슨 일이 일어났는지 알 수 있었다. 선우는 잠깐, 정말 잠깐 주민 센터에 다녀왔다고 했고, 와서 보니 애들이 없었다고 했고, 강아지 미카까지 보이지 않아서 미애씨가 애들을 데리고 나갔나보다 생각했고, 미애씨와 통화가 되지 않아서 막 나가려던 참이라고 더듬거리다가 입술을 깨물었다.

늘 평온한 미소로 무장하고 있던 선우의 얼굴에 한 번도 보지 못한 표정이 섞여들었다. 그것이 미애를 두렵게 했다. 무서운 상상들이 차례로 일어나며 가슴이 두근거렸지만 미애는 침착하게 대꾸했다.

일단 나가요. 나가서 찾아봐요. 아직 몇 분 안 됐잖아. 애들 이 근처에 있을 거예요. 꼬맹이들이 어딜 가겠어요. 어디 갈 만한 데는 없어요? 누구 올 사람은요?

미애 자신조차 이렇게 차분함을 유지할 수 있다는 사실이 놀라울 지경이었다.

애기들? 애기들은 못 봤는데요.

주홍빛 난로 앞에서 불을 쬐던 경비원은 모자를 챙겨 쓴 뒤 아이들의 이름과 대략적인 인상착의를 묻고는 짤막하게 방송을 했다. 경비원이 방송을 하는 동안 선우는 독서 모임을 함께하는 엄마들에게 연락했고, 미애는 관리사무소로 뛰었다. 어쨌든 아파트 전체에 알릴 필요가 있다고 생각해서였다.

재연 엄마와 이찬 엄마가 차례로 왔다. 미애와 선우까지 모두 네 사람이 아이들의 이름을 외치며 아파트 단지를 돌기 시작했고, 그사이 CCTV를 확인한 경비원이 미카를 데리고 건물 출입구를 나가는 아이들의 모습을 확인했다고 알려주었다.

해민의 이름을 소리쳐 부르면서 미애는 해민을 선우에게 맡기는 게 아니었다고, 해민에게 무슨 일이 생긴다면 그건 모두 자신의 탓이라고, 그건 자신에게 일어난 일 중 가장 나쁜 일일 거라고 생각했다. 그럼에도 선우와 다른 엄마들에게 부정적인 인상을 심어주지 않으려고 최선을 다하는 중이었다.

그리고 잠시 후 누군가 아이들을 찾았다고 외치는 소리가 들렸다. 맞은편 아파트 건물 뒤편 화단이었다. 미애가 도착했을 때 미카를 안은 해민이 세아와 함께 어른들에게 둘러싸여 있었다.

세아야, 어디 갔었어? 엄마가 얼마나 찾았는지 알아?

미애보다 먼저 온 선우가 세아를 낚아채듯 끌어당겼다. 그런 후엔 세아를 힘껏 껴안은 채 울먹이기 시작했다. 그에 비하면 미애와 해민의 상봉은 덤덤해서 시시하게 느껴질 정도였다.

엄마, 나 일부러 그런 거 아니니까 화내지 마. 진짜 미안해.

심각한 상황이란 걸 눈치챈 해민이 다가와 소곤거렸고, 미애는 한쪽 눈을 찡긋하며 아이를 안았다.

그래, 괜찮아.

그러니까 미애는 그 소동이 그렇게 마무리될 거라고 생각했다. 어쨌든 무사히 아이들을 찾았으니 아이들이 하는 이야기를 듣고, 앞으로 주의해야 할 사항을 일러주고, 다시는 이런 일이 일어나지 않도록 신경을 쓰면 된다고 여겼다.

세아야, 괜찮아? 놀랐지? 아줌마랑 엄마랑 얼마나 찾아다녔는지 알아?

미애가 낑낑대는 미카를 돌려주기 위해 다가가자 선우는 저지하듯 한 손으로 세아를 감싸안았다.

세아는 한 번도 혼자 밖에 나간 적이 없거든요. 지금껏 키우면서 정말 한 번도 이런 일이 없었는데.

애들이야 늘 어디로 튈지 모르잖아요.

누군가 다독이듯 말했는데 선우는 선을 긋듯 한마디 더 했다.

아뇨. 정말 세아는 혼자 집밖에 나간 적이 없어요. 이런 적이 정말 한 번도 없었는데.

날이 선 선우의 목소리 탓에 느슨해졌던 분위기가 다시 얼어붙었다.

아주 길게 느껴졌지만 그 모든 일은 겨우 삼십 분 남짓한 시간에 벌어진 것이었다. 그건 우연히 일어난 해프닝이었고, 언제든지, 얼마든지 벌어질 수 있는 일이기도 했다. 그러나 선우는 짤막하게 고맙다는 인사를 남긴 뒤 세아와 미카를 데리고 자리를 떠버렸다.

엄마, 아줌마 화난 거 같지? 세아가 미카한테 눈 보여주고 싶다고 해서 같이 나간 거야. 저쪽에 아직 눈이 남아 있잖아. 근데 엄마, 나 이제 세아 집에 못 가?

아니, 아줌마가 많이 놀라서 그래. 내일 되면 괜찮아질 거야.

세아가 잘 이야기하겠지? 아줌마가 다 내 잘못이라고 생각하면 어떡해?

아닐 거야. 그래도 네가 잘못한 게 없다는 건 아니야. 엄마 말 무슨 말인지 알지?

집으로 돌아가는 길에 해민과 그런 대화를 주고받으며 미애는 정말 그렇게 믿었다. 시간이 필요하다고 여겼고 시간이 지나면 괜찮아질 거라고 생각했다. 그러나 한 주 뒤 해민을 데리고 독서 모임에 나갔을 때 선우도, 세아도 보이지 않았다. 세아가 갑자기 감기에 걸렸다고, 선우에게 급한 용무가 생겼다고, 이리저리 말을 돌리던 사람들은 모임이 끝날 무렵 심각한 얼굴로 더는 선우가 이 모임에 참석하지 않을 거라고 알려주었다.

왜요?

미애는 저쪽에서 쿠키 상자에 정신이 팔려 있는 해민과 아이들을 돌아보며 물었다. 서로의 얼굴을 보며 난감함을 공유하던 사람들 중 입을 연 것은 이찬 엄마였다.

해민 엄마, 아니, 미애씨. 내 말 오해하지 말고 들어요.

말을 꺼내는 이찬 엄마가 너무 곤혹스러워하는 탓에 얼굴을 마주보는 것조차 힘이 들 지경이었다. 그럼에도 미애는 이찬 엄마의 말이 끝날 때까지 기다렸다.

며칠 전 선우가 이찬 엄마에게 전화를 걸어 해민의 부주의함과 산만함을 탓한 것도, 수시로 해민을 맡기는 미애에 대한 불만을 토로한 것도, 더는 세아를 해민과 어울리게 하고 싶지 않다고 말한 것도 놀라웠지만, 선우가 더이상 이 모임에 나오지 않을 거라는 말보다 충격적이진 않았다.

왜요? 왜 안 오는데요?

미애씨, 우리 모임이 소규모이긴 해도 저희 나름대로 원칙이 있어요. 추구하는 가치도 있고요. 세아 엄마가 규민 엄마한테는 임대동 사는 사람을 받지 말자고까지 했다는데, 저희 다 그건 정말 아니라고 생각하거든요. 솔직히 저도 얼마나 놀랐는지 몰라요. 그래서 결정한 거예요. 뜻이 맞아야 뭐든 오래 같이할 수 있는데.

그래서 나오지 말라고 한 거예요? 선우 언니한테요?

결국 미애는 이찬 엄마의 말을 끊고 되물었다. 곁에 있던 규민 엄마가 말을 보태려 했지만 이미 그들의 이야기를 더 들을 기분이 아니었다.

아니, 그걸 왜 마음대로 결정해요? 나한테는 물어보지도 않았잖아요. 선우 언니가 그런 말을 한 게 뭐 어때서요. 할 수도 있지. 그날 엄청 놀랐을 거 아니에요. 아니, 그 몇 마디 했다고 그만 나오라고 해요?

미애씨. 아니, 해민 엄마. 생각을 해봐요. 세아 엄마가.

그냥 얼굴 보고 이야기하면 되는 일이잖아요. 내가 괜찮다는데, 내가 기분이 안 나쁘다는데, 왜 그걸 마음대로 결정해요? 나한테는 한마디 말도 없었잖아요.

어차피 세아 엄마, 미애씨 연락 받지도 않잖아요. 대화가 통할 것 같았으면 우리도 이렇게까지 안 해요. 미애씨, 이건 미애씨가 충분히 불쾌할 수 있는 일이에요.

아니거든요!

해민을 포함한 아이들이 자신을 바라보고 있다는 것을 알면서도 미애는 한마디 더 했다.

선우 언니 내보내면 내가 좋아할 줄 알았어요? 고마워할 줄 알았어요? 그게 나한테 도움이 되는 일이라고 생각해요? 자기네들끼리 멋대로 결정하면 그만이에요? 날 이 모임 멤버라고 생각하지도 않는 거잖아요.

미애는 그렇게 쏘아붙인 뒤, 아이들 틈에 앉은 해민을 데리고 그곳을 나왔다. 그리고 곧장 선우에게로 갔다. 선우가 자신의 전화를 받지 않고, 문자메시지에도 응답이 없었던 이유가 이 독서 모임 때문이라면 충분히 해명할 자신이 있어서였다.

언니, 나예요, 미애. 독서 모임 이야기 들었어요. 진짜 나도 몰랐어요. 그 사람들이 언니한테 그렇게 말했다는 거, 내가 알았으면 가만 안 있었을 거야. 내가 언니라도 정말 속상하고 기분 나빴을 거예요. 언니, 내 말 듣고 있어요?

여러 번 벨을 눌러도 현관문은 열리지 않고, 미카가 짖는 소리만이 요란했다. 멀리 엘리베이터 앞에 세워둔 해민이 고개를 빼고 자신을 바라볼 때마다 미애는 두 손으로 귀를 막는 시늉을 했다. 듣지 말라는 의미였다.

언니, 듣고 있죠? 나 그 사람들 말 신경 안 써요. 사실 언니 아니면 나 그 모임 나가지도 않았을 거야. 물론 좋은 것도 있었지. 배운 게 많긴 했어요. 그래도 언니랑 세아가 없었으면 그렇게 좋지도 않았을 거예요. 언니, 내 말 듣고 있어요?

미애는 어떻게든 문을 열 수 있는 말을 찾고 싶었고, 그럴수록 어떤 말로도 굳게 닫힌 저 문을 열 수 없을 거라는 확신이 커졌다. 그럼에도 미애는 계속 말했다. 나중엔 자신이 무슨 말을 하고 있는지도 알 수 없었다. 문이 열릴 거라는 기대와 결코 문이 열리지 않을 거라는 체념 사이에서 오락가락하던 마음이 한쪽으로 완전히 기울고 나서야 미애는 돌아섰다.

이틀 뒤 토요일 오후, 미애는 다시 선우를 찾아갔다. 딱히 아이를 맡길 곳이 없었으므로 해민과 함께였다.

언니, 나도 모르는 거 아니에요. 해민이가 워낙 조심성이 없고 왈가닥이잖아요. 해민이 보느라고 언니도 힘들었겠지. 알다시피 나도 정신이 너무 없었고요. 정말 미안해요. 사실 해민이 가졌을 때 태교를 거의 못 했거든요. 지금도 그렇지만 그때도 도와주는 사람이 하나도 없었어요. 그래서 그런가, 해민이가 좀 산만하긴 해요. 근데 언니, 정말이지 나랑 해민이한테 언니처럼 잘해준 사람이 없었어요. 언니, 듣고 있어요? 나 정말 고마운 거 많아요.

미애는 닫힌 문을 보며 말했고, 문에 등을 기댄 채 말했고, 난간 아래를 내려다보며 말했다. 말하다보면 왜 이러고 있나 하는 생각이 들었고, 이렇게 매달릴 수밖에 없는 자신의 처지가 안쓰럽고 서글펐다.

한참 만에 현관문을 열고 나온 건 선우의 남편이었다. 그는 정중하게 그만 돌아가달라고 부탁했다. 미애가 이런저런 말을 쏟아냈지만 그는 곤혹스러운 표정으로 지금은 곤란하다는 말을 여러 번 반복한 뒤 문을 닫아버렸다.

사흘 뒤 미애는 다시 선우를 찾아갔다. 이번에도 해민과 함께였다.

선우 말고는 해민을 맡길 사람도, 조언을 구할 사람도, 도움을 바랄 사람도 없기 때문만은 아니었다. 미애는 꼭 한번 선우를 만나고 싶었다. 얼굴을 마주하고 이야기하고 싶었고, 그러면 뭐든 나아질 것 같았다. 그리고 그날 선우는 기다렸다는 듯 마스크를 쓴 채 문밖으로 나왔다. 그런 후엔 미애와 해민을 마주할 용기가 없었고, 자신 안에 이렇게 많은 편견이 있는 줄 몰랐다며 미리 준비한 듯한 말을 또박또박 이어나가기 시작했다.

말은 그렇게 했지만 미안함도, 부끄러움도, 어떤 개선의 여지도 느껴지지 않는 목소리였다. 엘리베이터 앞에 서 있는 해민이 고개를 빼고 알은체를 하는데도 선우는 그쪽으로 고개 한 번 돌리지 않았다.

언니, 왜 그래요? 왜 그런 말을 해요? 난 다 이해해. 그럴 수 있어요.

미애는 어떻게든 선우의 마음을 돌리려고 애썼지만 선우는 미애를 모르는 사람 대하듯 했고, 데면데면하게 굴다가 모든 게 자신이 부족한 탓이고 그래서 미안하다는 말을 남긴 뒤 집안으로 들어가버렸다. 미애가 몇 번 더 문을 두드려봤지만 소용없었다.

미애는 웃기는 말이라고 생각했다. 솔직하지 못하다는 생각, 비겁하다는 생각. 끝까지 좋은 사람인 척 구는 게 역겹다는 생각마저 들었다. 아니, 이런 말을 듣고서도 도저히 포기가 되지 않고, 포기할 수 없는 자신의 처지가 지긋지긋했다.

미애는 해민과 함께 아파트 건물을 나왔다. 오가는 사람이 거의 없는 아파트 단지 안은 썰렁했고 적막하기까지 했다. 몇 걸음 앞서 걷던 해민이 돌아보며 물었다.

엄마, 울려고 그래? 울 거야?

아니, 왜?

엄마, 욕하고 나면 맨날 울잖아.

미애가 정신없이 쏟아내는 거친 말들을 해민이 고스란히 듣고 있었던 모양이었다.

들었어? 미안. 엄마가 안 들리게 속으로 할게.

미애는 근처 놀이터 벤치에 잠시 앉았다. 솟구쳤던 분노가 가라앉으면서 다시 걱정이 올라왔다. 앞으로 누구에게 해민을 맡겨야 할지, 맡길 수 있을지, 그런 도움 없이 어떻게 일을 구하고, 돈을 갚고, 집을 알아볼 수 있을지, 그게 다 가능하기나 할지 미애는 알 수 없었다.

저쪽에서 혼자 그네를 타고 놀던 해민이 큰 소리로 미애를 불렀다. 미애가 고개를 들고 알은체를 하자 해민이 소리쳤다.

엄마, 내가 세아한테 카드 쓸까?

미애가 이렇다 할 대답을 찾지 못하고 있는데 해민은 신이 난 목소리로 한마디 더 했다.

내 생각엔 아줌마보단 세아랑 말이 더 잘 통할 거 같아. 그치?

차고 건조한 겨울의 햇살이 아이를 둥그렇게 감싸고 있었다. 아이에게까지 자신의 속내를 다 들켜버렸다는 부끄러움은 순식간에 미안함과 속상함, 절망감 따위의 감정들을 불러오기 시작했다. 미애는 그런 불필요한 감정들에 사로잡혀 있을 여유가 없었고, 그러고 싶지도 않았다.

미애는 그런 것들을 뿌리치듯 자리에서 일어났고 큰 소리로 대답했다.

진짜? 해민이가 세아한테 카드 쓸 수 있어? 그럼 엄마랑 카드 사러 마트에 갈까?

좋아. 나 엄청 예쁜 거 살 거야!

그네에서 뛰어내리다시피 한 해민이 달려왔다. 미애는 턱까지 내려온 해민의 마스크를 제대로 씌워준 뒤 아이의 손을 잡았다. 아니, 작지만 단단한 아이의 손이 먼저 미애의 손을 힘껏 움켜쥐었다.

| 작가노트 |

희망의 얼굴

언젠가 길을 걷다가 이런 장면을 본 적이 있다.

지하철역 출구 앞에서 중년 여자가 큰 소리로 통화를 하고 있었다. "거기서 직진이야, 직진!" 그녀는 상대방에게 직진하라고 말하는 중이었다. "곧장 걸어와. 그대로 걸어오면 돼." 상대방을 보고 있나 싶어서 주변을 둘러보았는데 거긴 시야가 트인 곳이 아니었다. 굴다리가 있었고, 큰 건물들이 즐비한데다 오가는 사람도 많았다. 게다가 여자는 쏟아지는 햇살 탓에 지그시 눈을 감고 통화하는 중이었다.

스피커폰이어서 상대방의 목소리가 또렷하게 들렸다. 그 사람은 그 말을 도무지 이해하지 못하겠다는 듯 "직진이라고 하지 말고 방향을 일러줘야지." "곧장 걸으라는 게 무슨 말이야?" "직진이 대체 어느 쪽이야?" 하면서 혼란스러워했다.

나처럼 횡단보도 앞에서 신호를 기다리던 모든 사람이 그 대화를 듣고 있었음이 틀림없다. 신호가 바뀌었고 나는 길을 건넜다. "그래, 일단 걸어와. 쭉 걸어. 그럼 내가 보일 거야. 바로 보인다니까." 그런 말을 마지막으로 들었던 것도 같은데 그 두 사람이 만나는 건 확인하지 못했다.

나는 희망에 대해 이야기하고 싶었다.

희망이 있다, 희망을 가져라. 그렇게 말할 때의 확고하고 단호한 표정이 아니라, 주저하고 망설이면서도 어쨌든 한 걸음을 내딛는 순간을 포착하고 싶었다. 희망이라는 게 정말 있는지 없는지, 확신할 수 없으면서도 일단 가봐야겠다고 마음먹는 순간의 변화. 그 변화가 불러오는 찰나의 활력과 활기를 붙잡고 싶었던 것 같다.

희망이라는 것은 지금은 없는 어떤 것을 상상하는 힘이고 그것이 어디를 향해 가는지, 마침내 어디에 다다르게 될지는 알 수 없다. 그건 서 있는 자리에 따라, 자세에 따라, 잠깐 고개를 돌리면 또 달라지고 마는 직진의 방향처럼 유동적이고 가변적인 어떤 상태인지도 모르겠다.

좋지도 나쁘지도 않은, 선하지도 악하지도 않은, 논리와 이성으로는 설명되지 않고, 때때로 무모하고 터무니없기까지 한 어떤 것. 그러니까 희망은 그저 아주 작은 가능성을 담보한 에너지 같은 것이 아닐까, 하는 생각도 든다.

소설의 마지막 장면에서 여섯 살짜리 아이는 그네에서 뛰어내려 제 엄마에게로 달려온다. 지금 생각해보니 그 순간, 아이의 그 천진한 얼굴이 내가 말하고 싶었던 희망의 모습과 가장 닮아 있는 것도 같다.

| 해설 |

호혜 거래

선우은실

욕망조차 하나의 자본이라고 말할 수 있을까? 교환함으로써 더 나은 '품질'을 보증할 수만 있다면, 그래서 어떻게든 옳은 가치를 지향한다고 여겨지기만 한다면 더 나은 인간으로 보이고 싶어 하는 욕망을 교환 가능한 자본이라 말하는 것도 무리는 아닐 것이다. 김혜진의 「미애」에는 자신의 선의와 타인의 처지를 교환함으로써 어떤 욕망을 실현하려는 사람들이 등장한다. 임대동과 분양동이 나뉘어 있다는 사실로부터 위계적 구별 짓기를 시도하는 아파트 단지의 독서 모임 엄마들과, 그들과 관계 맺음으로써 어떤 이익(그러나 잉여가치가 아닌 생존의 문제와 직결되는)을 얻으려는 미애가 그들이다. 이곳의 엄마들은 옳은 이야기를 하고 그것을 행동으로 옮기는 사람들이다. 누군가를 후원함으로써 "항상 어려운 사람들을 도우려고 했고"(198쪽), 단지 내에서 소음을 일으켜 때로 민원을 발생시키는 트럭 장수의 생계를 딱하게 여기며 "알지 못하는 누군가의 곤란한 처지를 헤아리려고 했고"(198쪽), 단지 뒤쪽의 샛길로 다니는 통행자 및 노약자의 처지를 생각하여 "대담하게 어떤 일을 도모하자고 제안"(199쪽)하기도 한다.

그런데 언뜻 봐서는 아무런 문제도 없어 보이는 이 옳은 말과 행위를 읽어나가는 마음 한구석에 석연치 않은 감정이 슬며시 끼어든다. 추측건대 이들이 옳음을 행하는 방식에 자신이 '소유한 것'의 우월함에 근거한 시혜적 태도가 깔려 있기 때문일 것이나 이것이 이유의 전부는 아니다. 소설은 기본적으로 이들이 이면에 감춰둔 것을 구태여 파헤치지 않으면서 서사를 전개하고 있지만, 독자에게 미애에 대한 정보값을 더 많이 제공하며 그녀의 시점을 적극적으로 따라간다. 이렇게 초점화된 인물인 미애는 다름 아닌 엄마들 사이에서 그들의 '올바름'을 수혜받는 존재로, 그들의 동정이 닿는 쪽에 위치한다. 엄마들이 옳음과 선행이라는 형태로 미애에게 어떠한 것을 지원하면, 미애는 그것을 고마워하며 받는다. 이로써 엄마들은 그들이 되고자 했던 '좋은 사람'이 되고 미애는 자신이 필요로 했던 '지원'을 받는다. 그들의 호의는 미애의 시점에서 재해석되는데, 이 때문에 소설은 그저 옳은 삶을 사는 사람들 사이에서 불화하는 한 여성의 이야기로만 남지 않으며, 이들의 호혜에는 어딘가 미심쩍은 데가 있음이 암시된다.

미애는 일 년 전 이혼하고 여섯 살 난 딸 해민과 단둘이 지낸다. 미애는 사람이 도저히 살 수 없을 것 같은 월세방에서 벗어나기 위해 친구 주희에게 빈 아파트를 삼 개월만 쓰겠다고 사정한다. 아파트에 머무는 삼 개월 동안 미애는 새 거처와 직장을 구해야 하며 이러한 생계 활동을 하는 동안 아이를 맡길 곳을 필요로 한다. 이런 사정을 헤아려줄 만한 생활공동체를 찾는 일이 익숙한 듯 미애는 아파트의 독서 모임에 찾아가 "이 사람들이 자신을 단번에 내치지는 않을 거라는"(194쪽) 확신을 얻고 그 모임에 파고든다.

독서 모임의 엄마들은 '더 나은 삶'을 위해 실천해야 할 것을 아이들에게 가르치기도 하고 각종 생활에 필요할 만한 물품들을 나누기도 한다. 주로 받는 쪽은 미애와 미애의 딸 해민인데, "동화책" "온라인 학습권" "수제 쿠키" "쿠션이나 인형"부터 "마른 미역이나 냉동 떡, 미니 담요나 싸구려 기념품"(200쪽)까지도 건네받는다. 엄마들 중 특히 선우는 미애를 물심양면으로 돕는다. 해민을 자신의 딸 세아와 함께 돌보고, 미애에게 식사를 제안하며, 생계에 필요한 각종 정책에 대한 정보를 주기도 한다. 서술된 객관적 정보만 본다면 미애는 선우와 다른 엄마들의 선의에 분명히 도움을 얻고 있으며, 그들 역시 (설령 타인의 처지를 경유하여 '올바른 나'를 전시하려는 욕망이 투영되었다 할지라도) 이 모든 것을 오로지 '선한 자신'을 연출하기 위한 수단으로만 삼았다고 말할 수는 없어 보인다.

여기서 물어야 할 것은 주는 자와 받는 자가 얼마나 서로에게 진실되었는가가 아니다. 중요한 것은 그들의 교류에 각자의 욕망이 어떤 식으로 뒤얽혀 있는가다. 그들이 실제로 주고받은 것은 물건과 호의만이 아닌데, 여기서 다시 한번 미애의 시점을 따라가는 소설의 형식에 주목해야 한다. 미애의 시점에서 호혜의 장면들은 다음과 같이 재해석된다. 가령 "앞으로 몇 년간은 아이를 키우는 데만 집중할 거라는 선우의 말"을 들은 미애가 다른 사람들처럼 그녀를 "선우씨라거나 세아 엄마"가 아니라 "선우 언니"(196쪽)라고 부르기로 결정하는 장면을 보자. 이것은 친밀감의 표현이 아니다. 선우는 미애가 생계를 위해 구직 활동을 하는 동안 풍족한 자산과 그 여유로부터 비롯된 인격으로 해민을 안전하게 맡아줄 수 있는 사람이다. 미애가 자신의 처지를 노출하는 순간 자신은 그 모임의 구성원과 동등한 존재가 아니라 동정받고 연민받을 '만한' 사람이 되겠지만, 미애에게 그로부터 오는 수치심이나 모멸감은 당장 먹고사는 문제보다 우선일 수 없다. 미애는 "좋은 것들을 많이 가진 사람"(198쪽)들을 찾아내고 그들 사이에서 기꺼이 도움받는 입장을 자처함으로써 자신의 생계와 좋은 사람이 되기 위한 그들의 욕망을 교환한다. 그러니 '언니'라는 호칭은 (엄마들의 행위로 표상되는) 시혜적 정치성에 대한 욕망과 교환되는 친밀함을 표방하지만, 그 이면에는 미애가 선우에게 제공하는 자신의 약자성이 자리하고 있다.

이렇듯 미애의 관점을 고려할 때, 이들의 호혜적 관계는 다시 해석된다. 선우의 선행은 남을 동정하고 연민하고 그들에게 무언가를 베풂으로써 "더 나은 사람이 되고 싶다는 열망"의 표출이자 열망에 대한 "확신"(199쪽)의 실행과 같은 결에 놓여 있다. 미애는 이 관계에 응하기 위해 자신이 무엇을 해야 하는지 안다. 그래서 딱히 필요 없는 물건일지라도 관계의 유지를 위해 고마워하며 받고, "안쓰러워하는 것을 넘어 동정"(197쪽)하고 있다는 사실을 알면서도 짐짓 모른 체 그 역할을 받아들인다. 생활비 명목으로 이자율이 높은 대출을 받는 미애의 처지를 눈치챈 대금업자가 "흔하고 단순하며 얄팍하기 짝이 없는 그 감정"(204쪽)을 표정에 드러냈던 것과 미애의 혈육인 엄마와 언니가 불우하고 불행한 자신을 돕지 않는다며 미애에게 쏟아낸 악담은 원하는 바를 위해 상대를 일정한 관계 속에 배치하는데, 이때 미애에게 역할이 부여되는 방식이 선우와 관계를 맺을 때와 크게 다르지 않음은 물론이다.

해민과 세아가 무단 외출을 하고 난 뒤 미애와 선우의 관계가 틀어지고, 엄마들이 선우를 모임에서 제명하는 결말에 이르러 미애가 화를 내는 모습은 엄마들뿐 아니라 독자 역시 당혹스럽게 했을지도 모르겠다. 그도 그럴 것이 언제나 엄마들의 것을 감사히 받는 역할을 수행했던 미애가 그들의 정당성을 질책하고 있기 때문이다. 물론, 이러한 미애의 분노는 정당함이나 '올바름'과는 다소 다른 결을 지닌다. 엄마들과의 관계에서 미애에게 가장 중요한 것은 그들이 얼마나 올바른가를 판가름하는 것도, 자신이 얼마나 무해하게 감사할 줄 아는 인간인지를 증명하는 것도 아니다. 미애에게 이 모임의 시혜는 오직 미애의 생존을 가능케 할 때에만 가치 있다. 특히 선우 언니라는 중핵과 안온한 관계를 도모할 수 있을 때에야 이 거래의 장場에서 미애의 고유한 입지가 유효해진다. 관계의 가장 핵심적인 룰이 깨져버림으로써 간신히 붙잡은 생계 유지의 기회를 잃은 미애는 치밀어오르는 화를 억누르지 못한다.

「미애」는 자신의 올바름을 시혜적으로 증명하기 위해 타인의 한 부분을 거래의 조건으로 저당잡는 과정에서 '도움받을 만한' 자격이 어떻게 응당 자발적으로 증명되어야 하는 것으로 둔갑하고야 마는지를 그린다. 그러나 그뿐만은 아니다. 시혜하는 이의 위신을 위하여 '약자다움'을 요구받는 인물을 초점화함으로써 이 호혜 관계 이면에 내밀한 욕망의 거래가 자리하고 있음을 보여준다는 것이 이 소설의 확장적 성취겠다. 미애와 해민이 두 손을 맞잡는 마지막 장면의 온도를 감히 앞날에 대한 희망을 암시하는 듯한 온기로도, 더는 물러설 데 없는 절박하고도 비정한 마음에서 느껴지는 서늘함만으로도 짚어 말하기 어려운 까닭이다.

선우은실
2016년 경향신문 신춘문예를 통해 평론을 발표하기 시작했다.

서수진

골드러시

작가노트

온 힘을 다해 움켜쥔 것

해설 소유정

유예된 끝

서수진
2020년 『코리안 티처』로 한겨레문학상을 수상하며 작품활동을 시작했다.
장편소설 『올리앤더』, 중편소설 『유진과 데이브』가 있다.

골드러시

진우와 서인은 끝없이 펼쳐진 붉은 흙 위를 달리고 있었다. 옆으로 에뮤 떼가 지나가기도 하고, 개를 닮은 딩고가 가만히 앉아서 둘의 차를 바라보기도 했다. 캥거루도 심심치 않게 보였는데 그때마다 진우는 긴장했다. 캥거루가 길에 뛰어들어 차에 부딪히면 차가 반파된다고 들었다. 그래서 서인이 캥거루가 바로 길옆에 있다고 외쳤을 때 진우는 곧장 브레이크를 밟으면서 차를 반대편으로 틀었다.

도로에서 아주 가까운 곳에 캥거루가 우두커니 앉아 있었다. 서인이 먼저 차에서 내리고 진우가 따라 내렸다. 서인은 성큼성큼 도로를 건너서 캥거루에게 다가갔다. 그들이 가까이 다가가자 캥거루는 도망치려는 듯 버둥거렸으나 제대로 움직이지 못했다. 그제야 캥거루의 다리와 주변의 흙이 피로 물들어 검게 변한 것이 보였다. 캥거루는 진우와 서인을 올려다보며 머리를 힘없이 흔들었다.

"병원에 데려가야 하는 거 아니야?"

서인이 물었다.

"무슨 수로?"

"그럼 신고라도 하자."

"다친 캥거루를 구조하러 이 사막에 와달라고? 치료비는 네가 낼 거야?"

"그렇다고 그냥 둬?"

캥거루는 이제 버둥거리지도 않았다. 진우와 서인이 떠나면 딩고와 까마귀에게 산 채로 뜯어먹히게 될 것이었다. 진우는 하늘을 올려다보았다. 이글거리는 해 옆으로 검은 새 한 마리가 빙글빙글 돌고 있었다.

"예약 시간에 맞추려면 빨리 가야 해. 그만 가자."

"그냥 두고 가자고?"

"그럼 네가 남아서 뭐라도 해보든가."

진우는 먼저 차로 돌아갔다. 서인은 그 자리에 서 있었다. 진우는 운전석에 올라 앞에 펼쳐진 길을 바라보았다. 길 끝에 물웅덩이가 있었다. 신기루였다. 진우는 눈을 감고 시트에 머리를 기댔다. 차를 돌려서 집으로 돌아가고 싶었다.

골드러시 체험 상품이라고 했다.

지하 광산을 개조해 만든 숙소에서의 일박과 금광 체험, 오프

로드를 달릴 수 있는 사륜구동 렌터카가 포함된 상품인데 여행사 프로모션으로 반값 할인을 한다는 거였다. 서인은 진우에게 묻지도 않고 여행을 예약한 후에 일정을 통보했다. 매장에 이야기해서 휴가를 내라고 했다. 진우는 요즘 식당이 바빠서 휴가를 낼 수 없다고 잘라 말했다.

"다른 사람이랑 가."

"내가 친구가 어딨어."

서인과 나누는 대화는 늘 이런 식이었다. 서인은 자신의 상황을 자학적으로 깔아뭉갰는데, 그렇게 된 데에 진우의 책임이 있다고 추궁하는 것처럼 들렸다.

"그럼 혼자 다녀오든가."

"렌터카를 빌려주는 거라니까."

서인은 운전을 하지 못했다. 그러니까 이 대화는 서인이 혼자 장을 보러 가지도 못하고, 어디로 외출하고 싶어도 진우의 도움을 빌려야 하는 처지인데 진우는 늘 바쁘다는 힐난으로 향해가는 게 분명했다.

"그럼 취소해."

"프로모션 상품이라 취소 못해."

"내가 위약금 낼게."

서인은 말없이 진우를 쏘아보았다. 쌍꺼풀이 짙고 커다란 그 눈은 한때 진우가 수없이 입을 맞췄던 것이었다. 그녀의 작고 낮은 코와 얇은 입술도 못 견디게 사랑했었다. 그러나 이제는 그 모든 것들이 서인의 유약하고 의존적인 성격을 드러내는 것만 같았다.

"결혼 칠 주년이야."

둘은 첫번째 결혼기념일 이후로 한 번도 결혼기념일을 챙긴 적이 없었다. 그런데 이제 와 결혼기념일이라니. 진우는 후에 곱씹을수록 화가 났지만 서인이 처음 그 말을 꺼냈을 때는 칠 년이라는 시간에 압도되어서 다른 말을 하지 못했다. 서인과 칠 년을 부부로 지내왔다니 믿을 수 없었다. 언제 시간이 그렇게 흘렀던가. 무슨 생각으로 칠 년이라는 시간을 보내온 건지 알 수 없었다.

진우와 서인은 칠 년 전에 한국에서 혼인신고를 했고, 그로부터 삼 개월 전에 퍼스의 셰어 하우스에서 처음 만났다.

퍼스는 호주 서쪽의 도시로 시드니나 멜버른에 비해 인구가 적었고 그래서 일자리를 찾기가 더 쉬웠다. 진우가 일하는 일식당은 퍼스의 시내에 있었는데 식당에서 가까운 곳에 있는 아파트를 렌트해 직원들의 셰어 하우스로 사용했다. 방 세 개짜리 아파트에서 직원 열 명이 살았고, 진우와 서인은 거실을 나눠 썼다.

거실 한가운데 커튼을 치고 서인은 소파에서, 진우는 바닥에 얇은 폼 매트리스를 깔아놓고 잤다. 주방에서 일하는 진우의 출근 시간이 홀에서 일하는 서인보다 일렀기 때문에 진우의 알람이 먼저 울렸다. 진우가 아무리 서둘러 알람을 끄고 조심스럽게 이불을 개도 서인은 이내 일어났다.

"지금 나가는 거야?"

커튼 뒤에서 서인이 잠이 묻은 목소리로 물었다. 진우는 깨워서 미안하다고 말하고는 얼른 옷가지를 챙겨서 일어났다. 세수하는 내내 서인이 다시 잠들지 못하는 건 아닐까 걱정했다. 그러나 서인은 그것에 대해 불평하는 법이 없었다. 오히려 셰어생들이 다 같이 술을 마실 때면 꼭 진우 옆에 앉아서 전날 자신이 코를 골지는 않았냐며 살갑게 말을 걸었다. 둘이 사귀게 된 날 밤에는 술에 취해 진우의 어깨에 머리를 기대고 진우와 거실을 나눠 써서 다행이라고 했다. 자신은 잠드는 것이 어려운데 진우가 잠든 후에 내는 고른 숨소리가 백색소음처럼 심리적인 안정을 준다는 거였다.

연애를 시작하자마자 둘은 비자에 대해 논의하기 시작했다. 서인의 워킹 홀리데이 비자가 끝나가고 있었다. 서인은 비자가 만료되면 한국으로 돌아가고 싶어했다. 그러나 진우는 이미 식당 사장으로부터 457 비자 지원을 약속받은 후였다.

457 비자를 약속받기까지 진우는 최저 시급의 칠십 퍼센트만 받으며 일했다. 휴식 시간에도 쉬지 않았고 정규 근무 시간보다 매일 서너 시간씩 더 일했다. 사장은 진우의 휴무일에도 때때로 그를 불러서 종일 매장 재고 정리를 시킨 다음 밥을 한 끼 사주고 돌려보내고는 했다. 457 비자를 신청한 이후에는 심사를 대비해 최저 시급을 훨씬 웃도는 법정 금액을 급여로 지급해야 했기 때문에, 진우는 통장에 들어오는 급여의 절반을 사장에게 현금으로 되돌려주기로 약속했다. 사업체가 지불해야 하는 비자 신청비나 변호사 수임료 따위도 모두 진우가 내기로 했다.

따지고 보면 불법이 아닌 것이 없었지만 그건 호주 업체에 해당하는 이야기였고 한인 업체에서는 관례로 여겨지는 일들이었다. 진우뿐만 아니라 한인 식당, 한인 슈퍼, 한인 여행사에서 일하는 한국인들은 모두 그런 대우를 받으며 일했다. 457 비자를 신청해준다는 명목으로 주에 오십 시간씩 일을 시키면서 주급으로 백 불만을 주는 업체도 있었다. 이 년을 무상으로 일해주고 비자를 얻는 것과 마찬가지였다. 그러니 진우의 사장은 악덕 업주 축에도 끼지 못한다고들 했다. 진우 역시 부당한 처우에 불평하기보다는 자신이 비자를 받을 수 있다는 사실을 기쁘게 생각했다.

457 비자로 이 년을 일하면 영주권을 신청할 수 있었다. 그러면 많은 것이 달라질 거였다. 급여는 적어도 두 배, 경력을 고려하면 세 배가 될 터였고 법정 유급휴가 사 주에 공공 의료와 공교육이 무료였다. 진우는 한국에서는 누릴 수 없는 것들을 약속하며 서인을 설득했다.

한국에서 혼인신고만 하고 돌아온 이후에도 문제가 남아 있었다. 457 비자를 신청하기 위해서는 영어 점수가 필요했는데 주에 칠십이 시간씩 일하는 진우로서는 공부할 시간을 내기가 쉽지 않았다. 필요한 점수를 받으려면 일을 그만두고 몇 달간 시험 준비에 전념해야 했는데, 진우의 시급이 서인보다 높았고 홀에서 영어로 서빙을 하는 서인의 영어 실력이 진우에 비해 훨씬 나았으므로, 진우가 일을 하고 서인은 영어 공부를 하기로 했다. 그렇게 진우 대신 서인의 이름으로 비자 신청을 하게 되었다.

그후로는 모든 일이 순조롭게 흘러갔다. 서인은 영어 시험에서 좋은 점수를 받았고, 오래지 않아 서인의 이름으로 457 비자가 나왔다. 진우는 곧장 파트너 비자를 신청했다. 파트너 비자까지 승인이 나자 진우와 서인은 마스터 룸으로 이사하기로 했다.

진우가 한국 교민 웹 사이트에서 괜찮은 셰어 하우스를 찾았다. 한국인 마스터가 렌트한 아파트를 한국인 셰어생들에게 다시 렌트하는 식이었다. 진우와 서인은 보증금과 함께 한 달 치 렌트비를 완납하고 안방 격인 마스터 룸을 얻었다. 마스터 룸에는 욕조가 딸린 화장실이 있었다. 둘은 그날 밤 오랜 시간 목욕을 했다.

이사하고 사흘이 지난 저녁, 경찰이 찾아왔고 당장 집을 비우라고 했다. 렌트비와 공과금을 삼 개월 연체했다는 것이 이유였다. 경찰은 한 시간을 줄 테니 필요한 물건을 챙기라고 했고 진우와 서인은 책상과 옷장, 서랍장 사이를 뛰어다니며 노트북과 옷가지, 신발을 각자의 캐리어에 마구잡이로 구겨 넣었다. 가구와 가전은 모두 마스터의 것이었으나 폐기처분된다는 경찰의 말에 진우는 서인에게 캐리어를 맡기고 텔레비전을 들었다. 한국인 마스터는 전화를 받지 않았다. 진우는 주변의 한인들을 수소문해, 마스터가 수 명의 셰어생들에게 받은 보증금과 월세를 챙겨 한국으로 돌아갔다는 것을 알게 되었다.

그후 식당의 셰어 하우스로 돌아가 한 달간 거실에서 지내면서 서인은 호주 부동산 중개소에 직접 찾아가 집을 구했다. 부동산 업자가 날짜를 정해 집을 공개하는 인스펙션에 참가해 아파트를 꼼꼼히 살폈다. 세 번의 인스펙션에 다녀온 후에 서인은 한 곳을 골라 렌트 신청서를 작성했다.

"중요한 건 중국인들과 싸워 이기는 거야."

서인은 비장하게 말했다.

"중국 사람들은 아파트가 마음에 들면 제시된 렌트비에서 삼십 불을 올려서 신청서를 낸대."

서인은 삼십오 불을 올려서 냈다. 사장에게 추천서를 받아 진우의 급여 명세서와 함께 제출했다. 은행 잔고 증명을 위해 입출금 내역서도 제출해야 했는데, 서인이 주변에서 돈을 빌려 진우의 통장 잔고를 불려놨다. 그렇게 렌트 승인을 받았다.

이사하던 날 진우와 서인은 그들만의 아파트에서 창문을 활짝 열어놓고 삼겹살을 구웠고, 소주를 다섯 병이나 비웠다. 둘은 얼굴이 붉게 달아오른 채로 그들 앞에 펼쳐질 미래에 대해 이야기했다. 아이가 마음껏 뛰어놀 수 있도록 정원이 딸린 집을 살 것이다. 크리스마스 휴가에 바닷가의 집을 한 달간 빌릴 것이다. 아이의 방학이면 캠핑카를 타고 호주의 사막을 여행하며 반짝이는 별로 가득찬 밤하늘을 하염없이 바라볼 것이다. 서인은 마치 그 모든 것들을 바라보고 있기라도 한 듯이 환하게 빛나는 얼굴을 했다. 진우는 서인의 말에 그래, 그래, 대답하면서 고개를 끄덕였다.

"정말 좋겠지."

서인의 말에 진우는 대답 대신 손을 뻗어 서인의 얼굴을 쓰다듬었다.

그날 밤 그 누구도 누운 적이 없는 새 침대에 누워서 진우는 자신이 서인을 얼마나 사랑하는지 말하고 싶었으나 서인은 이미 잠들어 있었다. 서인은 이제 진우보다 먼저 잠들 때가 많았고, 아침에 진우가 나갈 때도 잠에서 깨지 않았다. 진우는 서인의 잠든 얼굴을 바라보면서 서인을 만나다니 정말 운이 좋다, 더 열심히 살아야지, 그런 생각을 했다. 그리고 일 년 후 서인이 다른 남자와 잤다는 걸 알게 되었다.

홀에 새로 들어온 스물두 살 남자애였다. 전체 회식을 하면서 진우와 몇 마디를 나누기도 했었다. 아직 얼굴에 여드름 자국이 남아 있고 말끝마다 욕설을 내뱉는 애였다. 서인이 진우의 매장에 찾아왔을 때 둘이 인사를 나누는 것을 본 적이 있지만 그게 전부였다. 도대체 언제부터였을까.

서인은 그 남자애를 사랑한다고 했다. 그 남자애도 서인을 사랑한다고 했다면서 같이 한국으로 돌아가겠다고 했다. 진우에게 미안하다며 울었지만 정작 진우가 화를 내자 서인은 더 크게 소리쳤다.

"내가 얼마나 외로웠는지 알기는 해? 여기에는 가족도 친구도 없는데 너는 늘 바쁘고."

진우는 서인을 때리고 싶었다. 뺨을 갈기고 그 작은 어깨를 잡아 마구 흔들고 싶었다. 둘 다 죽여버리겠다고 소리치고 싶었다. 그러나 그럴 수 없었다. 몇 주에 걸쳐서 같은 싸움을 계속하는 동안 진우에게 점점 더 명확하게 다가온 것은 서인이 돌아간다면 진우의 비자가 취소되어버린다는 사실이었다.

헤드 셰프로 일하면서 457 비자를 얻어낸 것은 진우였지만 서류상에는 서인의 이름으로 되어 있었다. 진우는 서인의 파트너 자격으로 거주를 허락받은 것뿐이었다. 진우가 영어 점수를 받고 다시 비자를 신청하기까지 시간이 얼마나 걸릴지 알 수 없었다. 한번 비자가 취소되면 그후로는 다시 받기가 더 어려워진다는 것도 잘 알고 있었다.

진우는 서인에게 한국에 가지 말라고 했다. 처음에는 비자를 이유로 들지 않았지만 결국 영주권을 받을 때까지만 기다려달라고 했다. 서인은 그렇게는 살 수 없다고 했다.

"나 개랑 잤어. 내가 너랑 어떻게 살아."

"네가 정 원하면 개랑 가서 살아."

진우는 서인에게 무릎을 꿇었다.

"제발 일 년만 기다려줘. 그냥 호주에만 있어줘, 제발. 부탁이야."

숙소에 도착했을 때는 벌써 해가 저물어가고 있었다. 버려진 경주의 고분처럼 보이는 낮은 언덕에 문이 나 있었다. 문을 여니 어두컴컴한 계단이 아래로 향해 있었다. 양쪽 벽에 달린 작은 램프에서 희미한 빛이 새어나왔지만 그래도 발아래 바닥이 선명하게 보이지 않았다.

프런트에는 아무도 없었다. 한참을 기다려도 아무도 나오지 않았다. 서인이 이메일을 뒤져 직원에게 전화를 걸어보았지만 받지 않는 듯했다. 진우는 서인이 잘못 예약한 거라고 생각했다. 프로모션은 처음부터 사기였던 것이다. 골드러시 같은 허황한 이름에 속아넘어간 서인 탓이다.

진우는 서인을 몰아세우고 싶었다. 이게 도대체 뭐냐고, 오지 말자고 하지 않았냐고, 결혼기념일 여행이라니 처음부터 말도 안 되는 거였다고. 그때 복도 끝에서 한 남자가 걸어나왔다.

배가 한껏 나온 백인 남자가 만면에 웃음을 띠고 인사를 했다. 남자는 양팔을 벌리면서 자신이 주인이라고 했다.

"시원하지 않냐고. 여긴 냉방이 필요가 없대."

서인이 주인의 말을 옮겨주었다. 반팔을 입은 진우의 팔에 닭살이 돋았다. 서인을 흘긋 돌아보니 양팔을 끌어안고 있었다.

주인은 진우와 서인을 이끌고 숙소의 이곳저곳을 보여주었다. 서인은 하나하나 진우에게 통역해주었다.

"저녁은 여기에서 먹는 거래. 계산은 체크아웃할 때 하면 된다고 하네. 여기서는 별이 잘 보이니까 꼭 봐야 한대. 별을 보려면 이쪽으로 나가면 된다네. 이 복도 끝에 유리문이 있는데 잠가두고 있으니 들어올 때 꼭 다시 잠가달래. 곧장 외부로 통하는 문이라 문단속을 잘해야 한다고."

좁은 복도의 벽과 천장이 둥그렇게 이어져 있었다. 울퉁불퉁한 표면이 하나의 거대한 암석의 단면으로 보였다. 주인은 진우와 서인의 방에 먼저 들어가 불을 켜주었다. 낮은 조도의 조명 아래 흡사 동굴 같은 방이 드러났다. 허리까지 올라오는 높은 침대가 중앙에 놓여 있고 양옆으로 협탁과 옷장이 자리하고 있었다. 옷장 옆에는 작은 화장실로 통하는 문이 있었다. 침대의 헤드와 옷장, 그리고 협탁과 화장실 문까지 모두 짙은 밤색에 별다른 장식이 없는 네모난 모양이었다. 골드러시 체험 상품의 숙소라기에는 지나치게 검소하고 음울해 보였다.

주인이 나가고 서인은 울퉁불퉁한 벽을 만져보면서 방의 여기저기를 둘러보았다. 진우는 침대 위에 털썩 누웠다. 매트리스는 딱딱했고 벽돌색과 겨자색이 섞인 체크무늬 이불은 축축한 냉기를 품고 있었다. 진우는 오래 운전을 해서인지 몹시 피곤했다. 저절로 눈이 감겼다. 그때 서인이 비명을 질렀다. 진우는 반사적으로 몸을 일으켰다. 서인이 화장실에서 튀어나왔고, 진우는 화장실로 뛰어들어갔다. 변기 안쪽에 누런 개구리가 붙어 있었다. 한 뼘이 족히 될 법했다.

"어떡해?"

서인이 소리쳤다. 진우는 물을 내렸다. 개구리가 물길을 거슬러 펄쩍 뛰어올랐다. 서인이 다시 비명을 질렀다. 진우는 개구리의 뒤를 따라다니며 발을 쿵쿵 굴러 복도로 내몰았다. 개구리가 복도의 어둠 속으로 사라지는 것을 확인한 후에 진우는 방으로 돌아왔다. 서인이 눈을 크게 뜨고 진우의 얼굴을 살폈다.

"갔어."

서인이 그제야 한숨을 쉬면서 침대에 털썩 앉았다.

"고마워."

진우는 대답하지 않았다.

숙소의 식당에는 진우와 서인뿐이었다. 둘이 테이블에 자리를 잡자 주인이 다가와 메뉴를 설명했다.

"지금은 스테이크만 가능하대. 사이드로 감자튀김이 나오고. 어떻게 할래?"

진우는 나도 그 정도는 알아듣는다고 말하려다 말았다.

"뭘 물어보는 거야? 그냥 된다는 거 시켜."

"와인도 한 잔 시킬게."

"그러든지."

주인은 와인병과 잔을 들고 와서는 그대로 두고 갔다.

"얼마 안 남았다고 다 먹으래. 꽤 남은 거 같은데 인심이 좋네, 여기."

와인병 뚜껑을 열자 알코올 냄새가 강하게 올라왔다. 오래전에 따놓은 모양이었다. 주인이 내온 스테이크는 너무 바짝 익혀서 질겼고, 감자튀김은 포크로 찍으면 으스러져서 손으로 집어먹어야 했다. 그러나 서인은 맛있다고 했다. 진우가 대답하지 않자 이렇게 외진 곳에서 이 정도면 감지덕지라는 말을 덧붙였다. 식사를 다 마친 후에 서인은 별을 보자고 했다.

주인이 알려준 대로 복도를 따라가서 유리문을 열고 나가니 언덕의 봉우리였다. 하늘에는 많은 별이 떠 있었다. 어찌나 많은지 별처럼 보이지 않고 창문에 잔뜩 낀 먼지처럼 보였다. 바람이 매섭게 불었다. 서인은 춥다며 먼저 들어갔다. 진우도 따라 들어가려 했는데 서인의 뒤로 문이 닫혔다. 진우가 문을 열려는데 서인이 안쪽에서 문고리를 잡고 있는 것이 보였다.

"뭐하는 거야? 문 열어."

바람소리가 귀에 울려서 안에서 서인이 입을 벙긋거리는 건 보였지만 말소리는 들리지 않았다. 어쩌면 입만 벙긋거리고 있는 건지도 몰랐다. 문을 흔들어봐도 열리지 않았다. 서인이 여전히 안에서 문을 붙잡고 있었다. 깜깜한 밤이었고, 바람이 심하게 부는 언덕 위였다. 진우는 거칠게 문을 흔들었다.

"씨발, 장난치지 마."

순간 문이 벌컥 열렸고, 문고리를 잡고 있던 서인이 중심을 잃고 진우 쪽으로 쓰러졌다.

"왜 이딴 장난을 치고 그래?"

"나는 문을 열려고 한 거야. 안에서 문이 잠겨버렸다고."

서인은 울먹거렸다. 진우는 서인을 밀치고 복도로 들어섰다. 진우의 등으로 바람이 몰아쳤다.

그 일이 있고 진우는 한밤에 서인이 흐느끼는 소리에 잠을 깰 때가 있었다. 그럴 때면 참을 수 없이 화가 났다. 서인을 발로 걷어차고 한국으로 돌아가라고 소리치고 싶었다. 그러나 그러지 않았다. 처음에는 영주권 때문이라고 생각했다. 하지만 영주권을 받은 이후에도 진우는 서인에게 이제 돌아가도 좋다고 말하지 않았다. 말하지 않아도 서인이 떠날 거라고 여겼다. 서인이 "이젠 됐지"라고 말하며 캐리어를 들고 집을 나서는 꿈을 꾸기도 했다. 그러나 서인은 떠나지 않았다. 대신 진우의 이름으로 장기 주택자금 대출을 받자고 했다. 서인은 아파트를 구했던 때처럼 혼자 은행과 부동산을 바쁘게 다닌 후에 외곽의 단독주택을 계약했다. 북향이라 해가 잘 들고 뒤뜰이 넓은 집이었다. 서인은 뒤뜰에 색색의 꽃과 딸기, 토마토 모종을 심었다. 진우는 휴일 오후에 주방 식탁에 앉아 뒤뜰에 있는 서인의 뒷모습을 지켜볼 때가 많았다. 챙이 넓은 밀짚모자를 쓴 서인은 손을 재바르게 움직여 흙을 뒤집고 씨를 심고 잡초를 뽑고 잎을 솎아냈다. 하루가 다르게 뒤뜰이 풍성해졌다. 가지와 호박이 열렸고, 서인이 세워놓은 대를 타고 줄기콩과 토마토가 자랐다. 서인은 종종 뒤뜰에서 딴 채소로 샐러드를 만들었지만 진우는 손도 대지 않았다. 서인은 국이나 반찬을 남기는 한이 있어도 샐러드는 다 먹었다. 한 번씩 채소들을 상자에 담아 진우의 차 트렁크에 싣고는 매장에서 쓰라고도 했다. 그러면 진우는 매장 가는 길에 공원에 들러 쓰레기통에 상자째로 버렸다. 언젠가부터 서인은 뒤뜰 가꾸는 것을 그만두었고, 이제 뒤뜰에는 이름을 알 수 없는 풀이 허리까지 올라와 있었다. 진우는 버려진 정글처럼 보이는 뒤뜰을 바라보면서 어느 편이 더 나은지 알 수 없었다. 먹지도 않는 채소들이 가득한 뜰과 보기 흉한 잡초로 뒤덮인 뜰 중에 무엇이 더 나쁜지 도무지 알 수가 없었다.

다음날 오전에는 골드러시 체험 상품의 핵심 일정인 광산 탐방이 예정되어 있었다. 서인은 전등이 달린 안전모를 쓰고 허리를 굽힌 채 광산을 살펴보는 관광객들의 사진을 보여주었다.

"금을 캐보는 거야?"

진우의 질문에 서인이 피식 웃었다.

"금이 계속 나오면 이런 탐방도 못하지."

서인의 말에 따르면 이미 백오십 년 전에 문을 닫은 광산이었다. 그러니까 그들은 폐광을 둘러보러 가는 거였다.

예약 시간보다 일찍 도착한 진우와 서인은 마을을 돌아다녔다. 마을이라고 해봐야 폐광 바로 옆에 붙어 있는 작은 박물관, 카페,

음식점 정도였다. 모두 문이 열려 있었지만 어디에도 손님은 보이지 않았다. 그 옆으로는 반쯤 무너진 집들이 즐비하게 서 있었다. 지붕이 모두 날아가 벽돌로 된 벽만 남은 모습이었다. 아주 오래전에 금광이었지만 이제는 아무것도 아닌 것을 중심으로 펼쳐진 마을은 몇 세기 전에 멸망한 왕조의 유적지처럼 보였다.

서인이 카페에서 커피를 사는 동안 진우는 박물관을 구경했다. 유리 케이스 안에 환한 빛을 발하는 커다란 돌이 있었다. 파도가 부서지는 바다처럼 푸른색과 흰색이 뒤섞여 있는 것으로 보였는데, 가까이 다가가자 오렌지색과 초록색이 반짝였다. 진우는 자리를 옮겨가며 그때마다 색이 변하는 돌을 한참 보았다.

"예쁘죠?"

가까이서 들리는 목소리에 진우는 흠칫 놀라 고개를 돌렸다. 양볼이 붉은 여자가 진우의 바로 옆에 서 있었다. 여자는 손에 들고 있던 상자를 열어 보였다. 상자에는 타원으로 세공된 보석이 박힌 반지가 여러 개 들어 있었다. 모두 다른 색을 한 보석이 일제히 반짝였다.

여자는 보석에 대해 한참을 설명했는데 진우는 띄엄띄엄 옆 지역의 광산에서 나는 오팔이라는 정도만 알아들었다. 진우가 어색하게 끄덕거리자 여자가 푸른빛의 보석이 박힌 반지 하나를 상자에서 꺼내 내밀었다. 여자친구에게 주라는 것 같았다.

"아니요, 저는 결혼했어요."

진우는 손을 내저었다. 여자가 빙긋이 웃으면서 반지를 다시 내밀었다.

"그럼 아내에게 주세요."

보석의 여기저기에서 밝은 빨강과 파랑이 나타났다가 사라졌다가 했다. 서인이 밖에서 진우를 불렀다. 진우는 휘청휘청 뒷걸음질을 쳐 박물관에서 빠져나왔다.

광산 표지판이 붙어 있는 하얀색 철제 구조물 위에 호주 국기가 나부끼고 있었다. 진우와 서인은 철제 구조물 아래로 들어섰다. 그곳에는 바퀴 달린 손수레 하나가 놓인 좁은 철로가 깔려 있었다. 철로의 끝에 엘리베이터가 있었는데, 안전모를 쓴 키가 작고 통통한 금발의 여자가 그 앞에 서서 진우와 서인에게 손을 흔들어 보였다.

철근을 얼기설기 엮어서 만든 엘리베이터는 매우 작아서 사람 세 명이 타니 꽉 찼다. 진우와 서인, 그리고 자신을 가이드라고 소개한 여자는 몸을 붙이고 빠른 속도로 어둠 속으로 떨어졌다. 족히 일 분이 넘게 지나고 엘리베이터 문이 열리자 뜨겁고 습한 공기가 덮쳐왔다.

가이드가 엘리베이터 앞의 작은 공간에 모여 있던 열댓 명의 사람들에게 안전모를 나눠주었다. 환한 빛이 나오는 전등이 달린 안전모를 쓴 진우와 서인은 무리를 따라 통나무를 이어붙여 만든 통로를 걸었다. 통로의 끝에서 한 명씩 철근 사다리를 타고 내려갔고, 좁고 낮은 암석 터널에 다다랐다. 터널이 낮아서 진우는 허리를 다 펼 수가 없었다. 천장에는 굵은 철사 그물이 쳐져 있어서 안전모가 철사에 긁히는 소리를 내지 않기 위해 허리를 더 깊이

숙여야 했다.

철사 그물 아래에서 가이드는 일행을 향해 몸을 돌리고는 뒤로 걸으면서 설명을 시작했다.

"금광의 역사를 말해주고 있어."

서인이 속삭였다. '1800'이라는 숫자가 반복해서 나오는 것을 보면 1800년대의 언젠가 금광이 시작되고 끝이 났으리라고 진우는 추측했다.

"겨우 십팔 년이었대. 이 광산에서 금이 나온 게."

서인은 가이드의 말이 비는 틈을 찾아 진우에게 통역을 해주려 애썼는데, 여자가 끊임없이 말을 이어가 계속 멈춰야 했다.

"됐어."

진우는 이미 끝나버린 금광의 역사에는 아무 관심이 없었다. 서인은 설명을 안 들어도 괜찮겠냐고 몇 번 더 되묻고는 가이드 쪽으로 좀더 가까이 다가섰다.

진우는 대열에서 조금 떨어져 벽을 만져보았다. 허옇게 살을 드러낸 암석을 타고 물이 흘러내렸다. 축축하고 울퉁불퉁한 벽이나 좁고 어두컴컴한 느낌이 지난밤 묵은 숙소와 비슷했다. 다만 서늘했던 숙소와 달리 광산 내부는 숨이 막힐 정도로 뜨거웠다. 진우는 흐르는 땀을 훔치고 허리를 숙인 상태에서 고개를 들었다. 안전모에 달린 전등이 철사 그물 사이로 동그란 빛을 만들어냈다. 진우는 빛이 비치는 철사 그물 사이로 손을 집어넣었다. 그때 서인의 목소리가 날카롭게 울렸다.

"진우야!"

서인이 진우에게로 빠르게 걸어와 진우의 팔을 잡아챘다. 몸을 한껏 구부린 진우와 달리 서인은 똑바로 서 있었고 어렵지 않게 진우의 팔을 끌어내릴 수 있었다. 서인의 커다란 눈이 진우의 눈 바로 앞에 있었다.

"천장을 만지면 돌이 떨어질 수도 있어서 위험하대."

서인은 가이드가 천장을 만지면 안 된다고 몇 번이나 말했다고 했다. 그제야 진우는 사람들의 시선이 모두 자신을 향해 있는 것을 알아챘다. 진우는 사람들의 시선에 떠밀리듯 엉거주춤한 자세 그대로 벽에 기댔다. 발은 앞으로 내민 채 엉덩이를 벽에 붙이고 상체는 여전히 기울이고 있었다. 천장이 점점 낮아지는 것 같았고, 몸이 점점 더 접히는 것 같았다. 가이드가 진우를 바라보면서 큰 소리로 뭔가 외쳤는데, 아주 짧은 문장이었는데도 제대로 알아듣지 못했다.

"앞으로."

서인이 진우를 잡아당겼다.

"벽에 기대지 말고 힘들면 차라리 앉으래."

서인이 진우의 어깨를 내리눌렀다. 진우는 털썩 주저앉았다. 축축한 바닥에 금세 바지가 젖었다. 서인이 가이드에게 사과하는 소리가 들렸다. 그가 영어를 잘하지 못한다고 했다. 진우는 고개를 들어 서인의 옆얼굴을 바라보았다. 서인은 자신이 광산을 뒤흔든 것처럼, 그래서 광산이 모두 무너져내린 것처럼 일그러진 얼굴을 하고 있었다.

점심을 먹고 출발한 탓에 운전하는 내내 오후 해가 차 안으로 깊숙이 들어왔다. 서쪽으로 달리고 있었다. 선글라스를 썼는데도 햇빛이 눈을 찔렀다. 해가 바로 눈앞에서 타고 있는 듯했다. 앞에 있는 모든 것이 햇빛 안에서 부옇게 부서져버렸다. 서인은 잠들어 있었다. 해가 가득 내려앉은 서인의 얼굴을 보는데 쾅 하는 굉음과 함께 차창이 깨지며 차가 옆으로 튕겨나갔다.

브레이크를 밟고 정신을 차려보니 서인이 자신의 무릎을 내려다보고 있었다. 진우는 서인을 흔들어 괜찮냐고 물어본 후에 차에서 내렸다. 앞 범퍼가 찌그러져 있었다. 진우는 다시 차에 타서 시동을 걸었다가 껐다.

"차는 괜찮아. 운이 좋았어."

"어떻게 된 거야?"

서인이 진우에게 물었다.

"캥거루를 쳤어."

"캥거루는 어떻게 됐어?"

"죽지는 않았어."

차는 차도에서 벗어나 끝없는 벌판을 향해 있었다. 진우는 사이드미러로 캥거루가 몸을 일으키려고 애쓰는 것을 보고는 핸들에 이마를 댔다. 전날 길에서 마주친 캥거루를 떠올렸다. 그 캥거루는 지금 죽었을까. 아니면 아직도 뜨거운 해 아래서 딩고와 까마귀에게 살을 뜯어먹히며 죽음을 기다리고 있을까.

진우는 차에서 내려 트렁크를 뒤졌다.

"뭘 찾아?"

"캥거루를 죽이고 가야 할 것 같아."

진우는 타이어를 탈착할 때 쓰는 듯한 넓적한 쇠막대를 찾아 손에 쥐고 길을 건너 캥거루가 쓰러져 있는 초원으로 들어섰다. 들풀의 가시에 다리가 쓸렸다. 캥거루의 뒷다리는 두 개 다 완전히 부러져 있었다. 부러진 곳에서 피가 흘러나와 낮은 풀을 적셨다. 캥거루는 앞다리로 몸을 절반쯤 일으킨 채 진우를 향해 으르렁거리는 소리를 냈다. 그러나 눈빛은 전혀 공격적이지 않았다.

"그냥 두고 가자."

서인이 소리쳤다.

"이미 죽은 거나 마찬가지야."

"어차피 죽을 거면 우리가 죽일 필요는 없잖아. 며칠이라도 더 살게 둬."

"여기 와서 봐. 피를 이렇게 흘리면 며칠도 못 버텨. 산 채로 물어뜯기게 될 거야."

진우는 심호흡을 한 뒤에 쇠막대를 내리쳤다. 캥거루의 머리가 아래로 내리찍혔다가 튀어올랐다. 한번 더. 또 한번 더. 빌어먹을. 또 한번 더.

진우는 캥거루를 똑바로 내려다보지 못했다. 금방이라도 토할 것만 같았다. 차로 돌아와 피가 묻은 쇠막대를 트렁크에 다시 넣고 나서야 티셔츠와 팔에도 피가 튄 것을 보았다. 진우는 티셔츠를 벗어 팔과 얼굴, 목을 닦았다. 얼굴과 목에서도 피가 묻어나왔다. 진우는 트렁크에 들어 있던 가방을 열어 전날 입었던 티셔츠를 꺼내 입었다.

진우가 다시 운전석에 오르자 서인이 창밖으로 고개를 내민 채로 외쳤다.

"캥거루가 움직여."

진우는 사이드미러로 캥거루를 쏘아보았다. 캥거루는 움직이지 않았다.

"죽었어."

"분명히 움직였어."

진우는 차에 시동을 걸었다.

"캥거루가 살아 있다고."

서인의 목소리가 떨렸다.

"죽었어."

진우는 차를 출발시켰고 액셀을 밟았다.

한 시간이 넘도록 진우와 서인은 아무 말도 없이 길을 달렸다. 해가 지고 있었다. 여전히 서쪽을 향해서 달리고 있었으므로 그들 앞에 경이로운 노을이 펼쳐졌지만 둘 중 누구도 그에 관해 이야기하지 않았다.

진우가 불현듯 차를 길옆에 세웠다.

"정말 캥거루가 움직였어?"

서인은 대답하지 않았다.

"정말 캥거루가 움직이는 걸 봤어?"

차 안으로 붉은 노을이 흘러들어왔다. 진우는 핸들을 움켜쥔 손등에 내려앉은 붉은 햇빛을 보다가 고개를 돌려 서인의 옆얼굴 역시 붉게 물들어 있는 것을 보았다. 진우는 주머니에 있는 오팔 반지를 생각했다. 진우는 서인에게 반지를 내밀며 무릎을 꿇은 적이 없었다. 사람들의 박수를 받으며 입장해 서인에게 입을 맞춘 적도 없었다. 초음파 사진을 보면서 눈물을 흘린 적도, 서인의 눈을 닮은 아이를 보며 경탄한 적도 없었다. 진우와 서인은 빛나는 순간을 가져본 적이 없었다. 빛나는 순간. 진우는 그들이 늘 그것을 기다려왔다는 것을 알았다. 그리고 그것이 그들에게 절대 오지 않으리라는 것을 알았다. 붉은 햇빛이 차 안에 가득 들어찼다. 진우는 온통 붉기만 한 세계를 바라보았다.

| 작가노트 |

온 힘을 다해 움켜쥔 것

2017년 J가 한국에 들어왔다. 이혼을 하기 위해서였다. J의 이혼에는 많은 문제가 얽혀 있었고, 조정과 소송이 이어졌다. 그 과정을 옆에서 바라보는 것이 몹시 고통스러웠다. 그러나 정작 J는 초연했다. 이혼을 결심하기 전이 더 괴로웠다고 했다. J는 자신이 겪고 있는 일을 누구에게도 알리지 않고 호주에서 오랜 시간을 혼자 보냈다. 그는 몇 주간 온종일 술을 마셨고 잠을 삼십 분 이상 자지 못했노라고 담담하게 말했다. 그때의 J와 함께 있어준다는 마음으로 이 소설을 썼다. 함께 술을 마시고 함께 욕을 하고 함께 울어준다는 마음으로 이 소설을 썼다.

소설을 쓰기 전에 J와 많은 이야기를 나눴다. 완성된 소설을 읽고 J는 마음이 아프다고 했다. 그 문자를 보고 나는 울었다. 소설

속 진우에게 빛나는 순간을 선물해주었다면 좋았을 것이다. 그가 서인을 떠나거나, 서인이 그를 떠날 수 있었을 것이다. 둘은 악수하면서 씩씩하게 헤어질 수 있었을 것이고, 사막이 아닌 다른 곳에서 빛나는 석양을 향해 미소 지을 수 있었을 것이다. 그러나 진우와 서인은 그러지 않았다.

그걸 사랑이라고 부를 수 있을까.

나는 당신이 이 소설을 읽으며 슬퍼하기를 바란다. 뒤뜰을 가꾸는 서인의 뒷모습을, 캥거루를 쇠막대로 내리치는 진우의 뒷모습을 오랫동안 바라보아주기를 바란다. 지나가버린 사랑을 온 힘을 다해 움켜쥐고 있는 이들을 안쓰럽게 여겨주기를 바란다. 우리가 사랑을 포기하지 않음으로써 언젠가는 사랑에 다가갈 수도 있지 않겠냐고 말해주기를 바란다.

깊이 사랑하는 마음으로 계속 쓰겠다. 사랑을 쓰겠다. 손에 잡히지 않아도 포기하지 않고.

| 해설 |

유예된 끝

소유정

새로운 금광이 발견되었다는 소문을 따라 기회의 땅을 찾는 행렬이 이어진 건 19세기 중반의 일이었다. 미국 서부를 시작으로 골드러시 열풍은 캐나다, 브라질, 호주 등 세계 전역으로 퍼져 나갔다. 목적지를 향해 가는 길, 수많은 사람들은 모두 같은 꿈을 꾸며 걸음을 재촉했다. 금 채광에 성공하기만 한다면 이전보다 훨씬 나은 삶을 살 수 있으리라는 건 분명했다. 어쩌면 형편이 좋아지는 데에 그치지 않고 그보다 더 크게 한탕할 수 있을지 모른다는 기대도 있었다. 하지만 행운은 늘 그렇듯 아주 소수에게만 주어졌을 뿐, 대부분의 사람들에게는 그저 신기루 같은 꿈이었다는 사실은 그리 오래 지나지 않아 밝혀지게 되었다.

우리 앞에 펼쳐진 또하나의 골드러시인 이 소설은 어떤가. 보금자리를 떠나 새로운 땅에서 미래를 개척하고자 했다는 점에서 한국이 아닌 호주에서의 정착을 선택한 서인과 진우는 과거의 사람들과 닮아 있다. 일확천금의 꿈만큼 거창하진 않지만 이 소설의 인물들에게도 오랫동안 그려온 "빛나는 순간"(253쪽)이 분명 있었다. "아이가 마음껏 뛰어놀 수 있도록 정원이 딸린 집"에 살며 "크리스마스 휴가에 바닷가의 집을 한 달간 빌릴 것"이었으며 "캠핑카를 타고 호주의 사막을 여행하며 반짝이는 별로 가득찬 밤하늘을 하염없이 바라"(238쪽)보고 싶었다. 하나에서 둘이 되었으므로, 둘에서 셋이 된다면 충분히 그려봄직한 미래를 두 사람은 함께 속삭였던 적이 있었다.

그로부터 칠 년이라는 시간이 지난 지금, 서인과 진우의 바람은 아직 유효할까? 꿈은커녕 서로에 대한 애정이라고는 조금도 남아 있지 않은 것만 같은 상황에서 두 사람에게 미래는 가져본 적 없는 것들에 대한 기대를 걸어볼 정도로 의미 있는 시간은 아닌 듯하다. 그렇기에 결혼 칠 주년을 맞이하여 떠난 여행마저도 이들에게 더 나은 미래를 도모할 수 있는 긍정적인 매개로 작용하지 못한다. 오히려 이 여행은 그들이 외면하고 있었던 관계의 균열을 가시화한다. 그리고 여행지를 향해 가는 길, 진우의 눈앞에 펼쳐진 신기루는 지금껏 바라왔던 미래가 허상에 지나지 않았다는 사실을 일깨운다. 오래전부터 유예되어온 끝을 확인하는 여정은 이제 시작되었다.

서인과 진우의 여행은 시작부터 순탄하지 않다. 서인이 진우에게 "묻지도 않고 여행을 예약한 후에 일정을 통보"(233쪽)한 탓이다. 이때 서인과의 대화가 "늘 이런 식"(같은 쪽)이라는 진우의 표현은 이들의 갈등이 일시적인 것이 아니며 오랜 기간 축적되어왔음을 말해준다. 지속되는 균열은 골드러시 체험 여행 사이사이에 과거의 장면들이 삽입되는 소설의 구성을 통해서도 효과적으로 드러난다. 그중에서도 현재에까지 큰 영향을 미치고 있는 중심 사건은 서인의 외도일 것이다. 물론 그전에도 두 사람 사이에 시련이 없었던 것은 아니었다. 호주 워킹 홀리데이 중에 만나 삼 개월 만에 결혼에 이르며 서인과 진우는 호주에 정착하기를 택했다. 이 결정은 전적으로 진우에 의한 것이었다. 일하고 있는 식당 사장에게서 457 비자를 약속받았다는 이유였다. 457 비자를 취득한 후 이 년이 지나면 영주권을 신청할 수 있고, 그다음에는 "한국에서는 누릴 수 없는 것들"(236쪽)을 누리며 살게 될 것이었다. 가령 "급여는 적어도 두 배, 경력을 고려하면 세 배가 될 터였고 법정 유급휴가 사 주에 공공 의료와 공교육이 무료"(같은 쪽)인 삶이 예정되어 있는 셈이었다. 이는 "최저 시급의 칠십 퍼센트"(235쪽)만을 받으며 비자 신청에 필요한 모든 비용을 자가 부담해야 하는 현재의 "부당한 처우"(236쪽)를 보상받을 수 있는 미래이기도 했다. 하지만 비자 신청에 필요한 영어 점수 때문에 진우가 아닌 서인의 이름으로 457 비자를 신청하게 되면서 진우는 서인의 파트너 자격으로만 호주에 머물 수 있게 되었다. 아무래도 좋았다. 이때까지만 해도 "그들 앞에 펼쳐질 미래"(238쪽)가 훼손되지는 않았기 때문이다.

그런데 비자를 취득한 후 얼마 지나지 않아 일어난 서인의 외도로 인해 두 사람이 그리는 미래는 더이상 같은 풍경을 하지 않는다. "그 남자애"(239쪽)와 함께 한국으로 돌아가기를 원하는 서인에게 진우는 "제발 일 년만 기다려"(240쪽)달라고 애원한다. 서인이 자신을 사랑하지 않는다는 사실보다 더 선명히 감각되는 건 "서인이 돌아간다면 진우의 비자가 취소되어버린다는"(239쪽) 사실이었기 때문이다. 아무것도 보상받지 못한 채 불투명한 미래를 맞이할 수는 없었으므로 이미 어긋난 관계의 끝자락을 쥐어보는 것이 그가 할 수 있는 최선이었으리라. 자신의 미래에 대한 진우의 보상 심리는 고된 노동에 비할 수 없는 "부당한 처우"(236쪽)를 향한 것만은 아니다. 이는 '우리'의 미래를 망쳐버린 서인에게도 다르지 않게 적용된다. 줄곧 "그럼 네가 남아서 뭐라도 해보든가"(232쪽)와 같은 태도로 서인을 대하며 그의 노력들을 부러 무시하는 것도 그런 까닭이다. 약속했던 일 년이 지난 후에도 서인이 진우를 떠나지 않고, 대신 장기 대출을 받아 안락한 집을 얻은 후에도, 그 집의 뒤뜰을 가꾸어 먹음직스러운 채소와 과일을 길러 식탁에 올렸을 때에도 진우는 보란듯이 입에 대지 않는다. 생명력을 가진 것들이 잘 자랄 수 있는 환경을 만들고 돌보는 것만이 가족도 친구도 없는 타국에서 서인을 견디게 하는 행위라는 걸 내심 알고 있었음에도 진우는 끝내 모른 척한다. 언젠가부터 다시 폐허가 되어버린 뒤뜰을 보며 "먹지도 않는 채소들이 가득한 뜰과 보기 흉한 잡초로 뒤덮인 뜰 중에 무엇이 더 나쁜지"(245쪽) 판단할 수 없게 될 때까지.

소설 속에서 두 사람의 관계에 대한 은유로 읽을 수 있는 것 중 하나는 "골드러시 체험 상품의 핵심"인 "광산 탐방"(같은 쪽)이다. "아주 오래전에 금광이었지만 이제는 아무것도 아닌 것을 중심으로 펼쳐진 마을"(246쪽)과 금을 채광할 수 있었던 기간은 고작 십팔 년뿐이었고 "이미 백오십 년 전에 문을 닫은 광산"(245쪽)은 불꽃처럼 찰나의 빛으로 타올랐지만 꺼진 지 오래인 서인과 진우의 사랑을 뜻하는 듯하다. 과거 그 자체인 폐광 안에서 진우는 금광의 역사에 대한 가이드의 설명을 옮겨주는 서인의 통역마저 거부한다. 하지만 과거를 외면한 채 맞이한 현재가 어떻게 평온할 수 있을까. 컴컴한 광산 안에서 눈에 띈 "동그란 빛"(248쪽)에 무심코 손을 뻗는 순간 침범하는 경고의 목소리는 두 사람의 현재를, 그리고 진우의 현실을 똑바로 직시하게끔 한다. 한때 그가 사랑해마지않았던 서인의 이모저모를 가리켜 "이제는 그 모든 것들이 서인의 유약하고 의존적인 성격을 드러내는 것만 같"(233쪽)다고 진우는 말한 적 있다. 그러나 정말로 의존적이었던 것은 서인이 아니면 "아주 짧은 문장"(249쪽)도 제대로 알아듣지 못하는 진우 자신이다. 그에게 있어 생존의 여부는 더이상 영주권의 유무에 달려 있지 않다. 그 사실을 실감하는 순간, 진우의 눈에 들어오는 건 서인의 얼굴이다. 그 얼굴은 한때 "모두 다른 색을 한 보석"(246쪽)처럼 "환하게 빛나는 얼굴"(238쪽)이었던 적이 있었다. 그러나 지금 "동그란 빛"(248쪽)마저 쥘 수 없는 현실을 투영하듯 서인의 얼굴은 "자신이 광산을 뒤흔든 것처럼, 그래서 광산이 모두 무너져내린 것처럼 일그러진"(249쪽) 모습이다.

여행을 마치고 돌아가는 길, "해가 가득 내려앉은 서인의 얼굴"(250쪽)은 온통 붉은빛이다. 가져본 적 없는 빛마저 모두 잃어버린 채 단일한 색으로 물든 얼굴은 조금 뒤의 사고를 암시하는 듯하다. 서인의 얼굴을 바라보던 진우가 캥거루를 치고 만 것이다. 여행의 시작과 끝에서 만난 캥거루는 지금의 두 사람에 대한, 그리고 이후의 미래에 대한 분명한 알레고리다. 소설의 첫 장면에서 다친 캥거루에게 도움을 주어야 한다는 서인에게 네가 뭐라도 해보라며 떠넘긴 진우의 태도는 지난 칠 년간 그가 서인을 대한 방식이었다. 서인의 외도로 망가진 미래, 아무것도 쥐어볼 수 없게 훼손된 '우리'의 미래에 대해 그는 늘 서인에게 책임을 전가해왔다. 하지만 여행에서 서인의 일방적인 노력만으로는 이후의 미래를 그려보는 것이 무용하다는 것을 깨닫게 된 지금, 진우는 다른 선택을 한다. 차에 치인 캥거루를 확실히 죽이기로 마음먹은 것이다. "한번 더. 또 한번 더. 빌어먹을. 또 한번 더."(251쪽) 이 지난한 관계를 제 손으로 끝맺음하겠다는 듯이. 다시 차에 올라 출발하려는 순간, 서인은 진우에게 "캥거루가 살아 있다고"(252쪽) 말한다. 진우는 거듭 "죽었"(같은 쪽)다고 말하다가 말을 바꾸어 서인에게 되묻는다. "정말 캥거루가 움직였어?" "정말 캥거루가 움직이는 걸 봤어?"(같은 쪽) 어쩌면 이 물음은 캥거루의 생사가 아니라 그들의 관계에 대한 마지막 확인이었을지도 모른다. 아직도 우리 사이를 유지하는 가느다란 숨통이 남아 있는 거냐고, 정말 그렇다고 말할 수 있냐고 말이다. 이 물음에 서인은 대답하지 않는다. 붉은빛으로 가득한 서인의 얼굴을 바라보며 진우는 한때 기다렸던 “빛나는 순간”(253쪽)을 되새긴다. “그리고 그것이 그들에게 절대 오지 않으리라는 것”(같은 쪽)을 다시 한번 실감한다. 오색빛으로 찬란한 순간은 오지 않는 시간 안에 영원히 봉인되어 있을 것이다. 진우가 서인에게 끝내 건네지 못한 주머니 속 오팔 반지처럼.

소유정
2018년 조선일보 신춘문예를 통해 평론을 발표하기 시작했다. 산문집 『세 개의 바늘』이 있다.

서이제

두개골의 안과 밖

작가노트

새로 살기 위해

해설 조대한

새와 인간 사이

서이제

2018년 『문학과사회』 신인문학상을 수상하며 작품활동을 시작했다. 소설집 『0%를 향하여』가 있다. 오늘의 작가상, 2021년 젊은작가상을 수상했다. km/s 동인으로 활동중이다.

두개골의 안과 밖

그해는 새의 해로 기록될 것이다.
십만 명의 사람들이 증발되고,
새의 번식이 급증한 해.

∞

사냥을 간다. 중고매매센터에서 구입한 낡은 2025년형 SUV를 타고. 순환도로를 타고 산과 들이 있는 곳으로. 줄지어 늘어선 송전탑을 따라 농사를 짓는 사람들이 사는 곳으로. 도시로부터 점점 멀어지며 짙어지는 흙냄새. 흙에서는 아직도 악취가 진동한다. 암모니아 가스. 땅속에 파묻힌 사체들의 냄새. 그 냄새는 십 년 전 악몽을 떠오르게 하지만, 나는 어쩔 수 없이 그 거대한 무덤 사이를 지나쳐야만 한다. 곰팡이로 뒤덮인 지대, 얼핏 하얀 꽃이 핀 것처럼 보이는 지대. 그 거대한 무덤 사이를 지나치고 있다. 지난주부터는 포클레인 한 대와 방호복을 입은 사람들이 모여 땅을 파헤치기 시작했다. 이제 땅을 정화하기 위한 열처리와 미생물처리가 이루어질 것이다. 나는 더러운 악취로부터, 오래된 악몽으로부터 도망치듯, 액셀을 더 세게 밟는다. 속도는 더욱 빨라진다. 지나친다. 완전히 지나친다. 빠르게, 빠르게. 더 빠르게 달리면 농사를 짓는 사람들이 사는 곳에 이를 수 있다. 악취로부터 멀어지며, 그곳에 점점 가까워지고 있다. 이제 막 가을로 접어든 시기. 이제 막 마을로 접어드는 중이다. 마을을 수호하는 은행나무, 그 열매. 악취를 풍기는 방식으로 해충을 쫓으려 한다. 나를 쫓으려고 흰 개들이 짖는다, 목줄에 묶인 채.

구멍가게 앞, 대낮부터
평상에 앉아 막걸리를 마시는 사람들.
한량.

나는 이 땅에서 여유를 허가받지 못한다. 나는 관할 파출소에서 총기를 허가받는다. 늦은 오후부터 해가 지기 전까지, 구경 오 밀리미터 총기를 이용해 까치를 잡을 것이다. 국가는 이 고약한 성격을 가진 새에게 몸값을 부여했다. 까치 한 마리당 몸값, 팔천 원. 보통 하루에 적게는 스무 마리, 많게는 오십 마리를 잡을 수 있다. 길가에 차를 세우고 과수원을 살핀다. 배나무에는 노란 열매가 탐스럽게 달려 있고, 그것을 따는 노동자들의 모습이 보인다. 이상고온현상으로 농작물 수확이 점점 어려워지고 있는 가운데, 수확철마다 나타나 배를 파먹는 까치는 농장주에게도 골칫덩어리인 것이다. 과수원 주변, 아카시아나무 한 그루. 그 위에 까치집 하나. 까치 한 마리가 집을 들락날락거리고 있는 게 보인다. 새끼들의 입에 넣어줄 먹이를 물고서. 나는 까치를 향해 총을 겨눈다. 들고양이 한 마리가 나를 주시한다. 들고양이에게 까치 사체를 빼앗기지 않도록 조심해야 한다. 나는 까치를 주시하며 기다린다. 방아쇠를 당기기 위해.

∞

그 사람 또 오다. 자동차를 타고 과수원 주변을 배회하는, 언제나 표정이 없는 사람. 그는 자동차 운전석 창문 활짝 열어둔 채, 창밖을 보다. 그가 주시하는 것은 언제나 새. 이 나라에는 부리가 검은 새가 있다. 그렇지만 몸통은 하얀, 그렇지만 검푸른색 긴 꼬리를 가진 새. 과수원이 마치 자기 땅이라도 되는 듯, 과수원 일대 돌며 우리를 내려다보는 새. 우리보다 먼저 배를 따는 새. 부리로 쪼아 갉아먹다. 과수원에서 배를 따는 나와 몇몇의 사람들. 감시를 받다. 그는 창밖으로 총을 겨누다. 총에 맞아 죽을지도 모른다고 생각하다. 아니, 총에 맞아 죽기 전에 맞아 죽을지도 모른다고 다시 생각하다. 죽도록 맞다. 어제 네가 죽도록 맞는 것을 보다. 네가 맞는 이유를 알 수 없다. 도무지 말이 통하지 않는 이곳 사람들. 그런 점에서 새와 나는 같다. 새와 우리는 같다. 새는 과수원 주변 커다란 나무 위에 집을 짓다. 농장주가 농지 위에 집을 짓다. 우리가 산다. 비닐과 천막의 집. 우리는 비닐하우스 농작물처럼 자란다. 잔다. 농작물처럼 팔리다. 너는 이제 다른 곳으로 팔릴 것. 팔면, 사람이 산다. 불행. 얼마 전 불행이라는 말을 배우다. 행복이 없다는 뜻이다. 행복이 없다. 농지 위 비닐과 천막의 집에는 행복이 없다. 우리는 풀잎을 뜯어먹는 벌레와 함께 살다. 죽다. 우리가 벌레를 죽이기 때문에 벌레는 죽다. 사장님 벌레를 해충이라고 부르다. 해충은 벌레다. 벌레가 죽기 때문에 새는 배고프다. 새는 배고프기 때문에 배를 먹다. 배를 먹기 때문에 새는 죽다. 총에 맞아 죽다. 배고파 죽거나 맞아 죽거나. 내일 또는 내일의 내일. 우리는 배고파 죽거나 맞아 죽다. 어제의 너를 생각해. 살충제 뿌리다. 죽다. 뿌리다. 죽다. 뿌리다. 뿌리부터 죽다. 제초제 뿌리다. 죽다.

죽이기 위해 총 겨누다.

총, 총, 총.

새는 걷다.

먹이를 구하다.

땅을 향해 부리를 박는 새.

배고프다. 우리처럼. 배고파 죽겠다.

탕. 탕.

하면, 죽다.

새가 죽으면.

그가 새의 몸을 가지고 떠나다.

∞

버려진 집터에는 죽은 새끼들만이 남아 있음. 바짝, 수분이 마른 표피는 조글조글. 빈털터리. 털 없이 태어나 체온을 유지할 수 없음. 새끼들의 부모는 총에 맞아 죽었을 것으로 추정. 언젠가 산속에서 죽음을 본 적 있음. 회수되지 못한 사체가 나뭇가지 사이에 걸려 있음. 숨을 끊어버린 차가운 납덩어리는 작은 몸뚱이 안에 박혀 있음. 납탄은 빠른 속도로 너의 몸뚱이를 향해 직진하며, 너의 살갗을 관통하며, 몸통 깊은 곳까지 파고들며, 회전하고 회전하며 너의 오장육부를 갈아버림. 배를 파먹는 너의 주둥이를 다물게 하기 위해. 나는 네가 허기를 채우기 위해, 흙바닥에 주둥이를 몇 번이고 박았다는 것을 알고 있다. 너는 너의 허기가 원망스럽다. 굶어죽기 전에 맞아 죽음. 총살. 몰살. 국가는 너의 죽음을 위해 총기 사용을 허가한다. 팔천원짜리 목숨.

그래서 종족은 더욱 강해져야 한다.

지독해져야 한다.

∞

정전.

어둠 속에서.

혹시 전기세 안 냈어?

냈어.

그런데 왜지?

凶鳥

온 세상이 어두워진 까닭.

까치집.

까치는 흉조였다.

∞

그날의 정전은 흉조였다.

凶兆

그날 이후, 온 세상이 어두워진 이후. 갑자기 뼈 마디마디가 쑤시고 피부가 찢어지는 듯 아프기 시작했다. 정형외과, 내과, 피부과, 가정의학과. 병원이라는 병원은 가리지 않고 모두 가보았지만 통증의 원인을 알 수 없었다. 나는 병원이 내게 권유하는 이런저런 검사들, 그러니까 피 검사는 물론이고, 수면 내시경과 CT 촬영으로 거금을 날린 후에야 예감했다. 통증으로부터 쉬이 벗어날 수 없으리란 것을. 진통제를 먹어도 아무런 소용이 없었다. 통증은 날이 갈수록 심해졌고, 끝내 일상생활이 불가능한 지경에 이르렀다. 결국 일마저 그만둬야 했다. 나 하나쯤 그만둬도 그만인 일을, 다른 사람을 구하면 그만인 일을. 누군가 떠난 자리에 내가 앉았던 것처럼, 내가 떠난 자리에 다른 누군가가 앉으면 그만이었다. 그만이다. 그만이다. 이제는 그런 생각도 그만. 무언가 생각할 힘조차 내게 남아 있지 않아서, 나는 자려고 했다. 낮이고 밤이고. 적어도 잠들어 있을 때만큼은 잠시나마 통증을 잊을 수 있었으니까. 나는 잠들지 않고는 견딜 수 없는 고통을 알아가고 있었다. 몸은 하루가 다르게 야위어가고. 뼈마디가 도드라지고. 앙상해지고. 점점 가벼워지고. 거의 사라질 듯, 가벼워지고. 그런 나를, 점점 힘을 잃어가는 나를, 너는 그저 지켜볼 뿐이다. 너는 나 몰래 울고, 나는 그런 너를 위로할 길이 없다. 내가 아프지 않아야 네가 슬프지 않다는 걸 알지만. 나는 이제 더이상 아프지 않을 자신이 없다. 매일 새벽, 너는 일을 나서며 내게 말한다. 다녀올게, 금방 다녀올게. 네가 나가면, 문밖으로 너의 발소리가 들린다. 그 희미한 소리에 기대어, 나는 너의 걸음의 무게를 헤아려본다. 이내 소리가 사라진다. 네가 나의 아픔을 온전히 체감할 수 없듯. 나도 너의 아픔을 온전히 체감하지 못한다. 너의 아픔은 온전히 너의 것이다.

∞

서울 남구로역, 해도 뜨지 않은 거리에 몰려든 사람들. 하나둘. 나는 사람들 사이를 어정거린다. 스치기만 해도 담배 냄새에 찌들어 있는 아저씨들. 이미 술로 건강을 망친 듯이, 얼굴이 누렇게 변한 사람들. 발걸음이 무거운 내 나이 또래의 사람들. 어쩌다가 이곳에 오게 되었는지 알 수 없는 이십대 초반의 아이들. 주름 하나 없는 그들의 앳된 얼굴에도 근심이 서려 있는 것이다. 각자 삶의 사연을 가진 사람들이 거리에 뒤섞인다. 기도한다. 오늘은 꼭 일을 할 수 있기를. 내게 그 어떤 일이라도 주어지기를. 무슨 일이라도, 무슨 일이라도, 해야 하는 것이다. 그 어떤 일이라도, 그 어떤 일이라도, 해야 하는 것이다. 고된 일이라도 해야 한다. 일을 아예 배정받지 못하는 것보다 그쪽이 더 나을 테니까. 성격이 더러운 인간을 만나 하루종일 욕을 처먹더라도, 하루종일 한파에 벌벌 떨며 얼어붙은 땅을 파더라도, 그게 더 나은 것이다. 그저 집에 가만히 있는 데도 돈이 드니까. 먹고 자는 데도 돈이 드니까. 사지 않고는 하루도 살 수 없으니까. 나는 하루하루가 절박하다. 무엇을 위해 사는지 모르겠으나. 그런 것도 모르면서 나는 감히 필사적으로 살고자 한다. 불경기가 심해져 이곳에서마저 일을 배정받지 못한 채, 집으로 발걸음을 돌려야 하는 사람들. 나 또한 그 사람들 중 한 명이 될 수 있음을 기억해야 한다. 좀처럼 나아지지 않는 삶이라도, 목숨에 책임을 다해야겠다는 마음으로. 나는 기다린다. 기다린다. 운좋게 선택을 받는다. 낯선 사람들과 함께 승합차에 올라탄다. 아직도 세상이 어둡다. 승합차 내부는 더 어둡다. 현장에 도착하면 해가 뜰 것이다. 차창 밖으로 일자리를 구하지 못한 사람들이 보인다. 그들은 여전히 거리를 떠나지 못한 채. 담배를 피우고, 침을 뱉고, 생각에 잠긴다. 쓸데없이. 나는 그들에게 미안함을 느낀다.

∞

벌목 작업은 이미 끝. 벌목 후에는 땅속에 남은 나무뿌리를 제거하는 작업을 해야 하는데, 그마저도 거의 마무리. 뿌리, 뿌리, 뿌리, 잘려나간 뿌리. 뿌리, 뿌리, 뿌리, 온통 뿌리만 남음. 어떤 나무의 뿌리였는지 알 수조차 없음. 이곳은 원래 어떤 곳이었는지. 어떤 풍경을 간직하고 있었는지. 상상조차 할 수 없음. 나는 승합차가 황량한 땅 위에 떨구어놓은 수많은 사람들 중 한 명일 뿐이고. 잘려나간 뿌리만 남은 땅으로부터 내가 알 수 있는 건, 앞으로 이 땅 위에서 벌어지게 될 일들뿐. 황량한, 황폐한, 쓸쓸한, 스산한, 허전한. 잘려나간 뿌리만 남은 땅. 이곳에는 고층 아파트 단지가 세워질 것이다. 누군가 사고팔 것이며, 누군가 그 안에 들어와 살 것이다. 그 집에 사는 건 내가 아닐 것이다. 그저 이 땅 위에서 벌어지는 일들을 목격하는 일. 그것이 나에게 주어진 일이다.

∞

대화는 함바집에서 밥을 먹으면서 시작된다. 과거에 축사를 크게 운영했다는 사람. 정년퇴직을 한 지 얼마 되지 않은 사람. 신용불량자가 되어 일용직 노동을 시작하게 되었다는 사람. 혼자서 자식을 키우는 사람. 말하는 내내 입에 욕을 달고 사는 사람은 나이를 가늠하기 어렵다. 말장난을 좋아하는 사람과 공기업 면접 결과를 기다리고 있는 사람. 학비를 모으고 있는 사람. 고가의 운동화를 사려고 현장에 나온 사람은 밥을 먹는 내내 사람들의 놀림거리가 된다. 그리고 그 누구와도 말을 섞지 않고 밥을 먹는 사람. 반장님의 말에 따르면, 그는 전과가 있는 사람이라고 한다. 물론, 그 말을 다 믿어서는 안 된다. 한편, 시종일관 죽상을 하고 있는 사람도 있다. 나는 그에게 말을 건넨다. 안 좋은 일이라도 있느냐고. 원래 사는 게 다 안 좋은 일뿐이지마는. 그는 아픈 애인을 혼자 집에 두고 온 것이 걱정이라고 말한다. 그의 표정이 좋지 않아, 나는 더이상 그에게 기분을 내어 말을 건넬 수 없다. 참 안됐네요. 나는 짧게 답하고, 그릇에 남은 제육볶음을 마저 먹는다. 일은 식사를 끝낸 후에 다시 시작된다.

∞

점심을 먹고 돌아오니, 까치 한 마리가 공사장 흙바닥에 부리를 박고 있다. 벌레를 찾고 있는 듯한데, 아무것도 없는 모양이다. 인기척에도, 굴삭기 소리에도, 까치는 도망가지 않는다. 까치는 도망가지 않는다. 잔뜩 굶주려 있기 때문에 도망가지 않는다. 까치가 계속 흙바닥에 부리를 박고 있다. 저 새끼 골때리네. 최씨가 까치를 보며 말한다. 저 새끼. 이 새끼. 이곳에서 이름이 없는 건,

까치나 나나 마찬가지다. 그때 휴학생이 까치를 보며 말한다. 다들, 군대에서 총 좀 쏘셨으면 까치 사냥 가세요. 까치가 전신주에 집을 지어서 아주 문제라던데. 정전을 일으켜서요. 농가 피해도 심각하고요. 지난번 현장에서 만난 아저씨는 주말마다 까치 잡으러 다닌다고 그랬어요. 총기 지급받으려면 수렵면허가 있어야 하는데, 어쨌든 말이에요. 그거 돈이 꽤 되나봐요. 그는 신나게 말하고, 최씨는 그의 말을 끊으며. 야, 이 자식아. 까치 잡는 게 쉬워 보이냐. 까치가 대가리가 얼마나 좋은데. 웬만한 인간 대가리보다 낫다. 얼마나 빠른지 사람도 가지고 노는 자식들이야. 그리고 얘 생긴 것 좀 봐라. 봐봐. 까치나 잡을 수 있게 생겼는지. 최씨의 눈에 도대체 내가 어떻게 보이는지 모르겠지만, 사람들은 공사판으로 날아든 까치 한 마리 때문에 말이 많아진다.

∞

꿈이었을까.

현관문을 열었을 때,
싸구려 장판에 부리를 박고 있는
까치 한 마리와 마주한 일.

네가 사라진 그날.

∞

겨울은 지옥이었다. 변이 바이러스 발생 이후, 정부는 예방적 살처분 범위를 확장시켰다. 변이 바이러스가 발생한 지점으로부터 반경 오 킬로미터 이내의 가금류는 모두 예방적 살처분 대상이 되었고, 십오 킬로미터 이내의 농가 거주민들은 이동이 제한되었다. 가금류 살처분 현장에는 대규모 인원이 투입되었다. 그러는 한편, 원인 불명의 통증을 호소하는 사람들이 폭증했다. 더불어 원인 불명의 통증에 시달리던 사람들이 어느 날 갑자기 새가 되어 날아갔다는 증언도 쏟아지기 시작했다. 사람들은 증언하는 사람들을 미친 사람 취급하기도 했지만.

"헛소리 좀 작작."
"사이비지, 사이비. 사이비 종교의 계략입니다."
"세상 말세다."
"사회를 혼란스럽게 만드는 언론 플레이를 멈춰라!"

얼마 지나지 않아, 변이 바이러스에 감염되면 통증에 시달린다는 유언비어가, 통증에 시달리다가 새가 되어버린다는 유언비어가, 그렇게 새가 되면 또다시 인간을 감염시킨다는 유언비어가 나돌기 시작했다. 새는 혐오의 대상이 되었다. 감염에 대한 공포는 이 믿을 수 없는 이야기에 설득력을 부여하기 시작했다. 과학적으로 증명된 바는 아무것도 없었지만, 증명된 바가 없었기 때문에 오히려 새에 대한 혐오는 더 빠른 속도로 확산되어갔다. 사람들은 새가 되는 것을 두려워했다. 새를 두려워했다. 어떤 사람들은 새가 되느니 그냥 죽는 게 낫다고 말하기도 했지만. 이미 이곳은 새가 살 수 없는 세상이 되었다.

∞

병든 닭(쓸모없음/폐기처분). 아픈 닭(쓸모없음/폐기처분). 자주 아픈 닭(쓸모없음/폐기처분). 시름시름 앓는 닭(쓸모없음/폐기처분). 체력이 좋지 않은 닭(쓸모없음/폐기처분). 알을 잘 낳지 못하는 닭(쓸모없음/폐기처분). 알을 낳지 못하는 닭(쓸모없음/폐기처분). 살이 잘 찌지 않는 닭(쓸모없음/폐기처분). 체구가 작은 닭(쓸모없음/폐기처분). 근육이 너무 많은 닭(쓸모없음/폐기처분). 날고 싶은 닭(쓸모없음/폐기처분). 호기심이 많은 닭(쓸모없음/폐기처분). 고집이 센 닭(쓸모없음/폐기처분). 질투가 많은 닭(쓸모없음/폐기처분). 선한 닭(쓸모없음/폐기처분). 산만한 닭(쓸모없음/폐기처분). 똑똑한 닭(쓸모없음/폐기처분). 그리 똑똑하지 못한 닭(쓸모없음/폐기처분). 화를 잘 내는 닭(쓸모없음/폐기처분). 잘 웃는 닭(쓸모없음/폐기처분). 잘 우는 닭(쓸모없음/폐기처분). 소심한 닭(쓸모없음/폐기처분).

건강한 닭. 알을 잘 낳는 닭. 살이 잘 오른 닭. 남은 닭.

닭. 그 닭이 그 닭. 알 생산. 대량생산.

∞

올해도 야생 철새의 분변에서 바이러스가 검출되었다. 그게 변이 바이러스였다는 게 문제였지만, 사실 그리 이상한 일도 아니었다. 바이러스는 환경에 따라 끊임없이 변이한다. 변이하고 또 변이한다. 변이하고 또 변이하며, 환경에 잘 적응한다. 살아남기 위한 방식이다. 마찬가지로 철새도 살아남기 위해 이동한다. 먹잇감을 구하기 위해, 알을 낳기 위해, 추위를 견디기 위해. 국경을 넘어 이곳저곳으로 옮겨다니는 철새들이니, 언제 어디서든 얼마든지 바이러스에 감염될 수 있었다. 바이러스에 감염된다고 해서 철새들이 모조리 죽는 것도 아니었다. 모조리 감염되는 것도 아니었다. 물론, 참새나 까치와 같은 텃새들도 마찬가지다. 모조리 감염되는 건, 철새가 아니라 축사의 닭들이었다. 철새들이 다양한 유전자를 가지고 있는 것과 달리, 축사에 사는 닭들의 유전자는 오랫동안 인간에 의해 선택되어왔기 때문이다. 다양성은 산업 시스템을 위해 폐기된 것이다. 나는 오랫동안 수의사로 일했지만, 정작 바이러스 사태가 벌어질 때는 할 수 있는 일이 없었다. 정부가 방역을 총괄했으므로 동물을 살릴 수 있는 권한 같은 건 내게 없었다. 살처분 작업에는 공무원과 일용직 노동자가 동원되었다. 영문도 모른 채, 그저 지시에 따라 살처분 작업에 참여한 사람은 평생 씻지 못할 아픔을 가지게 되었다. 나는 아무것도 할 수 없었다. 나는 차마 가늠조차 할 수 없는 것이다. 어느 날 갑자기 영문도 모르는 채 마댓자루에 담겨 생매장되는 닭들의 슬픔을, 지시에 따라 닭들을 생매장시켜야 하는 사람들의 아픔을, 나는 영원히 알 수 없는 것이다.

∞

친구는 폐쇄 조치 구역에서 총으로 철새와 텃새를 잡고 있다고 했다. 나는 매일 아침 주민 센터에 출근해 그물망을 들고 새들을 잡으러 간다고 했다. 주로 잡는 건 비둘기지만, 까치나 참새도 잡는다고 했다. 어쨌거나 도시에 사는 모든 새를 잡는다고 했다. 나는 새를 생포한다고 했고, 친구는 새를 사살한다고 했다. 발견 즉시 사살이라고 했다. 전쟁터가 따로 없다고 했다. 전쟁도 안 겪어본 놈이 말이 많다고 했다. 아니라고, 진짜라고 했다. 이건 새와 인간의 전쟁이라고 했다. 그건 이곳도 마찬가지라고 했다. 그물

망 속에서 살겠다고 발버둥치는 새들을 보면 마음이 아프다고 했다. 사살하는 것만큼이나 생포도 어려운 일이라고 했다. 그럼 새를 생포한 후에는 어떻게 하느냐고 했다. 쓰레기장으로 보낸다고 했다. 가면 죽는 거 아니냐고 했다. 아마 그럴 거라고 했다. 그럼 왜 생포하느냐고 했다. 시민들이 보고 있으니까 그렇다고 했다. 시민들이 왜 보면 안 되느냐고 했다. 시민들이 잔혹한 장면을 보지 않게 하는 게 내가 하는 일이라고 했다. 나는 사회 복무 요원이라고 했다, 전역이 무려 사백 일 남은. 친구 웃더니, 너 완전 새 됐다고 했다. 그러니까 시발, 이라고 했다. 우리는 그게 무슨 말인지는 잘 모르겠지만 그냥 새 됐다고 했다. 군대에서 새만 잡다가 새 될 새끼들이라고 했다. 그래도 전역하면 새 인간이 되자고 했다.

∞

지금까지 밝혀진 바에 의하면, 조류 바이러스는 인간을 감염시키지 않는다. 그러나 변이 바이러스라면 충분히 가능할 수도 있을 것이다. 나는 변이 바이러스가 인간을 감염시킬 수 있다고 믿으면서도, 감염이 되면 새로 변해버린다는 괴담은 믿지 않았다. 다만, 내가 알고 싶었던 건 괴담의 출처였다. 괴담은 언제 어디서부터 어떤 이유로 시작된 것일까. 나는 그 괴담의 출처가 신흥 사이비 종교와 정말 관련이 있을지, 그 사실 여부를 밝히고 싶었다. 그래서 지난 석 달 동안 스무 명의 목격자를 취재해보았지만, 단서가 될 만한 이야기는 건지지 못했다. 그들은 모두 자신의 가족과 애인이 오랫동안 원인 불명의 통증에 시달리다가 한순간 사라져버렸다고 진술했다. 그리고 새를 보았다고. 까치, 참새, 비둘기, 박새, 까마귀 등등. 새로 변하는 모습을 직접 목격하지는 못했으나, 새와 마주한 순간 그 새가 누군지 단박에 알 수 있었다고. 느낄 수 있었다고. 인간이 새로 변한 게 아니라면 어떻게 새가 집안에 들어와 있었겠느냐고. 나는 그들의 말에 얼마든지 의문을 제기하거나 반박할 수 있었지만 그러지 않았다. 중요한 건 괴담과 사이비 종교와의 연관성이었으므로. 그러나 목격자들 중 신흥 사이비 종교와 관련된 사람은 단 한 명도 없었다. 내 추측은 계속 어긋나고야 말았고, 나는 이 사실을 받아들이기 어려웠다. 그들이 사이비 종교에 빠진 게 아니라면, 어떻게 그런 맹목적인 믿음을 가질 수 있단 말인가. 어떻게 그런 일이 가능하단 말인가. 나는 믿을 수 없었다. 새를 새장에 담아온 사람도 있었지만, 역시나 그마저도 믿을 수 없었다. 새장 안에 갇힌 새가, 그러니까 내 눈 앞에서 움직이고 있는 새가 진짜 새인지, 새 인간인지, 구분할 수 없었기 때문이다. 나는 내 눈으로 직접 목격해야만 했다. 목격하고 싶었다. 인간이 새로 변하는 과정을, 인간도 아니고 새도 아니게 되는 그 중간 지점의 모습을. 그래야만 겨우 그들의 말을 믿을 수 있을 것 같았다.

∞

점점 확산되는 말.

빠르게

흩어져 널리 퍼짐.

손을 쓸 수 없이 불어나는 말.

모조리 없앨 수 없는 말.

종식 불가능.

∞

변이 바이러스 발생 지역, 행정구역 단위로 일시적 폐쇄 조치. 일반인들의 출입은 엄격하게 제한되었지만. 매일 오전 아홉시, 제한구역 안으로 줄지어 들어가는 승합차와 군부대 트럭. 하루종일 제한구역 안에서 울려퍼지는 소리. 반복적인 총성과 닭들의 비명 소리. 한쪽에서는 방역복을 입은 사람들이 농가를 중심으로 가금류 살처분을, 다른 한쪽에서는 군복을 입은 사람들이 총을 이용해 철새와 그 밖의 새를 무차별적으로 살생하고 있다.

이 모든 일을 기억할 것.

∞

[TV/ON] 모 언론사에서 '새 인간'이라는 표현을 쓴 것이 문제가 되었는데요. 그러는 한편, 새와 새가 된 사람들을 구분해야 한다는 의견이 있습니다. 선생님께서는 어떻게 생각하시나요?/속이 터지죠. 변이 바이러스에 인간이 감염되면 새가 된다는 건 아무런 근거가 없는 소리예요. 과학적으로 증명되지 않은 사실을 가지고, 무슨. 지금 우리가 할 일은 변이 바이러스 백신을 개발하고, 바이러스 확산을 막는 거죠. 만약에, 정말 만약에 말이에요. 변이 바이러스에 감염되어 인간이 새가 된다는 것이 사실로 밝혀지면, 그때 새와 인간을 구분해도 되지 않겠어요? 새 인간이니 뭐니, 말장난할 여유 없을 텐데요./그런데 목격자가 한두 명이 아닙니다. 어느 날 갑자기 사라진, 그러니까 한순간에 증발되어버린 사람들이 급증하고 있어요./일본도 버블 붕괴 이후로, 증발 인구가 급증하지 않았나요. 부동산 시장이 한순간에 무너지고, 경기침체가 지속된 후로 말입니다. 삶의 궁지에 몰린 사람들이 자진하여 사회 밖으로 나간 거죠. 그렇지만 현재 한국의 인구 증발 현상을 바이러스 사태와 엮는 건 비약이라고 생각하는데요. 더군다나 한국은 부동산 시장도 아직 멀쩡하고요. 솔직히 한국에서 사람이 증발되는 게 말이 됩니까? 이렇게 CCTV가 많은 국가에서./정말 그렇게 생각하세요? 새들의 수도 폭발적으로 증가하고 있어요. 실제로 통계자료도 있지 않습니까. 우리가 이 현상에 대해 조금 더 진지하게 조사할 필요가 있지 않겠어요?/세상에,

그런 통계가 있어요? 통계가 잘못된 거 아닙니까? 통계청을 조사해야 되는 거 아닙니까?/네, 그런 통계가 있어요. 선생님은 모르시겠지만요. 그럼 질문을 바꿔보겠습니다. 지금 현재 대규모 살처분이 이뤄지고 있는 한편, 철새와 텃새들을 포획한 사람들에게도 포상금을 지급하기로 했는데요. 이거 십 년 전, 아프리카돼지열병 때랑 똑같지 않습니까. 당시에도 국가에서 적극적으로 야생 멧돼지 포획에 나섰죠. 지금 우리 정부에서 하는 노력들, 그러니까 살처분과 그 밖의 새들을 포획하는 게 실질적으로 바이러스 예방에 도움이 되는 겁니까. 그게 정말 맞습니까./화근이 될 수 있는 싹은 미리 잘라버리는 게 좋지 않겠습니까. 안전 불감증은 심각한 문제입니다. **[TV/OFF]**

∞

너, 내게 말하다. 더이상 이렇게 살 수 없다. 비닐 소리가 나지 않게 조심해. 우리는 소리 없이 떠나다. 농지 위에 지은 비닐과 천막의 집. 비닐하우스 농작물 같은 삶을 떠나다. 캄캄한 밤이다. 거의 아무것도 보이지 않음. 배 향기가 나다. 그저 배 향기로부터 멀어지면 되는 것이다. 너, 어둠 속에서 내 손을 잡다. 나를 이끈다. 과수원을 떠나다. 몰래. 이 나라를 떠나다. 그러나 아직은 아니다. 떠날 수 없다. 돈이 필요하다. 돈이 필요하기에 걷다. 계속 걷다. 아침이 가까워질 때까지. 시장으로 가다. 우리는 일이 필요하다. 현금이 필요하다. 시장에서 만난 사람. 그는 우리가 필요하다. 그는 우리가 필요할 뿐. 우리가 누군지 궁금하지 않다. 빨리, 빨리. 빨리 타세요. 빨리 타. 그의 말에 따라 우리는 자동차에 올라타다. 빨리 타다. 빨리, 빨리. 코리안 스타일. 오케이? 자동차 안에는 사람들이 많다. 모두 처음 보는 사람들. 말이 없는 사람들. 우리는 의자에 앉다. 너는 말없이 창문 밖을 바라보다. 자동차가 출발하다. 자동차를 타고 왔던 길을 되돌아가다. 그가 우리를 과수원으로 다시 데려다놓을까봐 무섭다. 무섭다. 자동차 빠르고 자동차 빨라서 덜컹거리다. 엉덩이가 아프다. 너는 아프다. 두꺼운 옷으로 가려진 멍자국. 나는 알아. 너는 아프다. 아파야 하는 이유 없이 아프다. 어둠 속에서 네가 내 손을 잡았듯. 나는 너의 손을 잡다. 저멀리, 창밖으로 보이는 땅. 파헤쳐진 땅. 우리는 그곳으로 가다.

∞

너무 이상하지 않아요?
이렇게 모두가 먹고살기 힘든데,
다들 집이 없어서 전전긍긍하는데,
여전히 아파트는 계속 지어지고,
집값은 계속 오르고,
거기에 누군가 산다는 게.

∞

일반인들의 출입이 엄격히 금지된 구역. 출입을 금지하지 않았더라도 그 누구도 출입하고 싶어하지 않을 구역. 고밀도 사육이 이뤄진 구역. 머리가 지끈지끈 아플 정도로, 더러운 냄새가 코끝을 찌른다. 그러나 그때까지만 해도 몰랐다. 냄새의 근원지. 그곳에서 얼마나 끔찍한 일이 벌어지고 있는지를 말이다. 서서히 문이 열린다. 고막을 찢을 듯한 鷄鷄鷄 닭들의 울음소리. 수십만 마리의 닭들이 어둠 속에 파묻혀 있음. 오늘 나에게 할당된 목숨의 개수. 내가 하나둘 끊어 없애야 하는 소리들.

∞

[음 소거] 얼핏, 집을 짓고 있는 현장처럼 보인다. 얼핏, 포클레인이 기초공사를 위해 흙구덩이를 파는 것처럼 보인다. 얼핏, 사람들이 모래주머니를 나르고 있는 것처럼 보인다. 얼핏, 공사가

순조롭게 이뤄지는 것처럼 보인다. 얼핏, 구덩이에서 파낸 흙이 산처럼 쌓여 있는 것처럼 보인다. 얼핏 보면 그렇다는 말이다. 모자이크 처리된 화면 속에서. 모든 것은 얼핏 보여진다. 얼핏 보지 않으려면 노력해야 한다. 노력한다. 모자이크 너머를 보려고 노력한다. 모자이크 너머의 진실을 보려고 노력한다. 상상력이 동원된다. 상상력을 동원하면, 얼핏, 집을 짓고 있는 현장이 아닌 것처럼 보이고, 포클레인이 기초공사를 위해 흙구덩이를 파는 게 아닌 것처럼 보이고, 사람들이 모래주머니를 나르고 있는 게 아닌 것처럼 보인다. 공사가 순조롭게 이뤄지지 않는 것처럼 보인다. 공사중이 아닌 것처럼 보인다. 폐사한 닭들이 산처럼 쌓여 있는 것처럼 보인다. **[음 소거 해제]** 귀를 찢는, 온몸에 소름이 돋게 하는, 눈물이 핑 돌게 하는, 가슴이 무너지게 하는, 목이 메여 말문을 막아버리는, 할말을 잃어버리게 만드는, 아직 죽지 않은 닭들의 울부짖음.

∞

~~닭의 비명은 지속되었다. 집으로 돌아온 후에도. 귓가에 여전히 맴도는 듯. 몸을 아무리 깨끗하게 씻어도 온몸에서 피비린내가 나는 듯했다. 도대체 닭이 왜 이리도 많은지. 죽이고, 죽이고 또 죽이고. 아무리 죽여도 좀체 줄어들 기미를 보이지 않았다. 얼마나 더 죽여야, 이 지옥을 벗어날 수 있을까~~. 썼다가, 모조리 지워버린다. 내가 겪지 못한 고통에 대해서는 쓸 수 없음. 차마 묘

사할 수 없음. 함부로 재현할 수 없음. 아니, 재현될 수 없음. 감히 상상할 수조차 없음. 그렇기 때문에 쓰면 안 된다는 생각과 그럼에도 불구하고 써야 한다는 생각이 교차한다. 아무도 아프지 않고 아무도 슬프지 않은, 그래서 아무런 갈등도 없고 아무런 굴곡도 없는, 그런 이야기를 쓰고 싶다. 차라리 그런 이야기를 쓰고 싶다. 절망으로 가득한 이야기는 쓰고 싶지 않다. 절망적인 이야기를 쓰지 않으려면 절망적인 세상이 아니어야 한다. 세상이 더 나아져야 한다. 세상이 더 나아지길 바라는 마음으로 다시 쓰기. ~~아무런 예고도 없이, 그들이 우리를 급습했을 때. 살려줘. 살려주세요. 우리는 목청이 터져라 외쳤지만, 그 소리는 아무에게도 들리지 않았다. 인간은 좀처럼 우리의 말을 알아듣지 못했다. 아니, 알아들으려고 하지 않았다. 그들은 그저 우리의 날개와 다리를 거칠게 잡아채, 밖으로 내던졌다. 누군가는 땅바닥에 머리를 부딪히며 죽었고, 누군가는 깔려죽었고, 누군가는 눌려 죽었으나, 그렇게 죽지 않아도 결국에는 파묻혀 죽었다. 우리가 밖으로 나와, 처음으로 햇빛을 보았을 때. 우리는 빛과 함께 죽었다.~~ 썼다가, 모조리 지워버린다. 인간의 말로 쓸 수 없음. 주어, 서술어. 쓸 수 없음. 주어, 목적어, 서술어. 쓸 수 없음. 닭은 인간처럼 말하지 않고. 관형어, 주어, 서술어. 인간처럼 생각하지 않고. 주어, 목적어, 부사어, 서술어. 인간과 다른 방식으로 생각하고 느끼기에 쓸 수 없음. 내가 쓸 수 있는 건 이성적 사고를 가능하게 하는 말. 이성을 신뢰하는 말. 인간의 말. 인간의 말로 기록된 역사. 인간의 말로 세운 규범. 인간의 말로 만든 문화. 인간의 말로 지은 문학. 휴머니즘. 인간이 나와 인간을 만나 인간에 대해 사유하는 문학. 인간이 인간에게 감동받는 문학. 인간에 대한, 인간을 위한, 인간만의 문학. 오직 인간만을 위한 문학. 인간이 세상의 주인공이 되는 문학. 인간답게 살 수 있는 조건으로서의 문학. 인간이 동물이라는 사실을 잊게 만드는 문학. 망각의 문학. 의인화. 닭에게 인격을 부여하는 건 인간 중심의 사고에서 비롯된 것이라는 생각이 자꾸만 나를 붙잡아 쓸 수 없음. 문장을 이어갈 수 없음. 닭에게 인간의 목소리가 부여되는 것이 아니라, 인간에게 닭의 목소리가 부여될 수 있기를 바람. 바라는 마음으로 다시 쓰기.

∞

특보 [새 인간의 실체, 변이 바이러스 감염 여부는?]

모 언론사를 통해 영상이 최초 공개되었다. 지금껏 보안용 CCTV나 블랙박스를 통해 새가 현관문이나 창문을 통해서 집밖으로 나오는 장면들이 찍히기도 했지만, 인간이 새로 변하는 순간이 촬영된 영상이 공개된 것은 처음이었다. 아니, 저게 뭐야. 매우 충격적인, 입에 담을 수 없을 정도로 참혹한, 차마 말을 잇지 못하는. 영상은 모자이크 처리되어 있었지만, 식당에서 밥을 먹고 있던 사람들 모두를 얼어버리게 만들었다. 어머, 소름 끼쳐. 도대체 저게 뭐예요. 윽, 토할 것 같아. 먹은 거 아니야? 먹은 거지? 모르겠어. 저거 진짜야? 식당에 있던 사람들은 일제히 숟가락을 내려놓고. 먹던 입으로 말하기 시작. 순식간에 어수선하고 시끄러워지는 식당 안. 에이, 구라야. 저게 말이 돼? 조작된 영상 같은데. 나는 사람들의 웅성거림 속에서 속이 울렁거리는 것을 느꼈다. 내가 토하기 전에 누군가 바닥에 구토를 했다.

∞

↳ 영상 구라라며.

↳ 나는 이제 그것도 못 믿겠음.

↳ 진짜 아무것도 믿을 수 없는 세상이다.

↳ 어째서 정부는 새 인간 사태의 실체를 밝히려고 하지 않으면서, 몇 달째 대규모 가금류 살처분을 계속 이어가고 있는 거지? 존나 수상해.

↳ 우리 같은 사람들이 알 일이 아니야. 윗대가리들이 알아서 할 일이지.

↳ 바이러스 청정국 이미지를 지키려는 것.

↳ 이미지 때문에 닭들이 죽어야 해?

↳ 이미지가 전부다. 이미지로 먹고사는 거다.

↳ 정부도 새 인간이 실재한다는 걸 알게 된 거지. 당장 치료할 방법이 없으니, 국가에서 나서서 무상 치료하겠다고 하면 돈이 많이 드니까. 사실 눈으로 보기에는 새나 새 인간이나 똑같으니까 그걸 가려낼 방법도 딱히 없잖아.

↳ 그래 맞아.

↳ 여기에 줏대 없는 철새 새끼들 너무 많네. 네 생각을 가져라.

↳ 그렇게 말하는 너도 결국에는 새대가리.

↳ 새 인간이 국가를 위해 무슨 일을 하겠어. 새들은 노동력도 없잖아. 새 인간들은 국가 발전에 아무런 도움도 되지 않는 존재다. 똥이나 싸지르겠지.

↳ 제일 좋은 방법은 하루빨리 바이러스를 박멸하는 거 아니겠어? 그게 새든 인간이든. 바이러스 없애고, 건강한 인간들이라도 잘 사는 게 낫지.

↳ 아니면, 다른 나라와 거래함? 닭고기 수입하고 전기자동차 팔려고?

↳ 루머 퍼뜨리는 생각 없는 인간들 너무 많네. 변이 바이러스에 감염되어 새 인간이 되는 거라면, 가족들은 왜 멀쩡할까? 살처분 현장에서 일하는 사람들도 감염 안 되는데. 새 인간의 실체가 어찌되었건, 감염에 의한 것은 아니다.

↳ 새의 개체수가 폭발적으로 증가하고 있습니다. 이러다가 새 세상 되면 어쩌죠?

↳ 새들 때문에 이게 다 뭐예요. 새가 점점 많아지는 거 무서워요.

↳ 여기가 바로 헛소문의 근원지구나. 시발.

∞

건설 현장 부근, 가로수에 까치 두 마리가 집을 짓기 시작했다. 요즘 같은 때, 까치라니. 더군다나 저렇게 눈에 띄는 곳에 집을 짓는 건 미친 짓이었다. 그들은 목숨을 걸고 집을 짓고 있었다. 나는 일을 하다가 지칠 때면 고개를 들어 까치를 보았다. 까치 두 마리는 번갈아가며 나뭇가지를 물어 온다. 물어 오고 있다. 가로수 나무 위에 물어 온 나뭇가지를 올린다. 떨어진다. 올린다. 떨어진다. 반복한다. 지금까지 얼마나 많은 나뭇가지를 물어 오고, 올리고, 떨어뜨렸는지. 나는 그 반복을 계속 무의미하게 지켜보고 있다. 그러나 그 모습을 지켜보는 건 때때로 내게 힘이 된다. 큰 힘이 된다. 저기 좀 봐요. 까치가 집 짓는 걸 보면 좋은 일이 생긴다는 말이 있어요, 한국에서는. 속설 같은 거? 나는 일터에 나온 외국인 친구들에게 속설을 알려주었다. 그 둘은 꼭 같이 다닌다. 저희도 예전에 일하던 곳에서 검은 새 많이 봤습니다. 꼭 좋은 일이 생겼으면 좋겠다. 그 둘은 내게 번갈아 한마디씩 하고, 나는 이에 맞장구를 쳤다. 맞아요. 좋은 일이 생겨야지. 우리는 짧게 몇 마디 나눈 후, 다시 일을 하기 시작했다. 우리가 일을 하는 동안 까치도 일을 한다. 올린다. 떨어진다. 마치 떨어뜨리기 위해 나뭇가지를 물어 오는 것처럼. 나뭇가지는 계속 떨어진다. 떨어지면 다시 올린다. 우리는 삽질을 계속한다. 아직 집은 지어지지 않았지만, 집을 짓기 위해 삽질을 계속한다. 우리는 집을 지어 돈을 벌기 위해, 까치는 집을 지어 살기 위해. 우리는 법적으로 허가받은 땅 위에다가, 까치는 허가받지 못한 곳에다가. 나무 위에서 아래로, 나뭇가지가 우수수 떨어지고 있다. 말짱 도루묵. 그래도 계속한다.

∞

법에 따르면, 바이러스 발생 농가의 가금류는 안락사 후 매몰해야 한다. 단, 24시간 이내. 그러나 법을 준수하기에는 닭이 너무 많은 것이다. 시간을 맞추기에는 닭이 너무 많은 것이다. 몸을 움직일 틈도 없는 닭장 안에서 살아온 닭들이 너무 많은 것이다. 닭은 너무 많고, 닭은 너무 많고, 닭은 주체할 수 없을 정도로 너무 많은 것이다. 닭이 너무 많아서, 닭을 모조리 죽이는 데 시간이 너무 많이 드는 것이다. 안락사시킬 시간조차 우리에게는 없는 것이다. 鷄鷄鷄鷄鷄鷄鷄鷄鷄鷄鷄鷄鷄鷄鷄鷄鷄鷄鷄

鷄鷄 빨리. 빨리! 무조건 빨리! 나는 지시에 따라 닭을 잡는다. 닭은 날지 못하지만, 그걸 잘 알지만, 그럼에도 닭이 어디론가 날아갈까 두렵다. 그래서 더욱더 열심히. 나는 닥치는 대로 잡는다. 목이든 다리든 날개든 어디든 잡는다. 鷄鷄 빨리. 빨리. 빨리! 무조건 빨리! 귀가 먹먹해질 정도. 닭들의 울부짖음. 내가 마댓자루에 처넣는 것은 아무것도 아니다. 아무것도 아닌 것을 마댓자루에 처넣을 뿐이야. 아무것도 아니다. 아무것도 아니다. 아무것도 아니다. 자기암시를 해보지만. 鷄鷄鷄 닭의 체온이 내 피부에 그대로 전해질 때마다. 닭의 심장이 쿵쿵 뛰는 것을 느낄 때마다. 나는 너무도 당혹스러운 것이다. 내가 마댓자루 안에 마구잡이로 처넣는 것이 따뜻해서, 너무 따뜻해서. 금방이라도 눈물이 쏟아질 듯하다. 처넣고, 처넣고, 처넣는다. (……) 처넣고, 처넣고, 처넣는다. (……) 처넣고, 처넣고, 처넣는다. 鷄鷄

鷄鷄 빨리. 빨리. 빨리! 시대가 요구하는 속도에 맞춰.

∞

죽음이 너무 많았다. 죽음이 너무 많아서 죽음인가보다 했다. 죽음이 너무 많고, 죽음이 여전히 너무 많아서 여전히 죽음인가보다 했다. 죽어가다가 죽음. 죽음이 너무 많아서 나도 죽나보다 했다. 나도 죽어가다가 언젠가 죽음. 그러나 닭들은 너무 빨리 죽어갔다. 알을 낳지 못해 죽고, 알을 많이 낳아서 죽고, 병들어서 죽고, 병들 수 있기 때문에 죽고, 스트레스 받아서 죽고, 끼여 죽고, 눌려 죽고, 깔려죽고, 먹히기 위해 죽고, 죽고 또 죽고, 빠르게, 빠르게 죽고 빠르게 죽으면, 그다음에는 더 빠르게 죽어야 했다. 너무 빨리 죽어서, 그들이 어떻게 죽었는지도 모를 때가 있었다. 내가 아는 죽음보다 사실 더 많은 죽음이 있었다. 더 많은 죽음이 있다. 나는 내가 상상하지도 못할 만큼 많은 죽음들을 빌려 산다.

∞

썼다가 모조리 지워버렸지만, 썼다가 지워버렸다는 사실은 모조리 지워지지 않는다. 사실은 지워지지 않는다. 모자이크로도 가려지지 않는 비극이 있었다. 음 소거로도 지워지지 않는 소리가 있었다. 처참하게 죽어가는 닭들의 비명. 죽음 앞에서 고통스럽게 우는 사람들. 그러나 내가 목격한 것은 죽어가는 닭들이지 죽어가는 닭의 심정이 아니다. 울고 있는 사람이지 울고 있는 사람의 심정이 아니다. 나는 그들의 입장이 되어 글을 써보려고 노력하지만, 차마 쓸 수 없음. 이미 벌어진 비극에 대해서는 쓸 수 없음. 상상력이 조금이라도 동원되는 순간, 누군가의 고통은 허구가 될 수 있다. 슬픔은 가짜가 될 수 있다. 그런 생각들이 나를 붙잡아 아무것도 쓸 수 없음. 소설을 쓰는 데 상상력을 동원하지 않기란 사실상 거의 불가능해서 아무것도 쓸 수 없음. 어떤 끄덕거림. 토닥거림. 타자에 대한 공감과 이해는 상상에서 비롯되기도 하지만. 그렇기 때문에 타자는 내가 상상한 타자이기도 하다. 타자를 함부로 상상해서는 안 된다는 생각이 나를 붙잡아 아무것도 쓸 수 없음. 그러나 반드시 써야 한다면, 어디에선가 벌어졌을지도 모르는 일에 대해서는 쓸 수 있을지 모른다. 또는 아직 벌어지지 않은 일에 대해, 어쩌면 앞으로 벌어질 수도 있는 일에 대해. 누구라도 겪게 될 수 있지만, 누구라도 겪어서는 안 될 일들에 대해. 새 인간 사태 이후의 모습을 그려볼 수도 있을 것이다. 이제 비극은 현실이 아니라 소설이 되어야 한다는 가정하에. 반드시 소설적 허구가 되어야 할 일들에 대해서는 쓸 수 있을지도 모른다.

∞

탕!

크게 총성이 울리면,
수백 마리 새들이 숲을 빠져나온다. 뻗어나가듯.
날아간다. 날아가는 새들 속에
새 인간도 있을까. 새 인간을

믿는 사람들과
믿지 않은 사람들에게는

전혀 다른 풍경

∞

도망치고 싶어. 도망치고 싶다. 도망치고 싶은 건 닭들도 마찬가지였을 거다. 도망치고 싶어. 도망치고 싶다. 수도 없이 되뇌었다. 나는 도망치고 싶다고 생각하면서, 닭을 마댓자루에 처넣고, 깨끗하게 목욕을 하고 푹신한 침대에 누워 편안하게 잠드는 밤, 그러니까 내게 종종 있었던 그 밤들을 생각하면서, 닭들을 마댓자루에 처넣는다. 닭장에 갇힌 닭들은 상상조차 할 수 없는 그 밤들을 상상하면서, 닭들에게 미안함을 느끼면서, 미안하지만 나도 어쩔 수 없다고 생각하면서, 닭들을 마댓자루에 처넣는다. 닭은 마댓자루 속에서 운다. 울고 있다. 마댓자루에 가려진 슬픔. 그들의 슬픔은 가려져야 한다. 참혹함. 끔찍한 장면들은 가려져야 한다. 좁은 닭장 안에 갇힌 닭들의 삶, 닭들의 죽음, 닭들의 고통. 그것들은 절대로 마댓자루로 가려질 수 없다고 생각하면서, 닭들을 마댓자루에 처넣는다. 처넣으며, 나는 마스크 속에서 운다. 울고 있다. 마스크에 가려진 슬픔. 나의 슬픔은 가려져야 한다. 괴로움. 고통스러운 마음은 가려져야 한다. 계속, 닭은 마댓자루 속에서 운다. 울고 있다. 또다시, 나는 도망치고 싶다고 생각하면서, 닭을 마댓자루에 처넣고, 도망칠 수 없다고 생각하면서, 닭을 마댓자루에 처넣고, 닭을 모조리 죽여야만 겨우 벗어날 수 있는 지옥을 생각하면서, 닭을 마댓자루에 처넣고, 닭을 마댓자루에 처넣으며 닭을 마댓자루에 처넣고 싶지 않다고 생각한다. 도망치고 싶어. 도망치고 싶다. 도망치고 싶은 건 닭들도 마찬가지였을 거다. 도망치는 닭을, 닭의 날개를, 내 손으로 강하게 움켜쥐면서, 도망치고 싶다고 생각한다. 도망치고 싶다고 생각하고, 도망치고 싶다고 생각하고, 도망치고 싶다고 생각하면서 도망칠 수 없도록 만들고 도망칠 수 없게 만들기에 계속 도망치고 싶다고 생각하고, 그렇게 계속 도망치고 싶다고 되뇌면, 닭들의 비명이 들린다. 도망치고 싶어. 도망치고 싶다.

∞

그날의 기억: 죽음을 앞둔 돼지들. 각자 다른 목소리로 외치고 있지만, 나는 그 소리를 뭉뚱그려 한 단어로 말할 수밖에 없다. 비명. 돼지의 비명. 각자 다른 말을 하고 있지만, 나는 그 소리를 뭉뚱그려 한 단어로 말할 수밖에 없다. 절규. 돼지의 절규. 조금 더 최선을 다해 말해본다면. 돼지의 비명과 절규. 그보다 더 최선을 다해 말해본다면. 한 마리 돼지의 비명과 절규. 오직 단 한 마리 돼지의 비명과 절규. 그러나 그렇게 한 마리 한 마리의 비명과 절규에 귀기울이기에는 돼지가 너무 많다. 돼지는 너무 많다. 돼지, 돼지, 돼지, 돼지는 계속 돼지. 계속. 돼지. 죽음은 어떤 식으로든 계속되고. 돼지는 돼지일 뿐. 돼지와 돼지는 구분되지 않는다. 돼지는 돼지일 뿐, 오직 단 한 마리의 돼지가 되지 못하고. 비명이라는 한마디 말 속에 파묻힌 무수한 목소리들. 절규 속에 파묻힌 구체적인 말들. 깊은 흙구덩이 속에 파묻힌 목숨. 침묵. 기어코 침묵. 인간이 이해할 수 없는 목소리와 말들은 매장된다. 기어코 매장된다.

생매장된 목소리와 말.
악취를 풍기며 썩고 있다.
무기명.

입 구덩이를 판다.

∞

십 년 만에 다시 땅을 파헤치자, 악취. 악취는 그날의 악몽을 깨웠다. 돼지 위에 비닐을 덮고 묻은 것이 문제였다. 비닐이 쉬이 썩지 않듯. 쉬이 썩지 못한 건 비닐에 덮인 채 죽어야 했던 돼지들도 마찬가지였다. 더군다나 소독을 위해 뿌린 석횟가루는 땅속에 사는 미생물까지 죽여버렸다. 미생물이 없는 땅에서는 그 무엇도 자연스럽게 부패될 수 없었다. 자연스럽게 썩어 흙으로 돌아가는 과정을 거치지 못하고, 새까맣게 곪아 썩어야 했던 살점들. 그 사이로 보이는 척추와 두개골. 십 년이 지난 지금까지도 돼지는 돼지의 형태를 유지하고 있었다. 이대로는 절대 흙이 될 수 없다는 듯. 마치, 자신들의 죽음을 고스란히 기억하라는 듯. 돼지의 사체는 분명 내게 말하고 있었다. 죽음을 반드시 기억하라고. 나는 돼지의 피와 지방으로 인해 이미 축축해질 대로 축축해진 땅 위에 서 있었다. 살생의 흔적을 간직한 땅에서는 아무것도 자라날 수 없었다. 여기도 열처리 해야겠는데. 우리는 땅을 태워야 했다. 태워야만 했다. 핏물에 적셔진 땅을, 곰팡이로 뒤덮인 땅을. 태워야만 했다. 땅을 태우면, 우리의 과오도 함께 태워지기를. 그게 가능하기만 하다면, 그렇게 되기를. 몇 달간, 악취를 쫓으며 느낀 바는 딱 하나였다. 우리가 늦었다. 우리는 이미 늦을 대로 늦었다.

∞

승합차에 오르기 전, 그가 축사 쪽으로 고개를 돌리며 말했다. 혹시 닭이 된 인간도 있을까요. 그건 왜 물어. 너 설마 새 인간 이야기를 믿는 거냐. 나는 이미 몸과 마음이 많이 지쳐 있었기 때문에, 그에게 따뜻하게 말할 힘이 없었다. 축사에 새 인간이 있겠냐. 전부 다 여기서 태어나서 여기서 죽는 애들인데. 최대한 냉정하게 말하려고 했지만, 그렇게 말하면서도 마음이 무너질 것만 같았다. 몇 마디 더 했다가는 그대로 주저앉게 될지도 몰랐다. 그렇죠? 정말 그렇겠죠? 저도 그렇게 생각하긴 해요. 그런데 혹시 아까 제가 죽인 애들 중에 인간도 있을까봐. 손으로 다 느껴졌는데, 심장 뛰는 거…… 나는 그가 제발 그만하기를 바랐다. 야, 빨리 타. 잊어. 잊어. 그의 손목을 잡아채, 승합차가 있는 곳으로 끌고 갔다. 잊어, 잊어. 나는 주문을 외우듯 그에게 말했지만. 잊어, 다 잊어. 계속 그에게 말했지만. 잊어, 잊어야 해. 정작 모든 걸 잊고 싶은 건 나였는지도 모르겠다. 잊어. 잊어야 돼. 잊어야 산다, 너. 나는 냉정하게 말하며 승합차 안으로 그를 밀어넣었다. 거의 내팽개치듯. 내가 왜 그랬을까. 닭을 다루는 데 익숙해진 탓이었을까. 나는 나 자신에게 놀라, 눈을 동그랗게 뜨고 그를 바라보았다. 당황한 나머지 미안하다는 말도 곧장 나오지 않았다. 그때 그가 내게 손을 내밀었다. 아주 차분하게. 타세요. 괜찮아요. 괜찮아요. 나는 승합차에 올라타 문을 닫았다. 탕! 탕! 멀리서 총소리가 들려왔다. 해질 무렵이 될 때까지도 군인들은 새잡이를 멈추지 않는 모양이었다. 탕! 탕! 죽음 앞에서 냉정해질 수 있는 사람이 있을까. 살처분을 지시한 사람들은 냉정한 판단을 했다고 믿겠지만. 이곳에서 냉정해질 수 있는 사람은 아무도 없었다. 탕! 탕! 총소리가 반복될수록, 하늘은 점점 더 붉게 물들어갔다.

∞

겨우내, 까치가 집 짓는 걸 보다. 지켜보다. 까치 두 마리 서로 힘을 모아 여러 개의 나뭇가지를 쌓다. 쌓고 또 쌓다. 쌓이면 쌓일수록 나뭇가지 얽히고설키다. 다시, 까치 두 마리 서로 힘을 모아 여러 개의 나뭇가지를 쌓다. 쌓고 또 쌓다. 쌓고 또 쌓으면서 얼기설기 엮다. 엮다보면 더 많은 나뭇가지를 엮을 수 있게 되다. 더 빠르게 엮을 수 있게 되다. 서로 엮이면서 단단해지다. 점점 더 튼튼해지다. 까치도 튼튼해지다. 몸집도 제법 크게 자라고 더 높이 날 수 있게 되다. 더 크고 두꺼운 나뭇가지를 물어올 수 있게 되다. 그들은 이제 철사나 솜도 물어올 수 있게 되다. 그들은 적응하다. 도시에 적응하다. 환경에 적응하다. 점점 더 능숙해져가다. 우리도 점점 더 능숙해져가다. 능숙해지다. 집 짓는 일. 우리는 집을 지어 돈을 받다. 집을 사지 못할 만큼의 돈. 그러나 이 도시를 떠날 수 있을 정도의 돈. 우리가 지은 집은 높다. 높은 집 옆에 까치 살다. 까치는 높이 날다. 우리는 떠나다.

∞

박탈. 씨앗을 심고 식물을 기를 수 있는 능력. 박탈. 스스로 식량을 구할 수 있는 능력. 박탈. 스스로 세상을 배울 수 있는 능력. 박탈. 스스로 치유할 수 있는 능력. 박탈. 스스로 옷을 만들어 입을 수 있는 능력. 박탈. 스스로 집을 지어 살 수 있는 능력. 박탈. 필요한 것을 스스로 구할 수 있는 능력. 박탈. 자주성 박탈. 소비하지 않을 권리. 박탈. 시간에 맞춰 움직이지 않을 권리. 박탈. 동물로서 살 권리. 박탈. 되찾기 위해.

羽人羽

날개를 펼치며

방향을 돌리며

도시를 떠나며

∞

그는 일을 그만둘 생각이라고 했다. 그럼 이제 어쩌려고요? 요즘 같은 때 다른 일은 못 구할 거예요. 이번 사태만 끝나면 예전처럼 돌아갈 수 있을 거예요. 나는 어째서 그에게 이런 말을 하고 있는 걸까. 나는 왜 그를 붙잡듯이 말하고 있는 걸까. 몸이 자꾸 안 좋아지는 것 같아서요. 못 볼 꼴을 계속 봐서 충격을 받은 걸 수도 있고, 일시적인 몸살일 수도 있고요. 아니면, 혹시 저도 이러다가 새 인간이 될지도 모르니까요. 그는 웃으며 말했고, 나는 그 말에 웃음조차 나오지 않았다. 아니, 그게 무슨 말이에요. 사람은 감염 안 되는 거 아시잖아요. 그리고 우리가 매장시키는 닭들은 아픈 애들도 아닌데. 나는 조금 격양되어 말했지만, 그는 이에 전혀 동조하지 않은 채 차분하게 말을 이어갔다. 맞아요, 하시는 말씀 다 맞아요. 그래서 제가 정말로 새 인간이 될지도 모른다는 거예요. 곰곰이 생각해보니까, 새 인간이 되는 것도 나쁘지 않을 것 같더라고요. 새로 사는 것도 보통 쉬운 일이 아니지만, 제가 잘 도망치면 되지 않을까요? 사실 저도 처음에는 무서웠거든요. 근데 문득 궁금해지는 거예요. 도대체 이게 왜 두려운 걸까. 어째서 새가 되는 게 두려운 걸까. 어쩌면 사람들은 새가 되는 게 두려운 게 아니라 죽임당하는 게 두려운 건지도 몰라요. 어디서 어떻게 죽었는지 아무도 모르게, 누가 누군지도 모르게, 그렇게 이름도 없이 죽는 거 말이에요. 그러니까, 어느 날 갑자기 그냥 죽어도 되는 존재가 되어버리는 거.

∞

날갯짓. 닭들은 살고자 했다. 도망치기 위해 날개를 펼쳤다. 살기 위해 날개를 펼쳤다. 필사적으로 날개를 펼쳤다. 날개를 펼치며, 다시 날개를 펼치며, 오랫동안 잃어버렸던 본능을 깨우고 있었다. 사람 손에 길들여지기 전으로. 훨훨 날 수 있었던 때로. 날개는 스스로를 지키기 위한 것이었다. 닭이 날 수 있었던 때, 그들은 목숨을 스스로 지켜낼 수 있었다. 목숨을 지키기 위해 더 멀리 도망칠 수 있었다. 그러나 지금은 도망칠 수 없었다. 한 마리, 두 마리 (……) 열 마리, 스무 마리 (……) 백 마리, 이백 마리 (……) 수를 헤아릴 수 없이 많이. 오늘은 살처분 현장에 굴삭기가 동원되었다. 우리는 굴삭기가 버킷으로 닭을 압사시킬 수 있도록 돕고 있었다. 그것을 돕는 게 오늘 우리가 해야 하는 일이었다. 우리는 닭을 잡아 굴삭기 쪽으로 내던졌고, 굴삭기는 버킷을 움직여 닭을 압사시켰다. 한 마리, 두 마리 (……) 열 마리, 스무 마리 (……) 백 마리, 이백 마리 (……) 수를 헤아릴 수 없이 많이. 닭들이 압사되었다. 사방으로 피가 터지고. 한 번에 압사되지 못한 닭들은 피를 흘리며 요리조리 도망치고. 도망치기 위해 날개를 펼쳤고. 파닥. 파닥. 파닥거려보지만 바닥을 벗어날 수 없고. 지옥. 우리는 계속해서 지옥으로 닭들을 내던진다. 닭들은 자신들이 던져지는 이유를 모른다. 모를 것이다. 정말로 모를 것이다. 인부 한 명이 갑자기 구역질을 하며 구역을 이탈한다. 도망친다. 펜스를 넘어, 더 멀리 도망친다. 도망친다. 더 빠르게 도망친다. 그제야 상황을 파악한 수의사가 그를 향해 소리친다. 그를 잡으려 하지만. 그는 이미 멀어졌다. 그는 들판을 뛰고 있다. 흰 방역복을 입은 채. 날갯짓하듯, 팔을 크게 휘저으며 들판을 뛰고 있다. 그는 여전히 산속을 향해 죽도록 뛰고 있다.

탕!

탕!

그가 푹— 쓰러진다.

∞

탕.

탕.

두 발의 총성.

쓰러짐.

갑자기 뱃속이 불타는 듯 뜨겁다.

나는 낙엽 위에

몸을 바르게 펼쳐 누워
본다.

저멀리, 나무 위

새집, 헝클어진 머리카락과 같은.
이성으로 가득찬
인간 머리통 같은.

兆兆兆兆
兆兆兆兆兆兆兆
兆兆兆兆兆兆兆兆兆
兆兆兆兆兆兆兆兆兆兆
兆兆兆兆兆兆兆兆兆
兆兆兆兆兆兆兆
兆兆兆兆

탕!

총성이 다시 울리자
집안에서 집밖으로, 저멀리

羽人羽

날아간다.

도망간다.

탕!

나는 도망쳤을 뿐인데

탕!

어쩌다가 이렇게 되었지.

내가 왜

죽어야 하는지.

죽어야 하는지.

탕!

살아야 해.

살아야 해.

수십 번 되뇌고

다시, 다시

탕! 탕! 탕!

새는 살기 위해
모든 것을 남기고 떠났다.

탕!

兆兆兆兆
兆兆　　　兆兆
兆兆　0 0　兆兆
兆　　0 0 0　　兆
兆兆　0 0 0　兆兆
兆兆　　　兆兆
兆兆兆兆

새로 살기 위해.

| 작가노트 |

새로 살기 위해

까치 두 마리가 나무 위에 집을 짓고 있었다. 나는 매일 밖으로 나가 그들이 집을 짓는 모습을 지켜보았다. 내가 그들을 지켜보는 시간은 고작 십 분 정도였는데, 그 짧은 시간 동안에도 까치는 몇 번이고 나뭇가지를 놓쳤다.

하루는 까치집이 바람에 우르르 무너지는 것을 보았다. 그들은 거의 처음부터 모든 것을 다시 시작해야 했다. 그다음날, 까치는 나타나지 않았다. 결국 모든 걸 포기하고 떠났구나. 한파이기도 했고 힘들게 쌓은 집이 다 무너졌으니까. 그들의 마음이 이해가 가면서도, 그들이 떠난 것이 못내 아쉬웠다. 그러나 그들은 다시 돌아왔다. 다시 집을 짓기 시작했다. 집 짓는 실력은 전혀 나아지지 않았지만 말이다.

언제부턴가 아침에 눈을 뜨면, 가장 먼저 까치가 떠올랐다. 지금쯤 얼마나 지었을까. 한파인데 괜찮을까. 기대되고 기다려지고, 한편으로는 걱정이 많이 되었다. 그들은 모든 것이 인간에게 맞춰진 도시를 살아가고 있었으니까. 나는 그들의 몸집이 조금씩 자라는 모습을 보면서, 나뭇가지를 점점 더 능숙하게 물어오는 모습을 보면서, 그들을 진심으로 응원하게 되었다. 그리고 인간으로서 겸허해질 수밖에 없었다.

끝내 그들은 집을 완성했고, 나는 그 기쁨을 함께했다. 까치 한 마리가 먹이를 물어 집을 들락날락거리는 걸 보니, 무사히 새끼를 낳은 모양이었다. 나는 까치집을 올려다보며 생각했다.

헝클어진 머리와 같네.
까치집은 인간의 머리통을 닮았구나.

그러나 그건 두 발을 땅에 두고 있는 인간의 시선이었다. 직립보행하는, 고작 백육십 센티미터의 신장을 가진 한 동물의 시선일 뿐이었다. 만약 내가 다른 신체를 가졌다면 세상을 이해하는 방식 또한 달랐을 것이다. 내게 날개가 있었다면, 아가미가 있었다면, 네 개의 발이 있었다면, 지금과는 전혀 다른 방식으로 사고했을 것이다. 인간은 인간이 가진 몸을 통해 사유한다. 말한다. 고로, 인간만이 언어를 가진 것이 아니라 인간은 인간의 언어를 가졌을 뿐이다. 나는 한 명의 인간으로서, 그러니까 인간 역시 동물의 한 종이라는 사실에 입각하여 이 소설을 쓰고자 했다.

새와 인간 사이

조대한

형식의 파격과 강렬한 파토스를 담고 있는 서이제의 「두개골의 안과 밖」은 분명 다양한 논의를 펼칠 수 있는 작품이겠으나, 먼저 "*그해는 새의 해로 기록될 것*"(265쪽)이라는 소설의 첫 문장이 지시하는바 '새'를 둘러싼 모종의 사건들과 그와 관련된 여러 화자 '나'의 기록으로 선명히 읽힌다. 처음 전면에 등장하는 새는 까치이다. 작품의 초반부에는 총을 들고 까치를 사냥하는 '나', 그들을 지켜보며 과수원에서 배를 수확하는 '나', 까치의 사체를 조사하며 죽음의 이유를 들여다보는 '나', 집을 짓는 까치를 바라보며 공사장에서 일하는 '나'의 이야기가 이리저리 뒤얽혀 있다.

"벌레가 죽기 때문에 새는 배고프"고 "새는 배고프기 때문에 배를 먹"(268쪽)는다는 서술로 미루어 보건대, 까치가 사냥의 대상이 된 까닭은 비닐하우스 재배, 농약 살포 등 과수를 키우기 위해 시행된 여러 조치로 인해 까치가 부족해진 먹이 대신 인간의 농작물을 파먹었기 때문인 듯싶다. 흠결 없는 상품과 매끈한 자본의 논리 안에서 까치는 "웬만한 인간 대가리보다"(276쪽) 나은 머리로 인간의 재산을 축내는 유해 조수이거나, "한 마리당 몸값, 팔천원"(266쪽)으로 교환되는 개체에 불과할 뿐이다. 그리고 이는 머릿수로 계산되어 "농작물처럼 팔리"(268쪽)는 외국인 노동자와, "가만히 있는 데도 돈이 드"(273쪽)는 이 도시에서 근근이 버티며 삶을 이어나가는 일용직 노동자들의 모습과 나란히 겹쳐 서술된다. 이 같은 인간과 새의 중첩은 흉조凶鳥 취급을 받으면서도 전신주에 꾸역꾸역 집을 짓는 까치들과, 건축 현장에서 매일 집 짓는 일을 하지만 정작 자신은 "집이 없어서 전전긍긍"(286쪽)하는 인물들의 교차 서술을 통해 더욱 도드라진다.

흉조로 전락해버린 까치는 인간 세상의 불길한 징조凶兆 그 자체가 되기도 한다. 인수공통전염병으로 짐작되는 변이 바이러스가 발생한 그해, 바이러스에 감염된 환자들은 원인 불명의 통증에 시달리다 결국 새로 변해버리고 만다는 괴이한 소문이 돌기 시작한다. 근거 없는 혐오만을 내뱉던 사람들은 사람이 조류로 변화하는 모습이 담긴 충격적인 영상이 공개되자 걷잡을 수 없는 공포에 빠진다. 이전의 조류 공포증ornithophobia이 병균을 옮기는 매개체이면서 완벽히 통제할 수 없는 동물에 대한 꺼림칙함에서 비롯됐다면, '새 인간'의 등장 이후의 공포는 자신 또한 그런 동물로 변이될 수 있다는 공포, "어느 날 갑자기 그냥 죽어도 되는 존재가 되어버리는"(306쪽) 것에 대한 공포, 안온한 인간의 울타리 바깥으로 쫓겨나 언제든 피식자로 전락할지도 모른다는 두려움에서 비롯된 것처럼 보인다.

반가운 손님의 방문을 알리고 새로운 치아를 선물해주던 길조로서의 까치는 이 근미래의 서사 속에서 이전에는 없던 새로운 인간상을 예견하는 흉조로 화한다. '인간'의 자리를 뒤흔드는 이 같은 아포칼립스적 상상은 완고한 인간중심주의를 향한 비판임과 동시에 낡은 인간성의 바깥을 사유하고자 하는 시도일 것이다. 이 소설이 다소 부정적인 뉘앙스로 인간의 미래상을 그리고 있긴 하나, '새 인간'의 형상은 이질적인 존재와의 결합으로 인간 이후의 새로운 가능성을 꿈꾸는 최근의 포스트휴먼적 논의와도 그 맥락을 같이하는 듯 보인다. 반려종이나 기계와의 결합을 통해 인간 고유의 물성을 뒤바꾸려 하는 해러웨이의 '키메라'나, 근대 체계가 만들어놓은 사회적 구속을 분열시키고 인간의 언어가 지각할 수 없는 어떤 양태가 되기를 꿈꾸는 들뢰즈와 가타리의 '동물-되기' 등은 유사한 맥락에서 잘 알려진 사유들일 것이다.

여기서 논의를 조금 더 진전시키기 위해 살펴봐야 할 대상은 닭이다. 이 작품 속에서 까치만큼 빈번하게 등장하는 닭은 여러모로 그와 대비를 이루는 새로 그려진다. 까치가 인간의 먹이를 탐내는 이들이라면, 닭은 처음부터 인간의 먹이로서 태어나고 길러지는 존재들이다. 금세 허물어질지언정 도심 이곳저곳에 까치집을 지을 정도로 "도시에 적응"(303쪽)한 까치들과 달리, 바깥으로 날아갈 가능성 자체를 소거당한 채 "몸을 움직일 틈도 없는 닭장 안에서 살아온 닭"(294쪽)은 애초부터 다른 삶의 형태를 부여받지 못한 존재 같다. "*스스로 식량을 구할 수 있는 능력*"과 "*스스로 집을 지어 살 수 있는 능력*"을 "*박탈*"(304쪽)당한 닭의 생애는 도시에 갇힌 인간들의 삶과 보다 내밀하게 닮아 있는 듯하다.

이와 같은 안팎의 대비는 특히 죽음의 형태에서 더욱 뚜렷해진다. 상대적으로 자유로이 하늘을 날아다니는 까치의 죽음은 낱낱의 개체가 총에 맞아 떨어지는 방식으로 묘사되는 반면, 닭의 죽음은 집단 매몰의 방식으로 그려진다. 까치의 죽음이 외부에서 인간의 영역을 침범하는 존재에 대한 징죄에 가깝다면, 닭의 죽음은 우리가 딛고 서 있는 지반 아래에 인간의 죄업들을 더욱 은밀하고 두텁게 쌓아올리는 과정인 셈이다. 비닐하우스에서 비인간적인 삶을 견디지 못하고 도망친 '나', 바이러스의 경로와 새의 죽음을 기록하는 '나', 그저 우연히 현장에 동원된 '나' 들이 대면하게 되는 것은 닭들의 죽음이 집행되는 참혹한 현장이다. "고막을 찢을 듯한 鷄鷄鷄鷄鷄鷄鷄鷄鷄鷄鷄鷄 (……) 닭들의 울음소리"(287쪽) 앞에서 '나'는 손끝에 닿는 체온과 필사적인 몸부림을 느끼면서도 어쩔 수 없이 몰살에 동참한다. 이 지옥에서 도망치는 "닭들을 마댓자루에 처넣(298쪽)"고, "굴삭기가 버킷으로 닭을 압사시킬 수 있도록"(306쪽) 삐져나온 그들을 다시 "굴삭기 쪽으로 내던"(같은 쪽)진다.

이 끔찍한 도살 장면은 다소 불편할 정도로 생생히 쓰여 있지만, 정작 그것을 기록하는 '나'는 그들의 고통과 죽음을 "차마 묘사할 수 없"(288~289쪽)고 "함부로 재현할 수 없"(289쪽)다고 여기며 자신이 써내려간 그들의 목소리에 연달아 취소선을 긋는다. '나'가 보기에 그 기록은 인간의 문법으로 배치된 "주어, 목적어, 서술어"이자 "인간의 말로 기록된"(289쪽) 공감의 문장들이기에, 구덩이에 산 채로 매장되는 닭의 고통과 처참함을 표현할 수 없다. 수십만 마리의 닭들이 내지르는 비명 역시 음 소거된 활자 위로 일절 전달되지 못한다. 일인칭 '나'들의 파편으로 이루어진 이 소설의 발화 방식은 "그렇기 때문에 쓰면 안 된다는 생각과 그럼에도 불구하고 써야 한다는 생각"(같은 쪽)의 교차가 만들어낸 불가피한 형식이었을 것이다. 그러니 이 작품이 다소 과잉된 한자의 나열과 돌출되는 이미지, 시제를 넘나드는 화법, 급박한 리듬으로 진행되는 단문의 연속으로 가득찬 것은 단순히 실험적인 목적을 위해서가 아니라, 그러한 형식이 아니면 전달되지 않는 그들의 목소리를 표현하기 위해서였을 것이다. 때로는 어떤 형식으로만 간신히 말해지는 것들이 있기 마련이다.

새와 인간 사이의 거리를 조금씩 좁혀가던 이 소설은 결말부에 이르러서야 가까스로 양쪽의 발화를 겹쳐놓는다. 물론 그마저도 직접적인 접합이라기보다는 압사되는 닭들의 모습을 견디지 못해 펜스를 넘어 도망치는 인부와 쫓기는 새의 형상이 맞닿도록 해놓았을 뿐이다. 앞서 이야기했듯 그가 총을 맞고 쓰러지는 마지막 장면이 끔찍하게 느껴지는 이유는 한 인간이 새로 변해 안전한 울타리 바깥으로 넘어가는 즉시 그 또한 기존의 권위를 상실한 피식자로 전락할지도 모른다는 공포 때문일 것이다. 하지만 조금 더 자세히 들여다보면 그 감정 속엔 과거에 피살되었던 동물들도 죽음 앞에서 지금 그와 비슷한 감정을 느꼈을지도 모른다는 찜찜함이 놓여 있는 것만 같다. 다시 말해 그것은 미지의 바깥에 대한 두려움일 뿐만 아니라 지금껏 묵인해왔던 거대한 죽음의 내면을 들여다볼 때 느끼게 되는 불길함, 예컨대 '치느님'이라는 모순적이고 기만적인 이름 아래 음 소거 해왔던 수십억 단위의 비명들을 새삼 상상하게 되었을 때의 섬뜩함 같은 것은 아니었을까.

말브랑슈는 스스로 닭이 되었다고 여기는 '광인'들에 대해 흥미로운 이야기를 남긴 바 있다. "자신을 수탉으로 감각하거나 지각"하는 이들의 "잘못은 그들의 감각에 있는 것이 아니라 판단에 있다"*고 그는 말한다. 이 미치광이들의 결함은 자신을 닭이라고 '감각'하는 데서 발생하는 것이 아니라, 그 감각을 의심 없이 사실로 받아들이는 '판단'에서 발생한다는 것이다. 의미심장한 점은 그들과 대척점에 있는 소위 '정상인'들의 사유 구조 또한 이와 크게 다르지 않다는 점이다. 정상인들 역시 자신을 새가 아닌 인간으로 감각하고 아무런 불안의 낌새 없이 스스로를 정상으로 간주한다. 즉 그들의 자기 정체성 구축 또한 광인과 마찬가지로 감각과 판단을 손쉽게 일치시키는 비약에 기대고 있는 셈이다.

이 논의를 참조한다면 '새 인간'은 인간의 바깥을 상상하게 만드는 단어인 동시에 소위 정상적인 인간이 지니고 있는 사유 구조 깊숙한 곳의 허상과 광기를 역설적으로 드러내는 단어이기도

---

* Malebranche, *Elucidations*, p.570. 미란 보조비치, 『암흑지점—초기 근대 철학에서의 응시와 신체』, 이성민 옮김, 도서출판b, 2004, 131쪽에서 재인용.

하다. 자기 존재와 외부 사물의 구분적 확실성을 천명했던 코기토가 결국 그것의 확실함을 보증해주는 신적神的 판단에 기대어 성립되었던 것처럼, 인간의 범주 및 권리에 대한 이성적 사유 역시 여전한 비약과 텅 빈 믿음에 의해 지탱되고 있는 것인지도 모른다. 그러니 '두개골의 안과 밖'이라는 제목은 "이성으로 가득 찬/인간 머리통"(308쪽)의 안과 밖 모두를 지칭하는 것이다.* 그것은 이 소설이 인간 바깥에 놓인 이질적인 존재들과의 접촉과 결합을 통해 인간의 이성 그 자체를 안쪽부터 되비춰보는 작업이기 때문이다. 홀로코스트가 비이성적인 독재가 아닌 기술과 행정으로 집약된 근대적 이성의 극단에서 발생한 사건이었음을 떠올려본다면, 현재 행해지고 있는 동물의 "대량생산"(279쪽)과 "예방적 살처분"(277쪽) 역시 합리적 시스템이라는 명목 아래 광기의 얼룩을 지우고, 별다른 의문 없이 관습적인 외형을 유지해온 매끈한 생태 학살의 일종으로 훗날 받아들여지는 것은 아닐까.

노예, 흑인, 여성 등을 온전한 인간으로 인지하지 못했던 시절의 인류와 오늘날의 우리는 전혀 다른 인식과 언어를 지닌 사람들일 것이다. 식량으로서 동물을 대량생산하고 도축하는 지금의 우리를 완전히 다른 인간 종으로 여기는 미래 또한 언젠가 도래하지 않을까. 이 소설은 어쩌면 "이미 늦을 대로 늦"(301쪽)었는지도 모를 우리들에게 새 인간으로 변화할 수 있는 마지막 가능

* '두개골'을 소재로 이성의 자기 정립 과정과 외밀하게 맞닿은 '내면' 및 '외면'에 관한 철학적 논의로는 G.W.F. 헤겔의 『정신현상학』(김양순 옮김, 동서문화사, 2016) 206~232쪽을 참조했다.

성에 대해, 광기에 기대어 구멍이 숭숭 뚫린 허약한 인간의 이성에 대해, "상상하지도 못할 만큼 많은 죽음들을 빌려"(296쪽) 살아가는 지금 우리들의 일상을 향해 보내는 날카로운 경고음인지도 모른다.

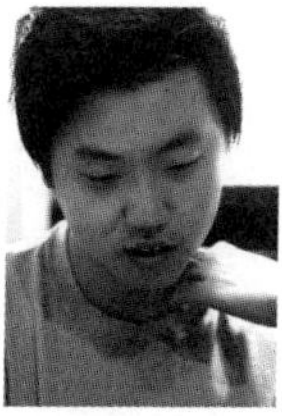

조대한
2018년 현대문학 신인추천을 통해 평론을 발표하기 시작했다.

2022 제13회 젊은작가상

심사 경위
심사평

심사위원

구병모 권희철 손보미 은희경 임철우

선고위원

김보경 박서양 선우은실 소유정 오은교 임정균 조대한

| **심사 경위** |

젊은작가상은 등단 십 년 이하의 작가들이 한 해 동안 발표한 신작 중단편 가운데 일곱 편을 가려 뽑고 다시 그 가운데 한 편을 대상으로 선정한다. 그러나 젊은작가상은 한 해 동안 발표된 소설들 가운데 최고를 뽑아 기념하는 것만을 목표로 하지 않는다. 이 상의 목적은 기존의 어법과 이해에 반발하거나 그것을 넘어서는 새로운 세대의 글쓰기를 조명하는 데 있다. 이 상의 심사 대상을 등단 십 년 이하의 작가들로 제한한 것, 본심에서 논의될 스무 편 내외의 작품을 젊은 평론가들이 고르고 수상작품집에 실리는 일곱 편에 그들이 짧은 해설을 덧붙이는 것, 대상을 따로 뽑기는 하지만 일곱 편 모두를 수상작으로 하고 상금 또한 차등을 두지 않는 것이 모두 이 상의 제정 취지와 관련되어 있다.

올해는 2021년 한 해 동안 계간 『문학동네』의 계간평 코너를 맡아준 문학평론가 선우은실, 소유정, 오은교, 조대한 씨가 장시간의 노고 끝에 서른 편 남짓의 중단편소설을 골라 1차 선고를 마쳤다. 이 선고 작업은 거의 일 년에 걸쳐 이루어진 셈인데, 계간평을 맡아준 네 분이 신작 중단편소설을 모두 검토하고 그 가운데 탁월하거나 논쟁적인 작품을 선별하는 일을 매 계절 계속해왔기 때문이다. 여기에 지난 12월 문학평론가 김보경, 박서양, 임정균 씨가 합류해 2차 선고에서 총 스물한 편을 본심 대상작으로 결정했다.

본심은 구병모, 권희철, 손보미, 은희경, 임철우 제씨가 맡아주었다. 본격적인 토론에 앞서 심사위원들은 스물한 편 가운데 각자 우수하다고 생각하는 다섯 작품에 투표한 뒤 그 결과를 확인해보기로 했다. 그것이 논의의 대상을 좁혀 심도 있는 토론을 가능하게 해줄 것으로 기대했기 때문이다. 하지만 예상과 달리 표가 몰린 두 작품을 제외하고 열네 편의 소설이 고르게 표를 나눠 갖는 바람에 수상작 일곱 편을 선정하는 데 수차례의 토론과 투표를 거듭해야 했다. 그야말로 난항이었지만 이 과정에서 그간 젊은작가상에서 만나볼 수 없었던 신인 작가 여섯 명의 작품을 논의할 수 있었다는 것을 기록해두고 싶다. 비록 수상에 이르지는 못했지만 이 작가들이 있기 때문에 우리의 읽기와 쓰기가 계속해서 다채로워지리라고, 그러므로 머지않아 이들이 다양한 방식으로 조명받게 되리라고 기대해본다.

수상작을 선정하는 데 어려움을 겪은 것에 비하면 대상작을 선정하는 것은 상대적으로 간단한 일이었다. 1차 투표에서부터 김멜라의 「저녁놀」과 임솔아의 「초파리 돌보기」가 압도적이었기 때문이다. 두 작품의 놀라움에 대한 논의가 이어지다가 '「초파리 돌보기」를 지지하지만 「저녁놀」이 대상작이 되는 것도 납득할 수 있다'거나 '「저녁놀」을 지지하지만 「초파리 돌보기」가 대상작이 되는 것도 납득할 수 있다'는 의견들이 오갔다. 서로 다른 작품을 지지하느라 심사위원들이 두 그룹으로 나뉘는 일은 없었다. 마지막에 가서는 단 한 편에 투표해야 한다는 것 때문에 심사위원들 각자가 곤란해진 것처럼 보였다. 최종 투표 결과, 올해 처음 젊은작가상에 이름을 올린 임솔아 작가의 「초파리 돌보기」가 대상작이 되었다. 엄마가 초파리에 각별히 애착을 느끼게 된다는 다소 그로테스크하면서도 애틋한 설정이 소설 안에서 딸이 병든 엄마에 대한 소설을 어떻게 끝맺어야 할지 고민하는 이야기와 어우러지며 삶이란 무엇인가, 그리고 소설쓰기란 무엇인가에 대해 소박하면서도 절실하고 조심스러우면서도 과감하게 답하고 있는 이 소설이 마지막에 심사위원들의 마음을 조금 더 끌어당겼던 것 같다. 임솔아 작가를 비롯해 수상의 영예를 안은 일곱 명의 젊은 작가들 모두에게 축하와 감사의 인사를 건네고 싶다.

| 심사평 |

구병모(소설가)

윌리엄 버로스는 「소설의 미래」라는 글에서 다음과 같이 말한다. "만일 글쓰기에 미래가 있다면, 이는 적어도 과거를 따라잡아야 할 뿐만 아니라, 이전에 회화와 음악, 영화에서 사용되어왔던 기술들을 사용할 줄도 알아야 할 것이다."(랜덜 패커, 켄 조던, 『멀티미디어: 바그너에서 가상현실까지』, 아트센터 나비 학예연구실 옮김, 나비프레스, 2004, 465쪽) 마침 나는 서이제의 소설 「두개골의 안과 밖」을 읽으며 그와 비슷한 생각을 하고 있었다. 미래의 소설은 주제의식에 맞는 문자가 행과 열을 맞춰 나열되기만 하는 게 아니라, 음악의 리듬과 박자를 가지고, 화가의 붓 터치가 느껴지는가 하면, 사진가의 초점이 드러나는 등 하이브리드적인 글쓰기가 될 것이라고 말이다. 이 소설은 형식의 기이함에 비해 그 안에 담긴 내용과 주제의식은 매우 또렷한 편이며, 어지러운 문자의 난장—어쩌면 난도질에 가깝다고 해야 할 해체의 형식은 착취당하는 새의 절규와 광란의 날갯짓을 형상화하면서 주제를 극대화한다. 이 형식 실험이 충분히 전위적이라고 할 수 있는지, 새롭고 생소한 방법인지에 대해서는 여러 이견이 있을 수 있겠다. 그럼에도 자신이 직관적으로 이해할 수 없는 것 또는 익숙지 않은 문법 앞에서 그리 오래 망설이지 않고 돌아서곤 하는 어떤 독서 경향 가운데 비교적 낮은 진입 장벽을 지니고 서 있음으로써, 독자를 조금 낯선 세계로 끌어들일 가교 역할을 할 소설이라고 생각된다. 물론 작가는 그런 역할에 별 관심 없을 것 같고, 바로 그것이 내가 작가를 지지하는 이유이기도 하다.

김혜진의 「미애」는 그동안 작가가 천착해온 소설적 과제들의 연장선상에서 한결같고 치열한 집중력을 선보인다. 좋은 사람은 좋은 것을 많이 가진 사람이라고, 소설 속 미애는 말한다. 그러면 좋은 것이란 무얼까. 작가는 좋은 사람이 된다는 건 뭘까, 라는 질문을 넘어서 무엇이 좋은 것인가 하는 근본적인 질문 앞에 독자를 세운다. 아파트 독서 모임에서 만난 이들이 모두 위선자는 아닐 것이다. 그들은 독서라는 유익한 일을 하며, 환경을 염려하고 약자를 돕고 사회운동을 도모하는 등 인류의 미래를 건설적인 방향으로 움직이려고 애쓴다. 그것이 설령 패션이나 포즈에 불과하더라도, 그조차 하지 않고 팔짱 끼는 것보다는 이롭지 않은가. 이런 모습이 좋지 않으면 세상에 좋은 게 어디 있단 말인가. 그러나 어떤 계급의 문제 앞에서는, 좋고 올바른 보편의 가치와 행위들 마저도 사치가 되어버리고 만다는 것을 이 소설은 보여준다. 좋은 사람이 되고자 했으나 위기 앞에서(다행히 위기는 해프닝으로 끝났지만) 자신의 본색이 드러난 데 대한 당황을 감추지 못하고 차단기를 내린 선우의 허위의식을 마주했을 때, 미애의 그다음 행위는 독자의 허를 찌른다. 불신과 실망으로 씁쓸하게 돌아서는 게 아니라 더욱 참혹하게, 누가 보면 진상이라고 염치없다고 손가락질할 만큼 남의 집 문고리를 붙들고 매달리는 이 장면은 근간 보아온 그 어떤 그로테스크보다 압도적이었다.

"설레지 않으면 버려라"라는 일본의 유명한 정리 컨설턴트의 조언을 실천에 옮기려면, 무엇이 설레고 그렇지 않은지를 고민하고 분류할 만한 시간과 공간의 여유가 있어야 가능한 것 같다. 여유는 삶이 살 만해야 비로소 생겨나는, 대체로 그윽하고 고상한 감정에 속한다. 김멜라의 「저녁놀」에 등장하는 인물들은 어떤 환경에서 살아가는가. 취향이란 다양한 시행착오의 집적으로 인한 결과물일 수밖에 없는데, 그 취향이라는 걸 가지기 어렵도록 총체적 난국(돌아가지 않는 보일러, 나오지 않는 온수, 환풍기 없는 부엌, 협소함)인 주거환경이다. 부득이하게 암호와 은어를 사용해야 하는 삶의 조건 가운데서, 인간의 가장 은밀한 하반신과 관계된 물건을 인간의 가장 상위에 놓인 두뇌—지식과 지혜에 관련된 사물인 '책갈피'라고 부르는 이 유머러스한 아이러니보다도, 나는 작가가 기초 생활의 취약성을 보여주며 그리 대수롭지 않다는 듯 진술한 부분들에 오래도록 눈길이 갔다. 거칠고 난폭한 세상이 주는 모멸을 헤쳐나가는 두 여성의 불안하면서도 따뜻한 사랑의 보금자리가 사뭇 라이트한 터치로 그려짐으로써 전체적인 톤은 암울의 늪에 빠지지 않으며 균형을 유지하는데, 솔직히 나는 딜도가 일종의 주인공이자 '자백'에 취한 화자이기까지 한 소설을 이렇게 사랑하게 되리라곤 상상도 못했다.

서수진의 「골드러시」는 이국의 고단한 삶 속에서 사랑은 변하고 의심은 남고 오해는 쌓인다는, 일견 통속적인 전개가 스피디하게 펼쳐진다. 작가는 한 단락을 읽을 때마다 다음 단락에서 곧 뭔가 큰일이 일어날 것만 같은 음산함과 긴장감을 간결한 문체로 압박하듯이 쌓아올린다. 부부가 함께해야만 했던 영주권이라는 구실이 사라진 뒤로는 채소가 잘 자라 풍성해진 뒤뜰마저도 폐광에 다름 아닌 두 사람의 관계와 대비되면서 황폐한 벌판으로 다가온다. 빛나는 보석 반지, 빛났던 금맥, 그 모든 빛남이 두 사람에게는 어울리지 않는다. 막장은 더이상 나아갈 수 없는, 갱도의 막다른 곳. 관계의 막장. 건드리면 천장이 무너지니까 섣불리 손대서도 안 되고 벽에 기대어 관조해서도 안 되며, 견디기 어려울 때는 차라리 주저앉아버려야 하는 갱도는 그 자체로 실패한 부부생활을 적나라하게 대유한다. 투어 체험 코스인 광산에서 빛나는 금이 나온 것은 고작 십팔 년이라는 짧은 시간이었고, 빛나는 사랑은 그보다 더 짧은 까닭에, 이미 틀어진 관계의 복구를 위한 제스처는 무의미해진다. 모든 것이 부서지고 남루하며 희망도 사랑도 없는데도 계속 관성대로 살아가야만 하는 환멸과 분노를 캥거루에게 쏟아내는 파국의 결말은, 차 안으로 흘러드는 노을의 핏

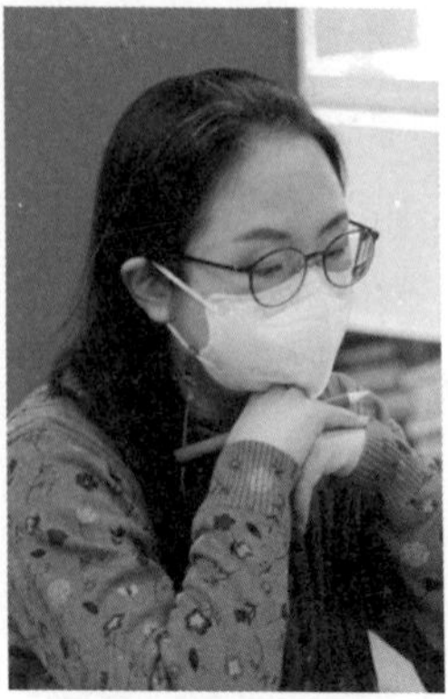

구병모

빛과 함께 을씨년스러움을 심화시킨다.

김병운의 「기다릴 때 우리가 하는 말들」은 중반부터 인물의 진술에서 점층법적인 긴장감이 내내 감돌아서, 인주와 윤범이 앉아 대화하는 동안 곧 뭔가 사달이 나지 않을까(이러다가 주호는 맥거핀이고 주호 못 만나는 거 아냐? 같은) 조마조마한 마음으로 숨소리도 안 내고 읽어내려갔다. 나는 너무 서스펜스 영화에 경도되어 번지수를 잘못 찾은 것이었다. 다행히도 내가 생각했던 일은 일어나지 않았고, 그 대신 작가가 "자기 삶을 내걸어" 쓸 때 필연적으로 마주하게 되는 질문에 대한 성찰이 이어졌다. 타인의 취향과 의도와 정체성에 대한 자기 방식대로의 재단에 가까운 기대가 배신당한 씁쓸함, 분명 그곳에 있었으나 서로의 타이밍과 주파수가 불일치하여 어긋나버린 마음 들이 흩날렸다. 여기에도 저기에도 속하지 않은 채 삶의 노선을 수시로 바꾸고 그러면서도 안정을 희구하는 불안정한 마음 자체는 그가 가진 고유의 정체성이라고 할 수 없는가. 그것을 인준해야 할 무언가로 여기는 마음 또한, 인간이기에 가지곤 하는 편견이 아닌가. 편견이란 깨뜨리라고 있는 것이겠지만 완전히 없애기도 불가능한 본능의 일부임을 인정할 때, 작가가 술회하는 도저한 신중함과 그럼에도 불구하고 반복할 수밖에 없는 실패를, 독자로서 응원하며 따라감이 마땅하겠다는 생각이 들었다.

누구나 공평하게 누려야 할 공간에서 부당한 피해를 입은 화자의 비명이 김지연의 「공원에서」를 이루는 주된 정서로 보인다. 지면을 뚫고 나올 것처럼 타오르는 분노의 에너지에 처음에는 조금 당혹감을 느꼈다고 고백한다. 그러나 그것은 오랫동안 약탈당해온 언어를 한마디라도 붙들어 소리 내고자 하는 마음이 세련된 수사나 우아한 제스처로 표출되기란 불가능에 가깝다는 현실을 역설하고자 하는 작의일 터다. 문제는 바로 지금, 바로 여기. 숨쉬듯 산재한 폭력 앞에 도무지 한가롭게 꽃노래를 부르거나 고즈넉한 신선놀음을 할 때가 아닌 것이다. 화자가 살면서 겪어온 다양한 피해의 양상들이 살짝 파편적인가 싶게 나열되는 까닭 또한 그와 같은 맥락으로 이해하게 되었다. 그런 가운데서도 어린아이만이 낯선 타인임에도 화자를 오해하거나 왜곡하지 않고 어떤 편견도 없이 정확하게 지칭하며, 그 아이가 데리고 온 밤톨 같은 개와 함께 비록 한순간에 불과할지라도 일말의 위안을 주는 장면은, 세상에 마지막으로 남을 한 조각 정의라는 게 있다면 그것을 실천할 주체가 누구인지를 예감하게 한다.

대상작인 임솔아의 「초파리 돌보기」 속에서 똑똑하고 많이 배운 작가인 딸 지유는 엄마가 과거 일했던 초파리 실험실에서 있었을 여러 문제들—비용 절감을 위한 보호구 미지급을 비롯하여 전체적으로 열악하고 안전하지 않았을 것으로 짐작되는 환경에 대해 파헤치려고 하며, 엄마 원영은 그런 지유에게 돌봄노동 과정에서 발생하곤 하는 교감과 유익하고 인상적인 연구 관련 정보만 언급함으로써 당시의 직업에 대한 보람과 자부심을 고집스럽게 간직한다. 원영이라고 해서 산재 가능성을 모를 성싶지 않은데, "어떤 일들은 아주 나중에야 볼 수 있"기에 원영은 "자신에게 생긴 일을 결코 이해할 수 없"기 이전에 그것에 대해 이해하고 싶지 않은 것이다. 소설가의 접근과, 실제 현장에서 일했던 이의 접근 방식은 이렇게 서로 다르다. 하여 로열젤리로 원영이 완치된다는 다행스럽고도 황당한 결말은 액자 바깥의 상황이 아닌 엄마를 위한 딸의 일종의 기도로 읽히는데, 이때 지유가 이 대목을 액자 안에서 집필했는지 아닌지의 여부 또한 작가는 독자의 상상에 맡겨두었다. 소설의 완성도나 정합성보다 엄마의 위안을 선택한 딸의 결심은, 그렇기 때문에 마음 한구석을 뭉근하게 데우는 게 아니라 더욱 처절하게 했다. 이 소설이 불행과 절망 너머를 묘파한 작가의 절창임을 한눈에 알아볼 수 있었다. 수상을 축하드리며, 일곱 분의 수상 작가들께 존경과 지지를 보낸다.

권희철(문학평론가)

김혜진의 「미애」는 '없는 사람無産者'이 살아남기 위해서는 영혼으로부터 무엇을 지불해야 하는지를 보여주는 지독한 소설이다. 소설 속에서 미애가 당해야 했던 모욕이 지독했다는 점을 지적하려는 것이 아니다. 미애가 생존이라는 목적에 완전히 붙들려

현재의 상황에 원한 혹은 불만을 품을 새도 없이 언제나 절망적이거나 뻔뻔한 자구책을 모색하고 실천하는 중이며 그 과정에서 거의 기계적으로 혹은 성실하게 자신의 영혼을 처분하고 있다는 것이, 거기서 어떤 고통이나 모멸을 느끼는 것은 오히려 사치가 아닐지 의심하게 만든다는 것이, 거기서 만들어지는 서술의 톤이나 장면들의 뉘앙스가 고통의 스펙터클 없이도 지독하다는 인상을 준다. 우리가 거의 무의식적으로 회피하는 현실을 이보다 더 지독하게 붙들고 잔인할 만큼 사실적으로 표현해내는 소설을 만나기는 쉽지 않다. 미애의 영민한 딸이 자신이 처한 상황을 순식간에 모조리 이해하면서, 천진난만하게 그러나 극히 현실적으로, 미애가 그랬던 것처럼 생존을 위해 자신의 영혼을 간단히 처분해버리는 마지막 장면이 오래 기억에 남을 것 같다. 우리가 현실을 감당하기 어려울 때, 잔혹한 현실에 굴복해버린 우리를 대신해 누군가가 현실과 동떨어진 채 살아가며 선하고 아름다운 모습을 잃지 않고 있기를, 거기에 희망적인 미래가 깃들어 있기를 바라면서 동물과 어린이를 끌어들여 비현실적인 이미지를 덧칠해버리고자 하는 유혹이 작가들에게까지 만연해 있다는 점을 생각해본다면 더욱 그렇다.

김지연의 「공원에서」는 유력한 대상 후보로 김멜라의 「저녁놀」, 임솔아의 「초파리 돌보기」와 함께 마지막까지 치열한 접전을 벌였다. 본심이 시작되기 전까지, 내 마음속에서만. 실제로 그런 일은 일어나지 않았다. 일이 그렇게 된 것은 부분적으로 이 소설의 마지막 장면(개를 기르는 어린이가 나와 귀엽게 구는)이 누군가에게는 내가 앞에서 소설이 동물과 어린이를 끌어들이는 방식에 대해 모종의 혐의를 두고 있는 바를 연상시켰기 때문인 것 같다. 소설을 산뜻하게 마무리하는 손쉬운 방법! 하지만 내게는 「공원에서」가 그런 식으로는 생각되지 않았다. 소설 속 서영이 내가 실제로 놀이터에서 종종 마주치는 동네 아이들의 모습과 별로 다를 바 없었기 때문이기도 했지만, 그보다는 주인공 수진이 정당한 분노로 시작된 일련의 감정과 생각들을 선과 악, 가해와 피해의 구도로 단순화하면서 더이상 정당화될 수 없게 되지 않게끔, 그러니까 자신의 원한에 삼켜지는 바람에 악에 가담하면서도 스스로를 선이라고 확신하는 일이 없게끔 해서 모종의 진실에 도달할 수 있도록 도와주는 이 소설의 여러 구도 가운데 하나로 반드시 필요했다고 생각됐기 때문이다. 나는 차라리 작가가 이 소설을 그런 식으로 마무리지어준 것이, 수진이 "뜻대로 된 적은 별로 없지만 나는 사는 게 좋았다" "살아서 개 같은 것들을 쓰다듬는 것은 특히나 더 좋다" 같은 생각을 떠올릴 수 있게 해준 것이 좋았다. 때로는 그런 생각을 잃지 않는 것이 폭력에 지지 않는 유력한 방법이 된다. 수진이 그런 생각들을 거쳤기 때문에 이 소설의 마지막 두 문장이 더 실감을 얻을 수 있었던 것 같다. "그 들개는 아주 사납다고 알려져 있다. 그 역시 아주 개 같았다." 이 소설을 읽은 사람은 누구나 그렇겠지만, 이 소설의 정교한 구성을 따라가다가 마지막 두 문장이 아주 빠르게 관습적인 용례를 벗어나는 것을 경험하는 일이 내게는 무척 놀라웠다. 1) 사람들이 평화롭게 쉬어야 할 공원에 사나운 들개 같은 것이 출몰해 해를 끼치다니,

그것은 정말이지 개 같은 일이다. 2) 공원은 누구에게나 공평하게 열려 있는 장소인데 이 장소가 성립하려면 사나운 들개는 배제되어야 한다. 그런데 나도 공원에서 배제되고 있다고 느낀다. 그것은 정말이지 개 같은 일이다. 3) 그런데 왜 이 사랑스러운 동물을 경멸적이고 부정적인 서술어로 끌어들이는 것이지? 개 같다는 것은 사랑스럽다는 말인데! 아주 사납다고 알려진 그 들개의 짖는 소리를 실제로 들어보니 여느 강아지가 짖는 소리처럼 무척 사랑스럽게 들렸다. 오로지 그런 의미로 아주 개 같았다. 이 소설의 마지막 두 문장은 분명 1)로 읽힐 수밖에 없었던 것이나 수진의 여러 생각들을 거친 끝에는 2)를 경유해 3)으로 읽히게 된다. 그런데 독자들 가운데 누군가(예컨대 나)는 마지막의 그 "개 같았다"라는 표현을 습관적으로 경멸적인 부정 표현으로 읽어버리는 자신을 돌아보기도 하지 않았을까? 작가가 등장인물의 입을 빌려 뭔가를 주장하거나 가르치는 대신, 독자가 등장인물의 혼란을 공유하면서 새로운 표현에 조금씩 동의하고 그것을 익힌 끝에 새로운 의미를 가져가게 하는 이 소설의 구성이 소설 속 어린이 서영보다 더 사랑스럽게 느껴졌다.

아마도 나와 같은 처지의 독자라면 김멜라의 「저녁놀」에 거슬리는 대목이 있다고 느낄 것이다. 이 소설에 등장하는 '점점 커플'이 얼마나 사랑스러운지, 그들이 단지 사랑스럽기만 한 것이 아니라 그들의 기쁨을 방해하는 온갖 계기들을 얼마나 감동적으로 이겨내는지에 대해 동의하더라도 사정은 마찬가지다. 여자들의 사랑으로부터 소외됐다고 느끼는 딜도가 화자로 나서서 불만을

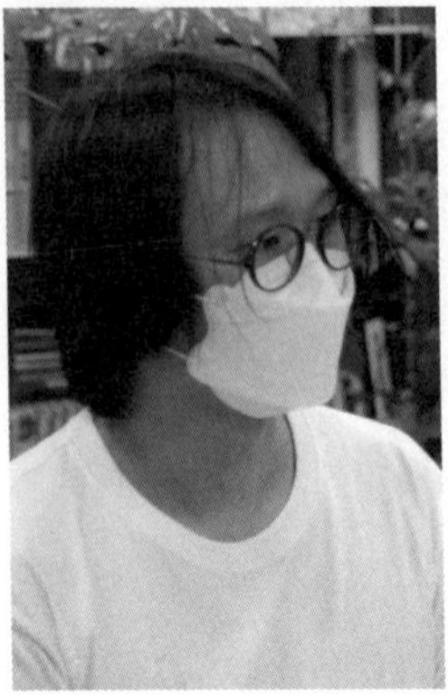

권희철

터뜨리느라 놀림감이 되는 가운데 니체, 아도르노, 그리고 예술의 자율성 혹은 무용성이라는 개념이 소설 안에서 쓰레기 취급되고 있기 때문이다. 그런 위대한 사상가들, 중요한 개념들이 담고 있는 복합적인 사고를 제대로 따져보지도 않고 그저 남성 혹은 남성적인 것이라고 단순하게 낙인찍고 내다버리는 것은 차라리 폭력이 아닌가? 남성적인 욕망을 거부하고 그것과는 다른 욕망을 승인하거나 추구할 수는 있겠지만, 그것을 조롱의 대상으로 삼고 조롱하는 기쁨을 마음껏 누리다니 그 남성적이지 않은 욕망이라는 것의 실체가 무엇인지 잘 알겠다…… 하지만 아마도 이 소설은 그와 같은 반발까지를 고려하고 있는 것 같다. 내가 그런 장면들에 거슬려할 때 「저녁놀」은 즉각 이렇게 대꾸하는 것처럼 보였기 때문이다. 내가 언제 남성 혹은 남성적인 것을 폄하하거나 놀렸다는 것인지? 여기서 놀림당하는 것은 '딜도'일 뿐인데? 페니스의 모조품일 뿐인데? 게다가 남성인 당신의 존재가 삽입/흡입 성교에 사용되는 남성 기관으로 축소되는 것도 아닐 텐데? 설마 당신은 자신이 그저 페니스일 뿐이라고 생각하는 것인지? 게다가 점점 커플은 문제의 사상 서적들을 내다버린 적도 비판한 적도 없다. 딜도인 모모가 그 책들을 잘못 읽고 우스꽝스럽게 인용했을 뿐. 혹시 당신은 니체와 아도르노를 모모와 같은 수준으로 이해하고 있는 것인가? 그리고 그런 책들이 지금 당장 저 여자들을 설레게 하지 못하고 있지만 나중에 가서는 달라질지도 모른다는 것, 지금 당장 쓸모없고 설레지 않는다는 이유로 무엇인가를 내다버리기 시작하면 우리 자신도 결국 내다버려질 것이라는 것, 이 모든 것들이 분명히 표시된 문장들은 왜 제대로 읽지 않는 것인지. 게다가 마지막에 가서는 딜도조차 새로운 문양을 입고 다른 존재가 되어 더이상 놀림의 대상으로는 읽을 수 없게 되는데. 그러니까 이 소설은 특히 나와 같은 처지에 있는 남성 독자에게 거울처럼 작동하는 측면이 있는 것 같다. 그것도 아주 능수능란한 거울로. 그것이 너무나 능수능란한 나머지, 앞에서 말한 것과는 다른 의미로, 이 소설이 나를 가지고 놀았다는 느낌이 들기조차 했다.

문학상 심사를 하다보면 소설가가 등장하는 소설, 그중에서도 소설쓰기에 대한 문제가 중요하게 다뤄지는 소설에 대해서는 인정해주고 싶어하지 않는 분위기를 자주 접하게 된다. 그것은 아마도 작가가 지금까지 제대로 표현되지 않은 현실과 대결하는 대신 자신에게 익숙한 영역으로 후퇴할 때 소설가 소설을 쓰게 된다는, 거기다 그 경우 뭔가 심오한 주제를 다루고 있다는 잘못된 인상까지 덤으로 얻어가게 된다는 근거가 없지 않은 생각 때문일 것이다. 그런데 왜 이번 심사에서 소설쓰기에 대한 소설인 임솔아의 「초파리 돌보기」에는 누구도 거부감을 표시하지 않았던 것일까? 게다가 대상작으로까지 선정된 것일까? 소설가 소설이 일반적으로 취하게 되는 태도, 소설이나 소설가를 특권적인 뭔가로

상정하려는 태도가 「초파리 돌보기」에서는 성공적으로 근절되었기 때문에, 그저 근절되었을 뿐 아니라 이 소설이 그러한 태도를 너무 아름답게 뒤집어놓았기 때문이 아닐까. 얼핏 소박하거나 산만하게 느껴지는 에피소드들이 저 전도顚倒를 위해 긴밀하게 커뮤니케이션하느라 정교한 텍스트를 구성하고 있다는 점이 인정됐기 때문이 아닐까. 「초파리 돌보기」에는 다음과 같은 에피소드들이 흩어져 있다. (누군가에게는 별것 아니거나 이해할 수 없는 것일) 초파리 돌보기를 각별히 좋아했던 이원영의 취향, 어떤 결과를 낳은 이유와는 구분되는 원인, 그러나 보다 더 본질적인 원인이 따로 있으리라는 동료 작가 신치온의 단상, 이원영이 원인 불명의 증상에 시달리는 것이 그녀가 근무한 실험실에 모종의 문제가 있었기 때문이리라는 권지유의 추측과 달리 일상에서의 온갖 사소한 불편과 작은 고통들의 누적이 발병의 원인이리라는 이원영의 주장 등은 「초파리 돌보기」가 전개되면서 서서히 서로를 끌어당기며 하나의 흐름을 이루는 것 같다. 합리적인 인과관계로 이루어진 소설에서는 좀처럼 표현되기 어려운 결정적이지 못한 사소한 것들이야말로 우리 삶의 원인이 될 수 있고 그런 것이야말로 소설이 포착하거나 표현해내야 할 무엇이라는. 이 기준으로 볼 때 「초파리 돌보기」에는 삶의 원인에 충실한 장면들이 빼곡하다. 아픈 이원영이 소설가인 딸이 자신에 관한 소설을 쓴다는 소식에 반색하며 소설 속에서는 자신의 병이 모두 낫게 해달라고 요구했을 때 성실하고 진지한 소설가인 권지유는 처음에 그 요구를 명시적이지 않은 방식으로 거절했지만 결국에 가서는 "이원영은 다 나았고, 오래오래 행복하다"로 자신의 소설을 마무리한다. 모호하게 처리하기는 했지만 이원영이 실제로 나아서 그 소박한 소망이 거짓이 아니게 됐다는 사실을 확인한 뒤에야 권지유가 소설을 그렇게 쓸 수 있었던 것은 아닐 것이다. 자신이 쓰는 소설 또한 삶의 원인이 되는 수많은 사연 중의 하나일 뿐이라는 점을 받아들였기 때문에, 그 결정적이지 못한 사소한 것들 가운데 하나로 엄마의 삶의 원인에 합류할 수 있기를 바라며 권지유는 그런 소설을 썼을 것이다. 그런데 그렇다면 권지유가 쓴 것은 그저 기만적인 소망 같은 것이 아니게 된다. 「초파리 돌보기」가 은밀히 설득하는 바에 따르면 그런 것들이 결국 현실화의 힘을 갖기 때문이다. 텔레마케팅 사무실에서 헤드셋 너머로 종일 욕설을 들었기 때문에, 평생 자기 책상을 가져보지 못했기 때문에, 밀가루를 먹으면 위무력증에 시달리지만 남편과 아이가 국수를 좋아한 탓에 삼십 년 동안 국수를 먹었기 때문에 누군가가 심각한 병에 걸릴 수 있다면, 그와 반대되는 사소한 사연들이 쌓여 병이 나을 수도 있는 것이니까. 그러니까 그 소설 때문만은 아니지만 권지유가 그런 소설을 썼기 때문에 다른 사연들과 합쳐져 이원영은 결국 병이 다 나아 오래오래 행복해질 수도 있게 된다. 그렇기 때문에 임솔아 작가는 그 장면이 이원영이 실제로 나았다는 것인지 아니면 권지유의 소설에서만 그랬다는 것인지 모호하게 처리해야 했을 것이다. 소설 속 내용이 결국 현실화되는 여리고 희미한 길을 막아둘 수 없었으니까. 겉으로는 겸손하고 연약한 체하지만 자세히 들여다보면 무엇인가를 알고 있다고 자부하며 높은 곳에서 일갈하기 좋아하는 소설들을 떠올려보면, 스스로 초파리의 차원으로 내려간 이 소설이 각별히 귀하게 느껴진다.

손보미(소설가)

이전에도 소설 심사를 해본 적이 있지만, 젊은작가상 심사는 여러모로 느낌이 달랐다. 우선 동료 작가들의 작품을 (어쩔 수 없이) 평가해야 한다는 부담감, 그리고 한 작품이 아니라 일곱 작품을 선정한다는 점에서 오는 약간의 안도감. (쓰는 사람이 아니라 그저 한 명의 독자로서) 소설을 읽고 무언가를 배워나가게 되었다는 건 너무나 당연한 말일 테다. 더불어 쓰는 사람으로서 배우는 것 또한 있었다. 음, 배운다기보다는 이해한다는 표현이 더 맞을 것 같다. 무심코 지나쳐버린 세계의 찰나를, 도저히 납득할 수 없을 것 같던 사람을, 그리고 때때로는 나 자신을 이해하는 순간들이 있었다. 다른 심사위원들과 토론을 하고 작품을 선정하면서, 나는 각각의 작품을 쓴 작가들이 이해한 대상과 세계가 어떤 모습을 하고 있었는지 계속 궁금해했던 것 같다. 노파심에, 나열한 작품의 순서는 그저 이 글을 쓰고 있는 지금 나의 순간적인 편의를 위한 것임을 알려둔다.

임솔아의 「초파리 돌보기」의 내용은 현실에서 실제로 마주한 어떤 장면이나 인물들에서 건너왔겠지만, 이 소설 속 세계는 또 다시 현실로 건너가서 현실을 진동하게 만들 수 있는 강렬한 힘을 품고 있었다. 나는 '낙차'라는 단어를 떠올렸다. 그건, 이를테면 술술 흘러가는 듯한, 그 심상한 어투로 묘사되는 이원영씨 삶의 면면이 전혀 심상하지 않다는 점과 관련되어 있을 것이다. 낙차의 힘이 가장 단단하게 발휘된 지점은 마지막 장면의 서술이다. 거기에는 어떠한 혼란, 비약, 오해를 무릅쓰고 선택한 작가의 방식이 있었다. 현실과 소설이 분리되고, 동시에 현실과 소설이 합쳐지는 순간. 마지막 문장이 제발 실제로 일어난 일이기를 바라는 기도와 절대 그런 일은 이뤄지지 않았으리라는 확신의 낙차가 이 소설을 다른 차원으로 이끌어준 거라고 느꼈다. "원인과 이유가 일치"하지 않는 세계의 공백이 있다. 어떤 이는 이 공백을 조용히 견딜 것이고, 어떤 이는 이 공백을 들여다보며 그 정체를 파악하려고 노력할 것이다. 이 소설은 그 공백을 드러내기 위해 문장-서사로 할 수 있는 거의 모든 것을 다 해냈다.

김병운의 「기다릴 때 우리가 하는 말들」 역시 문장-서사이기에 가능한 지점들이 있었다. 처음에 이 소설을 읽었을 때 어떤 위화감을 느꼈다. 다시 읽고 나서야, 나는 그 위화감의 정체를 알 수 있었다. 화자는 이 소설에 등장하는 인물-이야기에 대해, 자신은 그걸 절대로 소설로 완성할 수 없으리라며 끝을 맺는다. 그러므로 이 소설 속 세계에서 서술된 인물-이야기는 영원히 쓰이지 못한 채로 그 세계 안을 영원히 배회하는 중이라고 말해도 좋을 것이다. 쓰였지만 존재하지 않는 소설, 혹은 쓰이지 않았지만 존재하는 소설. 타인을 (이해하는 것이 아니라) 오해하지 않기 위해 필히 우회해야 하는, 찢긴 지점에 대한 속절없는 탐구가 이 소설 속에 있었다. 동시에, 그럼에도 불구하고, 오해하지 않기 위한 고투 또한 있었다. 이야기의 거의 후반부, '여기선 보여도 저기선 여기가 보이지 않을' 거라고 지레짐작하지만 결국 '여기'와 '저기'의 시선이 마주치는 순간이 내게는 오래도록 남을 것 같다.

시선, 하니까 떠오르는 또다른 작품. 서이제의 「두개골의 안과 밖」은 작가의 시선이 두드러지는 작품이었다. 인간이라는 종이 만들어내고야 만 세계의 비극을 조망하는 각별한 시선. 음, '각별한'이라는 표현이 적절하지 않은 것 같다. 하지만 특이하다거나 독특하다는 표현도 그리 맞는 것 같지는 않다. 그 어떤 단어도 그 자리에 들어가기에는 너무 하찮다. 그러므로 어쩌면 괄호로 남겨두는 편이 나을지도 모른다. 그 (　)의 시선 속에서 우리의 삶을 이루는 것은 두 가지로 축약된다. '먹는 것'과 '추격'. 인간이라는 종은 무엇이든 먹기 위해 무엇이든 추격한다. 그러므로 모든 것(그것이 유형이든 무형이든)이 쉽게 "폐기처분"되고 잊히는 세계에서 새는 날기 위해 나는 것이 아니라, 살기 위해 날아야 한다. 이 작품의 가장 큰 장점 중 하나는 처음부터 끝까지 꿋꿋한 생명력을 잃지 않는다는 것이다. 죽음을 이야기하는데 이토록 생동할 수 있다니!

(억지라는 비난을 감수하고) 서이제의 작품이 '새'를 전면에 내세웠다면, 김지연의 「공원에서」의 서사를 이끄는 대상은 단연 '개'라고 말하고 싶다. 이 소설의 화자 '나'에게서 시종일관 느껴지는 분노는 이 세계에서 안전한 자리를 확보하지 못하리라는, 자신은 무슨 수를 쓰더라도 보호받지 못하리라는 불안과 관련이

있다. 자신의 외형을 바꾼다 한들 그 위험이 가시지 않을 정도로, 불안은 언제나 타당한 근거를 가진다. 그렇다면 그 불안을 어떤 식으로 해소할 것인가? 그러한 면에서 작고 귀여운 개를 쓰다듬으며 "활력과 온기"를 느끼는 동안 "숨통을 끊어놓고 싶"은 사람들을 떠올리는 마지막 장면은 압권이다. "원래 통용되는 의미로부터 벗어나 완전히 다른 의미로 조합"되는 단어들의 세계에 다다르는 것. 개가 개인 세계와 개가 개가 아닌 세계의 차이를 무화시키는 것. 나아가 '들개'와 '집개'의 차이가 사라지는 순간을 기필코 낚아채는 것. 세계를 전복시킬 은밀한 복수. 그러므로 앞서 내가 쓴 "이 소설의 화자 '나'에게서 시종일관 느껴지는 분노"라는 표현은 잘못되었다. 그저 분노가 아니라, 삶을 지속시키는 분노-에너지이다.

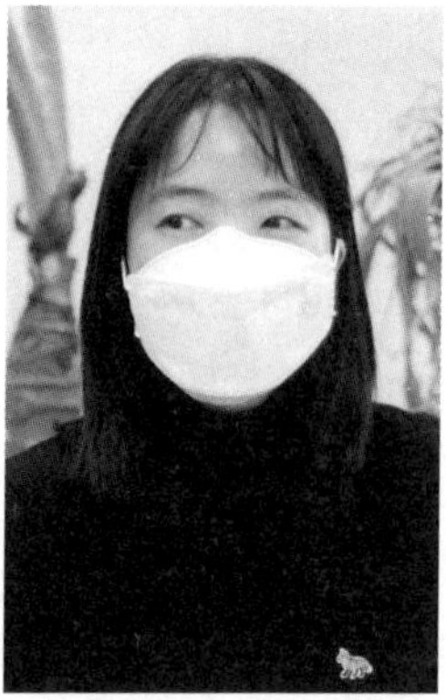
손보미

김멜라의 「저녁놀」을 설명할 수 있는 (당연히 동의 가능한) 여러 가지 표현들이 있을 것이다. 도발적이고 발칙한 블랙 유머의 세계, 시종일관 시니컬하고, 믿을 수 없을 정도로 영리하고, 허세와 거만함을 겸비한 화자-딜도의 목소리. 김멜라가 그려낸 이 세계는 도저히 거부할 수 없을 정도로 매혹적이었다. 나는 그 매혹이 표면의 목소리가 드러내는 감정들과 그 목소리 아래를 유영하고 있는 감정들이 서로에게 다가갔다가 멀어지는 과정을 통해 발생하는 기묘한 균형감각 때문이라고 생각했다. 「저녁놀」에 등장하는 두 연인의, 계속해서 단어들의 자리를 바꾸는 놀이. "말의 뉘앙스와 심미적 특성"을 이유로 들고 있지만 '딜도'를 '책갈피'로 대치하는 이 행위 속에는 이미 사회적 가치판단이 포함되어 있다. 이들의 놀이에 왜 이런 판단이 개입될까? 이들이 절박하기 때문이다. 어떤 이유에서라도 이 세계 속에서 자리를 박탈당하고 싶지 않기 때문이다. 제발 쓸모를 잃어버리지 않게 해달라고, 아니, 쓸모를 잃어버리더라도 폐기하지 말아달라고, 그게 어디든 나의 자리에 머물고 싶다고 소망하는 사람-사물의 마음. 이 소설 속, 그 구구절절하고 구저분한 마음을 돌보는 시선은 그 어떤 형이상학보다 진실되고 절실하다.

김혜진의 「미애」는 각자의 자리, 각자의 입장을 지키기 위한 사람들의 고군분투를 다룬다. 그 분투 속에는 언제나 얼마간의 윤리적 배반과 기만이 포함되어 있다. 특이한 점은 (선우 언니로 대표되는) "더 나은 사람이 되고 싶다는 열망"과 "확신"을 "지켜나갈 여유"를 가진 쪽의 기만보다 대출 업체로부터 돈 이백만원을 빌리기 위해 갖은 수모를 견뎌야 하는 미애의 기만이 훨씬 더 교묘하게 느껴진다는 것이다. 미애는 "좋은 사람"이 되고 싶다는 열망과 확신을 이용하여 모종의 이득을 얻어낸다. 그건 아마도 생존 본능에 가까운 것일 테다. 하지만 결정적인 순간 선우 언니는 그 '느낌'을 쉽게 포기할 수 있지만, 미애는 그들에게서 얻은(혹은 앞으로 얻을) 것을 좀처럼 포기할 수 없다. 미애에게 그것은 생존의 영역에 속하기 때문이다. 이 소설이 진짜로 힘을 발휘

하는 지점은 바로 여기에 있다. 민낯이 드러난 상대에게 비굴하고 절절하게 매달리는 미애를, 허위일지라도 상대가 계속 자신에게 가면을 써주기를 바라는 미애를 우리가 혐오하거나 못마땅하게 여기지 않게 된다는 것. 어째서일까? 그건 당연하게도, 미애를 동정의 눈으로 바라보거나 섣불리 구출해내려는 시도를 하지 않는 작가의 공력 덕분일 것이다.

매달리기. 서수진의 「골드러시」는 호주의 금광 체험을 하기 위해 사륜구동 렌터카를 타고 달리는 부부의 이야기이다. 그들은 서로에게 매달리지 않기 위해 노력하는 중이다. 아니, 매달리지 않기 위해 매달리는 중이라고 말해야 할까? 이유를 알 수 없지만 나와 우리에게 일어나고야 만 삶의 장면들. 돌이킬 수 없으므로 무슨 수를 써서라도 통과해내야 하는 고단한 관계의 궤적. 이 소설에는 몇백 년 전 겨우 십팔 년 동안 금이 나온 역사를 가지고 근근이 그 명맥을 이어가는 금광이 나온다. 주위의 모든 것은 이미 폐허가 된 것이나 마찬가지인, 오래되었다는 (그것도 영광이라면) 영광에 겨우 빌붙어 유지되는 공간, 관계, 욕망. 「골드러시」는 이들 부부의 삶을 부유하는 감정들을 소설 속 공간과 시간을 통해 정밀하게 가공된 형태로 우리 앞에 내어준다. 그러므로 이 소설을 다 읽고 난 후 우리는 마치 부부의 여정을 함께한 것처럼, 그 쓸쓸한 사막과 볼품없는 금광과 죽어가는 캥거루의 눈을 함께 지나쳐온 것처럼 약간은 기진맥진해질 것이다. 읽는 사람을 기진맥진하게 만드는 힘, 하나의 소설이 이뤄낼 수 있는 거의 최대치의 성취라고 말해도 좋지 않을까.

은희경(소설가)

얼마 전 정조가 주인공으로 나오는 사극을 보다가 불현듯 그가 시행했던 '문체반정'을 떠올렸다. 조선 후기 문예 부흥을 이끌었던 개혁 군주 정조가 왜 박지원의 『열하일기』처럼 자연스럽고 활달한 문체를 금지하고 유교 경전이나 당송 시대의 고답적 문체로 되돌리려고 했을까. 물론 정치적 이유가 개입돼 있을 것이다. 그러나 어쨌든 그때는 문체가 잘못되었다며 상소를 올리고 그것으로 처벌을 받기도 하는 시대였다. 글을 쓰는 자들은 문장을 어떻게 쓰는가에 따라 글이 다른 방향으로 위력을 발휘한다는 전제를 공유했다. 지금과 같은 멀티미디어 세상에서는 통용될 수 없는 이야기이다. 문체반정으로 핍박을 받았던 성균관 유생 이옥은 이런 말을 했다 한다. '나는 지금의 사람이다. 나는 스스로 나의 시, 나의 산문을 쓴다.' 이 말은 지금의 나에게도 많은 생각을 하게 만든다. 지금의 사람으로서 쓰는 나의 산문이란 무엇일까.

임솔아의 「초파리 돌보기」를 읽으면서 한 가지 단서를 찾은 기분이었다. 이 소설은 여러 장점을 갖고 있지만 특히 지금의 이야기를 지금의 문법과 속도로 담아내 읽는 이의 마음을 움직인다. 지금 해야 하는 이야기를 하되 미리 정해진 정답으로 몰아붙이는 게 아니라 자신의 목소리를 뒤로 감춘 채 해석의 추이를 보여주는 것이다. 원영의 무력한 삶에 대한 소명이 약자에 대한 기성 시스템의 폭력을 우회적으로 폭로하는 한편 그런 부조리한 조건에서조차 자신의 삶에 대한 긍정을 찾아내는 아이러니한 상황으로 진행되는 것도 그 하나로 보인다. 또한 그것은 지유의 소설쓰기에 대한 은유로도 읽힌다. 사회적 질문을 던지고 진실을 기록하는 작가의 입장과 가족을 대하는 개인의 입장, 그 둘이 만나는 좌표를 절묘하게 포착해 그렸다. "가장 시시한 문장"을 선택함으로써 작가 대신 가족의 자리를 선택하는 결말. 하지만 그 결말을 쓰는 자아는 소설가의 계산된 자아일 것이다. 이옥이 말한 '나의 산문'이 무엇인지 깨닫게 해주는 지점이었다.

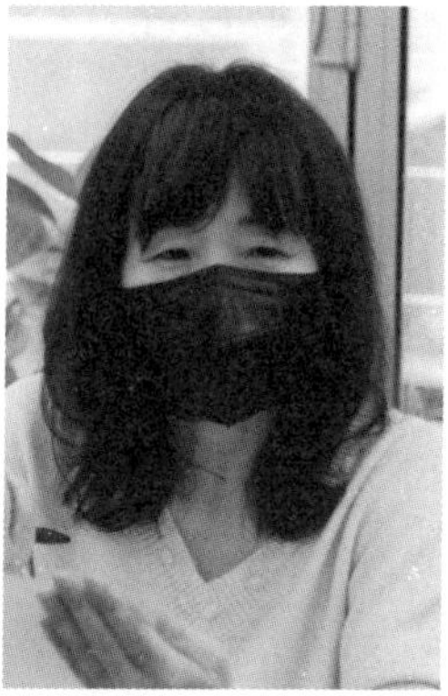
은희경

김멜라의 「저녁놀」은 후보작 가운데 가장 완성도 높은 작품이라고 여겨졌다. 시의적인 주제를 적절한 서사로 재기 넘치게 조형했고, 문장이나 디테일이나 플롯 모든 면에서 화려한 사유와 서늘한 절제가 동시에 느껴진다. 이야기를 입체적으로 만들어주는 서브 텍스트도 적절한 깊이와 분량으로 근사한 뼈대를 만들어주고 있다. 딜도 모모의 유머러스한 권리장전은 통념을 전복시켜 해방감과 통쾌함을 주지만 그 뒤에는 프레임에 갇힌 눈점과 먹점 커플의 현실이 자리한다. 재미있고 날렵하고 예리하고 세련된 소설이다.

서수진의 「골드러시」에는 삶이라는 가시투성이 수갑에 함께 손목이 묶인 젊은 부부의 파탄과 무력함이 잘 그려져 있다. 이미 실패한 삶이지만 성실하게 계속 수행해야만 하고, 어긋나버린 관계이지만 깊이 얽혀 서로를 벗어날 수 없는 상황. 삶의 위태로움은 정면에서 다가오는 게 아니라 일종의 컨디션으로서 존재하며 그들의 미래는 사막 여행만큼이나 막막하다. 차에 치여 죽었는지 살았는지 알 수 없는 캥거루의 운명처럼 불분명하다. 비록 시효가 지나버렸지만 여전히 남아 있는 사랑과 히스테릭한 희망의 파편들, 그리고 그것들이 남긴 돌이킬 수 없는 상처들만이 그들의 삶을 증거할 뿐이다. "온통 붉기만 한 세계"로 돌아오는 그들의 귀로에서 고전적인 비극의 우아함을 느꼈다.

김병운의 「기다릴 때 우리가 하는 말들」은 적당한 온도를 지닌 사려 깊은 소설이다. 자신과 가까운 사람과 먼 사람과 더 먼 사람, 모든 타자를 바라보는 시각에서 균형과 나이브하지 않은 선의가 느껴진다. 예리하고 절박한 질문을 무장해제된 어법으로 풀어내서 차분하게 설득시키는 힘이 있다. 정당한 질문은 마땅히 다음 단계의 질문으로 이어져서 우리를 둘러싸고 있는 세계의 부조리를 깨닫게 만들어주는 것이다. 김병운이 던지는 섬세한 질문이 한 단계 깊어진 동시대 감각이라는 생각이 들었다.

김지연의 「공원에서」는 이분법으로 나눌 수 없는 도덕적 딜레마를 돌아보게 만든다. 그것은 언어가 품고 있는 이른바 정상성에 대한 규정, 거기 함의된 수많은 사회적 편견으로 확장된다. '개다운 것'과 '개 같은 것' 사이에 무엇이 있을까. 악취가 풍기는 '더러운 침'은 누구를 향하는 것일까. 주인공은 어떤 종류의 답을 찾기 위해 진지하게 자신을 객관화해보는가 하면 사전을 찾고 남의 의견을 구하기도 하는데, 그 단계들에 구체적인 실감이 있어서 쉽게 이입이 된다. 말과 글이란 엄연히 다른 표현 방식이지만 그 둘의 중간쯤에 자리잡은 김지연의 입말 문장에는 새로운 문법이 자리잡고 있는 듯 보인다.

수상작 일곱 편 모두 젊은작가상의 위상뿐 아니라 한국소설의 현재를 멋지게 보여주고 있다. 소설이란 재미있는 것이고 잘 쓴 소설은 조금이나마 나를 움직여 다른 방향을 보게 하며 그렇게 보게 된 풍경이 읽는 이의 생각을 조금 더 섬세하고 활달하게 만든다는 걸 새삼 깨달았다. '지금의 사람'임을 느끼게 해주는 이 작품들을 읽을 수 있어 즐겁고 설렜다. 축하를 보낸다.

임철우(소설가)

김멜라의 「저녁놀」은 '무쓸모의 쓸모' 찾기에 관한 특이한 보고서라고나 할까. 화자 '나'의 정체성부터가 사물인 듯 생물체인 듯 미묘하고 발칙하다. 배터리 없이는 제구실도 못하는 주제에 책 읽기와 철학적 사유까지 하는 딜도. 하필 그것의 소유주는 레즈비언 커플이고.

이쯤 되면 이 기발한 화자의 역할이란 자명해 보인다. 알레고리 형식에선 풍자 대상과 의도를 지나치게 빤히 드러낼수록 십중팔구 맥이 빠지는 법인데, 이 소설은 용케 마지막까지 팽팽한 긴장감을 성공적으로 유지해낸다. 그 긴장감은 발화의 톤을 고비마다 효과적으로 조절하고 교차시키는 영리한 화법의 힘 덕분이다. 화자의 독백은 종종 냉소와 조소 사이의 눈금을 아슬아슬 오간다. 그때마다 익살과 허풍과 유머러스한 독백이 그 팽창하는 불안감과 조마조마함을 적절히 이완시키는 효과를 발휘한다.

김병운의 「기다릴 때 우리가 하는 말들」은 게이인 '나', 무성애자인 인주, 그리고 무성애자와 게이 사이 어디쯤인 듯한 주호—이들 세 인물 간의 모호하고 복잡한 관계를 담담히 그려낸다. 소설의 키워드는 '이해와 연대' '정체성으로서의 글쓰기' 정도가 될 듯하다. 둘만의 오랜 대화를 마칠 즈음 인주는 뜻밖에도 '나'에게 이날의 자신들 이야기를 소설로 써달라고 요구한다. "제가 말씀드린 건 우리예요. 저에 대해서가 아니라 우리에 대해서요."

그러나 훗날, 게이 정체성에 천착하는 '나'는 매번 "우리 얘기"를 재현하는 글쓰기에 실패하노라고 토로한다. 왜일까. 그 이야기는 소수자인 자신들만의 이야기가 아니라 편견과 차별을 자행하는 다수자의 것이기도 한 까닭이다. 당연케도, 진정한 "우리 얘기"는 세상에서 다수/소수를 가르는 금이 사라질 때라야 비로소 완성될 터이다. 그러므로 '나'의 글쓰기는 아직은 패배하면서 매번 다시 시작되는 싸움일 수밖에 없다.

김지연의 「공원에서」는 폭력과 분노, 혹은 "악취"와 "비명"에 대한 이야기다. 그 중심엔 "말만한 처녀"인 수진이 공원에서 낯선 남자에게 당한 폭행 사건이 자리한다. 그로부터 평범한 일상은 무너지고 수진의 삶은 분노와 치욕에 포획된다. 그녀는 세상에 가득한 차별과 폭력의 "악취"와 "인간의 온갖 차별의 역사"를 찾아내고, 오직 끔찍한 "비명"으로서만 존재하는 자신의 연대기까지 소환해낸다. 그 악몽의 시간 속엔 수진 혼자 갇혀 있을 뿐, 애인도 경찰도 이웃도 도움이 되지 못한다. 결말에 이르러서야 그 격렬한 분노와 절망감은 공원에서의 우연한 만남을 통해 비로소 숨고르기에 들어간다. 아이와의 천진스러운 대화, 그리고 토리라는 이름의 개를 쓰다듬으며 "개 같은 것들을 쓰다듬는 것은 특히나 더 좋다"고 연신 되뇌는 수진의 모습은 인상적이다.

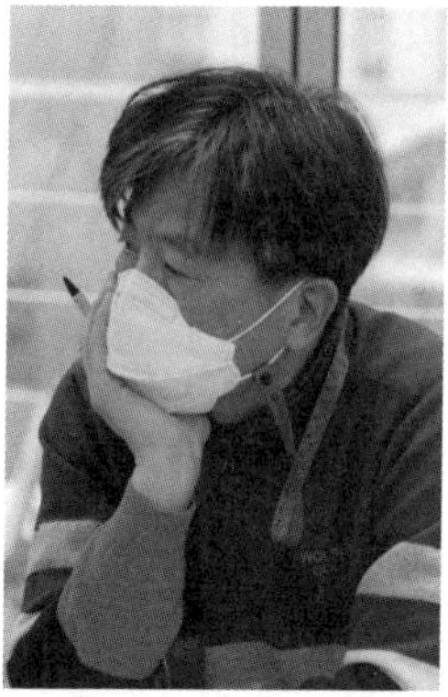

임철우

김혜진의 「미애」의 가장 빛나는 지점은 아마도 결말 부분의 충격적 반전일 것이다. 이 소설은 대도시 아파트 단지를 무대로, 곤궁한 처지의 미애와 독서 모임을 통해 만난 아파트 주민 여자들 사이의 이야기를 풀어나간다. 교양과 호의 뒤에 숨은 동정심과 자기만족의 민낯. 환대의 몸짓을 보이다가도 어느 순간 가차없이 닫아거는 문. 어딘지 우리에게 익숙한, 중산층의 허위의식에 관한 서사쯤으로 보이던 소설의 결말은 전혀 예상치 못한 반전으로 요동친다. 사소한 사건 직후 싸늘하게 닫힌 선우의 집 철문을 두드리며 미애는 어린 딸을 대동한 채 그악스럽게 매달리고 애원한다. 비굴함이니 자존심은커녕, 심지어 아이에 대한 부끄러움, 미안함, 속상함, 절망감 따위도 그녀에겐 고민할 여유조차 없는 "불

필요한 감정"일 뿐이다.

그런데 이런 미애의 행동을 단순히 생존을 위해 계산된 것이라고만 설명할 수 있을까. 마지막 장면에서 아이의 손을 힘껏 움켜쥔 채 다시금 선우의 집을 향해 나서는 미애의 모습은 참담하다못해 고통스럽다.

서수진의 「골드러시」는 극적 장치와 분위기 설정이 돋보이는 로드무비 형식의 소설이다. 골드러시 체험 상품을 구매하여 호주 내륙 사막의 폐금광을 찾아갔다 돌아오는 젊은 한국인 부부의 이야기다. 이국의 땅에 뿌리내리지 못한 채 부유하는 생활. 피곤하고 곤궁한 생계. 여전히 불안하고 불투명한 미래. 그런 두 사람의 막막한 현실은 황량하고 메마른 사막의 풍경을 배경으로 생생하고 풍부하게 투영된다. 여행의 기대와 금광의 환상 따윈 일찌감치 무너지고, 결말이 가까워질수록 두 사람 내면의 오래된 균열은 더이상 돌이킬 수 없는 상태임이 명확해진다. 차에 치인 캥거루를 때려죽인 후, 둘이서 차를 몰고 도시로 돌아오는 마지막 장면은 가슴 저리도록 황량하고 쓸쓸하다.

서이제의 「두개골의 안과 밖」은 강렬하고 의욕에 찬 실험적인 작품이다. 기존 소설 형식을 깨뜨린 과감하고 다채로운 서술 방식, 소재와 메시지 또한 신선한 충격을 준다. 사진, 낱말의 무한 반복, 글자의 회화적 배열, 출몰하는 시적 문장이나 보고서 양식, 동어반복과 끝말잇기 같은 언어적 유희 등등 다양하고 다채로운 실험적 시도들로 가히 현란하다.

작중 시점은 가까운 미래 어디쯤이지만 등장하는 사건과 풍경들은 현재 혹은 가까운 과거라고 받아들여도 무방하다. 미래, 과거, 현재가 뒤섞인 복잡하고 잡다한 사건과 풍경들은 다중 화자의 눈을 통해 르포르타주 영상처럼 숨가쁘게 이어진다. 소설은 끔찍하고 충격적인 이미지들로 흥건하게 넘쳐난다. 유해 동물 살처분이란 이름으로 자행되는 동물 집단 학살 현장. 그것은 지금 자연과 지구의 생명체 전부를 죽음으로 몰아넣고 있는 인류의 광기, 그 묵시록의 풍경이다.

임솔아의 「초파리 돌보기」는 '글쓰기의 정체성'에 관한 진지한 질문과 성찰을 담고 있다. 이 작품 속엔 한 인물에 관한 상이한 두 개의 (미완성) 서사가 제시된다. 소설가이자 딸 권지유가 보는 엄마 이원영의 이야기. 또하나는 이원영이 원하는 자기 자신의 이야기. 그 이야기의 중심엔 과거 이원영이 근무했던 '초파리 실험동'이 있다. 이원영의 심각한 탈모 증상을 지유는 실험실의 유해물질로 인한 산재라고 믿는다. 반대로 이원영에게 실험실은 자신의 '꿈이 이루어진 곳'으로 기억된다. 때문에 이원영은 지유에게 "원영이가 깨끗이 다 나아서 건강해지는 결말"을 써달라고 부탁한다.

이원영은 "없는 얘기를 지어내려는" 지유가 탐탁지 않다. "아무 문제가 없는 곳을 문제가 있는 것처럼 쓰면 안 된다고 여겼다." 이원영이 생각하는 소설, 딸이 써주었으면 하고 이원영이 바라는 소설이란 그런 게 아니다. 평범하고 사소하고 하찮은 사람들의, 평범하고 사소하고 하찮은 일상의 이야기, "너무 사소해서 오히려 무시했던 일화들".

결국 지유는 "이원영은 다 나았고, 오래오래 행복하다"라는 문장으로 소설을 끝맺는다. 왜 지유가 자신의 것 대신 엄마의 서사를 택하게 되었을까. 소설에서 나는 이 정직한 목소리가 가장 마음에 와닿았다. "소설을 쓰면서 지유는 종종 시작점을 잊어버렸다. (……) 소설을 처음 쓰게 된 이유라거나, 작가로 살아가기로 결심한 이유에 대해서도 마찬가지였다. (……) 시장은 트렌드에 맞춰 글을 써줄 것을 은근히 요구하고 있었고, 작가들은 기민하게 다음 책을 출간하고 있었다. 다음 이야기, 그다음 이야기로 더 빨리 뛰어야만 했다. 그래야 잊히지 않을 수 있었다. 매번 시험대에 올라서는 기분이었다. 정신없이 글을 쓰다가 문득 주변을 둘러보면, 무엇인가 잃어버렸다는 생각에 사로잡혔다."

수상자 여러분께 축하의 박수를 보낸다.

| 수록 작품 발표 지면 |

초파리 돌보기…… 『릿터』 2021년 8/9월호(『아무것도 아니라고 잘라 말하기』, 문학과지성사, 2021)

저녁놀…… 『문학과사회』 2021년 가을호

기다릴 때 우리가 하는 말들…… 『릿터』 2021년 2/3월호

공원에서…… 『황해문화』 2021년 봄호

미애…… 『황해문화』 2021년 봄호

골드러시…… 『현대문학』 2021년 1월호

두개골의 안과 밖…… 『자음과모음』 2021년 여름호

문학동네 젊은작가상 수상작품집
2022 제13회 젊은작가상 수상작품집

1판 1쇄 2022년 4월 8일
1판 4쇄 2022년 12월 9일

지은이 임솔아 김멜라 김병운 김지연 김혜진 서수진 서이제
책임편집 정민교 | 편집 김수아 김영수 김내리 강윤정 정은진
디자인 김마리 신선아 이효진 최미영
마케팅 정민호 이숙재 박치우 한민아 이민경 안남영 왕지경 김수현 정경주
브랜딩 함유지 함근아 김희숙 고보미 박민재 박진희 정승민
제작 강신은 김동욱 임현식 | 제작처 영신사

펴낸곳 (주)문학동네 | 펴낸이 김소영
출판등록 1993년 10월 22일 제2003-000045호
주소 10881 경기도 파주시 회동길 210
전자우편 editor@munhak.com | 대표전화 031) 955-8888 | 팩스 031) 955-8855
문의전화 031) 955-3579(마케팅) 031) 955-2675(편집)
문학동네카페 http://cafe.naver.com/mhdn
인스타그램 @munhakdongne | 트위터 @munhakdongne
북클럽문학동네 http://bookclubmunhak.com

ISBN 978-89-546-8588-7 03810